魅丽文化 花火工作室

长欢喜 著
Chang Huanxi

一寸温柔

江苏凤凰文艺出版社
JIANGSU PHOENIX LITERATURE AND ART PUBLISHING

图书在版编目（CIP）数据

一寸小温柔 / 长欢喜著 . -- 南京：江苏凤凰文艺出版社，2021.4
ISBN 978-7-5594-5718-9

Ⅰ . ①一… Ⅱ . ①长… Ⅲ . ①长篇小说 - 中国 - 当代
Ⅳ . ① I247.5

中国版本图书馆 CIP 数据核字 (2021) 第 058131 号

一寸小温柔

长欢喜 著

责任编辑 张 倩

特约编辑 朵 爷 夏 沅

装帧设计 苏 茶

封面绘制 王点点

出版发行 江苏凤凰文艺出版社

南京市中央路 165 号，邮编：210009

网 址 http://www.jswenyi.com

印 刷 长沙雅佳印刷有限公司

开 本 880mm × 1230mm 1/32

印 张 9

字 数 180 千字

版 次 2021 年 4 月第 1 版

印 次 2021 年 4 月第 1 次印刷

书 号 ISBN 978-7-5594-5718-9

定 价 42.80 元

目录

C O N T E N T S

>> >>> >> >>> >> >

目录

CONTENTS

第一章

能遇见你，
是银河赠我的糖

“你别看我们贺神年纪小，但女友粉特别多。”

“好，现在镜头给到了我们的 43 号车手贺江望，众所周知，贺江望也是一个明星车手了，我知道现场很多人都是为了看他而来的。

“贺江望其实也是我个人比较喜欢的一位车手，他十三岁正式出道，大大小小的奖杯拿了不少，十五岁破格进入成人组参赛，今年才十八岁，便代表中国征战 MTRC 全年的赛事。

“喏，我们可以看到，现在贺江望正在过二号弯，而 112 号车手程燕池正紧紧跟在他的后面！程燕池咬他咬得很紧……程燕池开始吸他的尾流了！

“吸尾流在我们的比赛中其实是一个很常见的手段，通常……欸？欸？刚刚发生了什么？”

解说似乎有些惊讶，停顿了两秒才又继续说：“我们先回看一下，好像是……啊，是程燕池！是程燕池的车头不小心撞到了贺江望的车尾，两辆车子都摔出去了……”

念好刚把贺江望在 MTRC 泰国站的那场比赛的片段看完，盛薇薇就下班回来了。

她初到平城，房子还没找好，只好暂时先住在盛薇薇家里。

盛薇薇换了拖鞋，把包随手挂在鞋架对面的落地衣架上，走过来探头看了一眼镜头里一辆辆飞驰而过的摩托车，哟了一声：“咱们念姐最近开始玩这种刺激的啦？还是说，你这是又看上了哪个小车手？”

她跟念好是大学室友，也是念好在大学里关系最好的一位朋友，两人平日里说话没遮没拦惯了。念好有些恹恹地打了个哈欠：“我倒希望我只是看上了哪个小车手。”

盛薇薇端了杯热水到她旁边坐下，沙发不大，念好蜷起双腿，听盛薇薇略微好奇地问道：“我这几天太忙了，一直没来得及细问你，雅川那边到底发生了什么事，以至于连你都被逼到了这里？”

念好接过盛薇薇手里的水杯，浅浅啜了一口，声音仍是恹恹的：“也没什么，和人打了个赌。”

“什么赌？赌注这么大？”

念好想了想：“是和陶欢。”

盛薇薇拧起了眉毛：“你那个小妈？”

“谁小妈啊？”念好抬腿踢了她一脚，“她也配？”

盛薇薇往后躲了躲，笑着求饶道：“是我说错了，所以你们到底打了什么赌？”

“赌我能不能把 SELENE 救活，如果能救活，他们就把我妈的股份还给我，如果不能，我就要听我爸的话嫁给陈之南。”

SELENE 是隶属于念氏集团旗下的一个媒体工作室，主要做一些短视频采访节目。这是自媒体刚流行那会儿念好妈妈随手建立起来的，自从念好妈妈去世后，就没人管了，最近公司高层每次开会，都有人提出要把这个工作室给关了，要不是念好一直抗议，恐怕 SELENE 早就不存在了。

念好有些头疼地捂住脑袋。

她刚上大学那阵子，正是最叛逆的时候，爸妈想让她学金融学管理，她偏要和他们对着干，跑去填了个古代文学。她那时候有多得意，此时面对自己完全看不懂的报表和数据，就有多头疼。

而盛薇薇却从她的话里捕捉到了别的信息。

“陈之南？你和那个渣男还有联系？”

念好睨了她一眼，纠正道：“准确地说，是我爸和他爸还有联系，念氏和他们陈家还有联系。”

盛薇薇骂了一句脏话：“他们不知道当初陈之南对你做过什么吗？”

念好笑道：“你这么说，好像他怎么着我了一样。”

盛薇薇继续骂：“渣男一生黑！劈腿一生黑！”

顿了顿，她又问念好：“所以，你想好怎么救 SELENE 了吗？”

念好弓起腰，从桌子上捞过笔记本电脑，把视频往回拖，直到画面停留在贺江望的脸上，她才摁住暂停。

“喏。”

盛薇薇：“？”

盛薇薇一脸茫然：“长得好看，怎么了？”

念好说：“长得好看还不够吗？”

盛薇薇：“我不懂，您细说。”

念好说：“我准备做个新节目，就请各行各业实力很强且长得好看的人来，这个贺江望就是我第一期节目要邀请的嘉宾之一。刚好他前几天才上过热搜，流量正大。”

“倒也可行。”盛薇薇摸了摸下巴，“已经开始筹备了吗？”

“嗯。”说到这里，念好又有些烦躁，“我让人去联系贺江望了，他那边拒绝了。”

“欸？为什么？”

“不知道。”念好伸出手指用力戳了两下屏幕里贺江望的脸，愤愤地吐槽道，“小朋友年纪不大，架子倒挺大。”

她说完，又低头想了会儿，拿出手机，给助理小莫打了个电话，嘴里念念有词：“我还不信就请不来他！”

于是，等贺江望从训练场回来时，就看见车队经理周其然又堵在了他们休息室的门口。他侧身走进去，把头盔放在旁边的桌子上，对着空调口吹了会儿，才有些不耐烦地说：“您别问我了，我真不去。”

周其然拧开一瓶矿泉水递给贺江望，盯着少年因为运动过久而微微发红的侧脸看了会儿，说话又开始不着边儿起来：“为什么不去？你看你长得这么好看，不好好利用一下，岂不是太亏……”

话没说完，就被贺江望打断：“你是暗恋我吗？”

周其然哽住：“什么？”

贺江望说：“你又不暗恋我，整天盯着我的脸看什么？”

周其然说："我那是暗恋你的脸吗？我那是暗恋钱好不好？"

贺江望从他身边走开，拎了把椅子坐下，哼笑了声："可惜钱不愿意和你两情相悦。"

"欸，你这小子……"周其然和他斗嘴从来没赢过，这会儿也只好举白旗投降，虚张声势地说，"但这次你必须得给我去！"

"不去。"他狐疑地看了眼周其然，"你欠高利贷了？"

"什么玩意儿？"周其然弓起腰，语重心长地说，"你看啊，你十二岁就来到了咱们车队，每天没日没夜地训练，你是我看着长大的，如今有人这么赏识你，我当然为你开心，我怎么可以放任你……"

贺江望敲了敲桌子："说实话。"

周其然一顿，笑了下："实话就是对方又加钱了，加得还挺多。"

没等贺江望接话，他又补充："总之是出卖一下你的色相绰绰有余的那种多。"他小心翼翼地看向贺江望，问，"你不会忍心看我违约的，对吧？"

贺江望总算休息过来了，站起身开始换衣服，少年常年锻炼，精瘦的肌肉紧贴着骨头，是典型的穿衣显瘦、脱衣有肉的那种身材。

周其然看着他，又忍不住啧了声，刚想夸两句，却听贺江望淡淡地问："你违不违约，跟我有什么关系？"

话虽然这样说，但念好那边到底还是接到了贺江望会如期来录制节目的通知。

他们这档节目的名字叫作"城堡"，取自于卡夫卡的同名小说《城堡》，念好特地在郊区租下了一栋别墅，让人装修成中世纪城堡的模样，做成了一间密室。

密室里一共有五个锁了门的房间，嘉宾们需要打开这五扇门，再从这几个房间里分别找到钥匙，才能离开。

这个游戏表面看起来是密室逃脱，但实际上还是个访谈节目，嘉宾在找线索的过程里，主持人会问他们一些问题，而他们谈话的内容也是线索之一。

节目录完以后，后期人员会将其剪辑为六则短视频，一周内放完，从周一到周六，一天一则。

这是念好接手 SELENE 以来，策划的第一档节目，对她来说也是非常重要的一场战役，第一期节目必须要在网络上掀起一些水花，才不算太失败。故而她在场景、道具以及嘉宾的选择上都花了大功夫。

同贺江望一起来录制第一期节目的，还有他的两个队友。

节目在一周后才正式录制。

原本念好是不打算去现场的，毕竟她不是专业的，也帮不上什么忙，谁知快到傍晚时，负责现场的工作人员却突然给她打电话，说贺江望那边遇到了点麻烦，非要她本人过去才能解决。

念好看了一整天的专业书籍，眼睛都快瞎了，闻言还有些没反应过来："录个访谈节目而已，也没什么危险的环节，能遇到什么麻烦？"

工作人员欲言又止："总之您过来就知道了。"

别墅距离 SELENE 的办公室其实不算远，开车过去只用二十分钟就可以。念好到时，主持人姜悦正靠在门口抽烟，见到念好，朝她招了招手说："你跟我说是个刚成年的小弟弟，我还以为很好应付，谁知道居然是个刺儿头。"

念好边走边问："到底发生了什么事？"

姜悦说："人家小弟弟说了，只接受你的采访，其他人就不要再在这里浪费时间了。"说着，又碰了下念好的胳膊，眉目间挑起一点笑来，"你到底给他下了什么迷魂药，他这么黏你？"

姜悦人长得美艳，却是个实打实的脱口秀明星，念好大学的时候参加辩论赛，和姜悦打过几场辩论，两人的友谊也是在那个时候建立起来的。

可能是职业风格的原因，姜悦的性格尤为大大咧咧，说话也总是口无遮拦的，和她精致的外表极为不相符。

当初她们还在读大学的时候，男生们日日都在为此而感到惋惜。

念好闻言，不由得好笑道：“他压根儿都不认识我，我哪有机会给人下什么迷魂药。”

“哦？那他闹这一出是为什么？”

念好想了想，说：“八成是恨我用万恶的金钱逼他营业吧。”

老实说，念好有点后悔请贺江望来了。

其实要想让节目有话题度，请任何一个最近大热的明星过来，似乎都比请贺江望的效果要好。毕竟那些人做惯了这种工作，业务能力是肯定比贺江望要好很多的，并且他们不会像贺江望这么难搞。

所以，她当初为什么会在众多人选里挑中贺江望呢？

念好揉了揉眉心，推门进去。

姜悦大概先前跟贺江望聊得并不愉快，到门口就停下了。而贺江望的两个队友正一人拿了部手机，坐在正对门的地方打游戏。看见念好进来，两人礼貌性地朝她点了点头，又指了指自己的手机，表示正在游戏中，等会儿再好好跟她打招呼。

念好越来越觉得这几个人不靠谱了……

贺江望倒是没有跟他们一起，他独自一个人是背对门坐着的，身子微微弓起，趴在餐桌上，后脑勺有一小撮头发微微翘了起来，大概是他不小心抓乱的。

念好还以为他在睡觉，下意识将脚步放轻了些，在心里思考着要不要立马将人叫醒，走近了才发现，他居然在写作业。

念好：“……”

念好这才想起，还有一个月，贺江望似乎就要参加高考了。

那他怎么还有时间来录制节目？

不知是不是因为少年长得太过于干净好看了，而此时趴在那里写作业的模样又格外乖巧，念好一时竟全然忘记了被他折腾到现场来的不满，这会儿心里居然还升腾起一股莫名的愧疚感。

毕竟，要不是她不停砸钱诱惑他们车队经理，贺江望也不会被逼着来到她这里工作，还可怜兮兮地在录节目的空当里争分夺秒地复习功课。

念好神色复杂地注视贺江望良久。

少年刚刚解一道几何题解得入迷，没注意到周围的响动，直到题目答完，才察觉到旁边的目光。

他转头，正对上念好满是怜爱的目光。

贺江望：“？”

贺江望微眯了下眼，念好回过神来，听到贺江望叫她的名字：“念好？”

他许久没说话，嗓子有些哑，清了下喉咙，才又继续说：“本来不该这样麻烦您，但是您给我们车队送来了这么多资金，我心里觉得感激，总觉得要当面感谢才行。”

他仍坐在椅子上，身子微微往后靠了些，仰头看着念好。

快到夏天，白日变得长了一些，虽然太阳已经落山，但屋外仍昏昏沉沉地亮着。

屋内却点了灯，明亮的灯光映在贺江望的眼睛里，在闪闪发着光。

念好心里某根弦突然就被触动了一下。

她磨了下牙，忽然觉得自己先前打算跟贺江望赌气的想法其实很没意思，人家就是一个小孩儿，大概从小就被保护得很好，少爷脾气，遇见看不惯的就忍不住怼一下。她今年都二十二岁了，再和他较真，岂不是显得特别没风度？

她想了想，低头问贺江望：“饿了吗？”

贺江望似是没想到她会突然把话题转到这里，微微愣了愣：“嗯？”

念好说：“节目本来该在白天录制，但你白天要上课，所以只好推到晚上。但一时半会儿肯定录不完，反正明天是周末……”她又看了看贺江望的两个队友，声音提高了些，“你们如果不介意的话，不如我们今天就别熬夜了，明天再录？”

直到坐进粤府的包厢里，姜悦还有些恍惚，一同坐进包厢里的还有贺江望、他的队友们以及负责“城堡”录制的一些工作人员。

念好下午看书的时候吃了很多零食，这会儿什么也吃不下去了。姜悦作为艺人，虽然是一个脱口秀艺人，但也要保持身材，故而也没有多吃。

贺江望和他那两个队友倒是吃得津津有味，姜悦靠在椅子上，用下巴朝他们的方向点了一下，忍不住问念好：“你这是玩的哪一出？”

念好从桌子上拿过一罐啤酒，在手里把玩着，漫不经心地说：“保护未成年。”

姜悦一口饮料差点喷出来：“我查过资料了啊，不是说都满十八了吗？”

念好指指贺江望放在后边的书包：“还没高考呢。”

姜悦嗤了一声，一副“你莫不是疯了吧”的表情看向念好，她又上下打量了她一会儿，才有些狐疑地说：“你该不会是看上人家了吧？现在是糖衣炮弹发射中？”

“走开。”念好笑骂了她一声，见姜悦拆了根烟要往嘴里塞，推了推她，说，“出去抽。”

姜悦瞪着她。

念好用下巴点了点贺江望：“人家小朋友还在呢。”

姜悦终于忍无可忍，朝她翻了个白眼，随即又问：“我说真的呢，你当真对他没兴趣？”她毫不遮掩地盯着贺江望看了会儿，评价道，“模样长得是很好看，唇红齿白的，看着特乖，骑摩托车的样子又野得不行，我看他跟你说话的时候倒是很听话的样子，说不定人家小朋友对你有意思……”

她脑洞越开越大，念好听不下去了，打断她：“你再看下去，他马上就要怀疑你对他有意思了。”

贺江望没有怀疑姜悦对他有意思，但周剑河和饶飞却对此怀疑得很。

这俩人本来就在犯嘀咕，虽然说近两年很多体育界的人都会由于各种各样的原因跨界参加一些综艺节目，但是贺江望老早就表示过，自己对这件事半点兴趣也没有。SELENE 的邀请刚发过去的时候，他虽然破天荒地没有立马拒绝，但是在思考了一晚上之后，他最终还是推掉了。谁知没过两天，周其然突然又通知他们两个和贺江望一起上节目。

奇怪，这太奇怪了。

事出反常必有妖。

当晚他们就凑在一起讨论了许久——究竟是什么力量让贺江望改变了主意？却始终没能讨论出个所以然来，现在看见姜悦的模样，他们全明白了。

饶飞将后背对着贺江望，手机严严实实地挡在胸前，打开一个名叫“所以贺神喜欢的人到底是谁”的微信群，在里面发出消息：“破案了！”

这个群还是好久以前建立的，群里的成员是车队里跟贺江望差不多大的一群男孩子，建群的原因还是某一天不知是谁问了一句，说贺江望车上那个平安符到底是谁送的？自从他们认识贺江望以来，那个平安符就一直挂在他的车上，这么多年，他换了不知多少辆车，但那枚平安符却始终安安稳稳地在他的车把手上系着。

甚至已经旧到褪色，他还是没有换掉。

当然也有人好奇地追问过贺江望，他就只说是很重要的人送的，问他是不是亲人，他又说不是。非亲人外的重要的人，可不就是喜欢的人了吗？

可他们把贺江望身边关系比较亲近的女孩子列了个遍，却发现……他没有关系亲近的女孩子，甚至这么久过去了，仍然没有任何一个女生能令贺江望做出异常举动。

直到姜悦的出现。

饶飞打字飞快，噼里啪啦地将自己的猜测发进了群里，随即总结道：“总之，这个姜悦跟贺神的关系绝对不简单！”

顿了顿，他又补充：“不光她老盯着贺神看，我看贺神也很喜欢看她！”

饶飞："贺某人表面在认真吃东西！"

周剑河："等等……"

饶飞："实际上呢！实际上在偷看漂亮姐姐！"

周剑河："虽然你分析得很有道理，但我怎么觉得他其实是在看念好呢……"

饶飞打字打得正开心，乍然看见周剑河的话，手指一顿，不由得收起手机，小声问周剑河："你看错了吧？他明显是在看姜悦啊！"

周剑河说："我真觉得他是在看念好，而且今天姜悦来当主持人，不还被他拒绝了吗？非大老远把人家念好叫来。"

饶飞恍然大悟："也对啊！"

秉着求实的精神，他又转回头，叫贺江望："欸，贺神，贺神！"

贺江望疑惑地看着他。

饶飞说："你觉得念好和姜悦谁长得好看？"

贺江望："？"

饶飞："嗯，我理解你，确实很难选，毕竟两个人都……"

没等他说完，贺江望忽而抬起眼皮，淡淡地看了他一眼，道："咱们最近的训练是不是太少了，才让你这么闲？"

饶飞："……"

饶飞讪讪地笑了声，回头，"死猪不怕开水烫"地继续小声和周剑河八卦："反正不是姜悦就是念好！明天录节目的时候我们可以再细细观察！"

为了防止时间再一次来不及，隔天早上八点多大家就在别墅门口集合了。念好是最后一个到的，她到的时候，贺江望正坐在旁边的秋千上背阮籍的咏怀诗，而饶飞跟周剑河正在一旁激烈地讨论他们昨夜看的某一场比赛的直播。

今天姜悦也来了，密室就由她、念好、贺江望、饶飞和周剑河五个人一起进去。

几个男孩子大概玩过很多这类的游戏，一进门，饶飞就开始分配任务："刚刚好，我们五个一人负责一扇门，看谁最先打开！"

他话音刚落下，姜悦就在旁边凉凉地打击他："不行哦，我跟念好不负责帮你们解题。"

"啊？还可以这样？"饶飞惊呆了，"你们就在旁边看着？"

姜悦说："我们可以给你们提供线索，我们就是这个游戏里的NPC（非玩家控制角色）。"

"那岂不是很没意思……"饶飞捏了捏鼻子，企图说服姜悦和念好跟他们一起解密室，突然贺江望问："你要问我什么问题？"

"欸？"饶飞猝不及防被打断思路，一回头，就看见贺江望站在其中一间房间的门口，抿着唇，眼里敛着点意味不明的神色，目光正一眨不眨地看着念好。

他的眼睛生得好看，是微微上挑的瑞凤眼，认真看人的时候，总给人一种含情脉脉的错觉。

念好也愣了一下，往前走几步，惊讶道："你这就解出来了？"

饶飞化身为一个无情的吹贺神机器："贺神不愧是贺神！"

"还没有。"贺江望指指门旁的LED显示屏，屏幕里此时正在播放一个动画小短片，短片是一段解说版的《西游记》，讲述了唐僧等人一路西行，中间经历了无数磨难，最终取到真经的故事。

周剑河："你就是从这里得到的线索？"

"嗯，很明显。"

周剑河："我什么也看不出来啊！"

贺江望有些无语地翻了个白眼，似乎想说什么，余光瞥见念好，又改口道："这是个跟梦想有关的题目。"

周剑河继续茫然："啊？"

贺江望："唐僧等人一路西行，为了梦想，坚持不懈，遇到任何难题也从没有放弃。”

周剑河：“你莫不是最近学习学傻了？”

贺江望终于忍不住：“你的脑子是拿来当摆设的？”

饶飞在后面长舒了一口气：“这才对嘛！我刚刚还以为贺神被魂穿了，居然对周剑河这么耐心！”

贺江望：“……”

这时，显示屏里忽然响起一道机械化的女声：“如果您看完这个短片，已经有了思路，请去找 NPC，她有问题要问您。”

贺江望抬起头看向念好。

饶飞在旁边吐槽：“这么直接的？”

“不然呢？”念好理直气壮地说，“我们毕竟还是一个严肃的访谈节目，题目不需要设置得那么复杂。”

姜悦揭穿她：“不要为你不想动脑子找借口。”

念好回头睨了她一眼，扯开了话题：“所以问题来了——它，是什么时候开始的？”

周剑河问：“它是谁？”

饶飞同款茫然脸。

贺江望捏起门上的密码锁，低头在上面滚出几个数字，“吧嗒”一声，锁开了。

饶飞：“欸？怎么做到的？”

念好边跟在贺江望后面走进房间，边给他们解释说：“这个‘它’就是这道门的关键词，关键词是从刚刚那个短片里提炼出来的。”

周剑河：“所以真的是梦想？”

饶飞说：“贺神给我们说一下嘛，如果真的是梦想的话，梦想开始的时候是什么时候？这个很难去选取一个特定的日期吧……而且谁能记得那么清楚？”

他说着，突然快步向前走几步，一把扒住贺江望的肩膀。贺江望本来在踮起脚尖够柜子上面的箱子，想从里面找到更多的线索，突然被他拽住，身子不由得往后趔趄了一下，直接撞到了紧跟在他后面走来的念好。

念好下意识地抬手从后面环住了他的腰，脑袋猝不及防地撞到了他的后背上。

少年人清瘦，骨骼却很挺拔，没有像很多成年男人那样喷上浓郁的香水，身上散发着的只有清淡的洗衣液的味道。

被念好抱住，他的身子不由得僵了片刻，耳后渐渐晕开一点红色。

念好也有些没反应过来，半晌才后知后觉地松开手，看到贺江望转过了身，看似镇静地摸了下耳朵，才对她说：“谢谢。”

有点可爱。

念好摇了摇头，想快速跳过这个话题，又听贺江望对饶飞说：“你、我，还有周剑河，我们三个是同一天加入的车队。”

所以梦想开始的时间，即是指加入车队的时间。

饶飞朝贺江望竖起了一个大拇指：“厉害！”

贺江望懒得理他，只是说：“你跟周剑河一起去找个门开，我再去开其他的门，看起来要把所有的房间都打开，才能找齐线索打开大门。”

他说着，径直走到第二扇门前，这次门旁不再是显示屏，而是换成了一幅油画。

油画只有一张 A4 纸那么大，画里画着一个金黄色卷发的外国女人，站在桥上，手里拿了一面铜镜，而她身后的桥梁上则立着两只白鸽。

画的底部写了一句话：在人间最漂亮的女人。

贺江望在画前站了片刻，低声问：“这应该是希腊神话里的人？”

念好本来在和姜悦说悄悄话，听到他的声音，“欸”了一声，问：“什么？”

贺江望指着油画里的女人问她："这是谁？"

念好想了想，说："是世上最漂亮的女人。"

贺江望："……"

姜悦问："你认为世上最漂亮的女人是谁？"

她说着，站直了身体，一只手故意跷起兰花指，抚着自己的头发，另一只手搭在自己的腰间，侧面对着贺江望。

念好笑着在旁边推了她一下："你别带坏人家小朋友。"

"我怎么啦？"姜悦故意做出夸张的表情，"难道在你心里，我不是世上最漂亮的女人？"

贺江望抬头看了她一眼，竟像是认真在思考这个问题，须臾淡淡地道："嗯。"

他不常看这类的综艺节目，还以为这种姜悦临场发挥的内容不会被剪进去，回答得直白而简洁。

好在姜悦的反应快，迅速问他："哦？那你觉得谁是这个世上最漂亮的女人？"

贺江望下意识地看了念好一眼，姜悦注意到他的目光，沉吟着问："念好？"

贺江望移开视线，许是觉得他们现在讨论的问题真的傻透了，抬手揉了揉自己的头发，问姜悦："我是魔镜吗？"

姜悦瞬间笑得东倒西歪。等她笑够了，才用手肘碰了碰念好："那我们到底能不能告诉他答案啊？"

念好说："按道理讲是不能的。"

姜悦说："那不按道理讲呢？"

"不按道理来啊……"大概是觉得刚刚贺江望的反应太有趣了，念好不由得也生了点逗弄的心思，故意放轻了声音对贺江望说，"你叫声姐姐来听听，我就告诉你她是谁。"

贺江望转过了身，决定靠自己。

饶飞和周剑河也注意到了他们这边的动静，跑来给他出主意。饶飞将他脑子里的希腊神话里的人物搜索了个遍，猜测道："我觉得这应该是维纳斯。"

周剑河无语地朝他翻白眼："我不看书都知道断臂维纳斯！"

"哦，对哦，维纳斯没有手臂……"饶飞抬头问贺江望，"所以这个是谁啊？"

"贺神如果知道的话，还用得着让你站在这里猜？"周剑河想了想，又说，"难不成是雅典娜？"

贺江望彻底对他俩失去了期待。

贺江望抿了抿唇，转头，对着姜悦，忽而快速地叫了一声："姜悦姐。"

他的嗓音有点低，有点沉，像闷在喉咙里一样，叫得似乎极不情愿。

但姜悦却开心坏了，从桌子上跳下来，像诱拐小红帽的巫婆，软下了声音问贺江望："小朋友想知道什么？尽管问姐姐。"

念好在来之前了解过一些关于贺江望的事情，知晓他本人并不像外表看起来那样乖巧，刚刚让他喊自己姐姐，也不过是想闹他一下，并没想过他真的会叫。

可他此时叫是叫了，叫的却是别人。

念好磨了下牙，心里无端生出点儿异样的感觉，她用手敲了敲桌子，提醒他们："我刚刚说的是要叫我姐姐哦。"

她的嘴角噙着笑，微微仰起头看着贺江望，面上虽然看不出什么情绪，但贺江望却敏锐地感觉到，她似乎有点不高兴了。

他的嘴唇动了动，半晌却是说："不是姐姐。"

念好被噎了下，反驳道："那姜悦也不是你姐姐啊。"

贺江望又看了她一眼，固执地说："不一样。"

可具体哪里不一样，他也没有细说。

姜悦若有所思地看着贺江望，突然说："画里的人是海伦，宙斯跟勒达的女儿，在她出生的时候，神就赋予了她可以模仿任何一个女人声音的能力。也正是她引发了著名的特洛伊之战。”

她简单地将海伦的故事给贺江望讲了一遍，后者评论道：“所以这道门的关键词应该是美色。”

姜悦正要答话，已经回去解决自己的问题的饶飞突然冲着他们这边喊：“姐！这里需要帮助！”

他大抵也听到了他们这边的对话，那一声“姐”喊得十分铿锵有力，明显是故意的。

姜悦忍不住笑道：“行，那我先去给那边的弟弟答疑解惑。”

贺江望皱了皱眉，远远地瞥了饶飞一眼，饶飞立马心虚地缩了下肩膀，问周剑河：“你冷不冷啊？”

周剑河看了看窗外烤人的大太阳，像看傻子似的看着他：“你有病？”

等姜悦走过去了，贺江望才有空转回头，看向从刚才起就一直沉默的念好。

女孩虽然比他大几岁，但实际上也只是二十出头的年纪，情绪还没能掩藏得很好，一点一滴全写在脸上。

他沉吟了片刻，往念好的方向走了两步，伸手扯了下她的衣袖，低声问她：“你生气了？”

他很小的时候就加入车队了，每天面对的都是朝夕相处的伙伴们，而且是一群大男生，大家平日里说话都很直接，有什么矛盾也都是开诚布公地谈清楚。实在谈不清楚的话，就相约去打一架，或者去赛个车，没有什么问题是在汗水里解决不了的。

所以他其实不太懂该如何去处理眼前的状况。他有些茫然地立在那里，听到念好轻轻叹了口气说：“也没有生气。”

贺江望略微不解地看着她。

念好笑了笑说：“只是觉得自己还蛮喜欢的一位弟弟似乎不太喜欢我，

所以有一点点挫败而已。”不等贺江望接话，她又说，“但是仔细想一想，好像其实也没有什么可不高兴的。”

这个世上本来就没有谁是百分百招人喜欢的，况且，他们这次在一起相处，只是为了录制节目而已，节目结束以后，大家应该也不会再有什么交集了。

所以，她刚刚到底在矫情些什么啊？难道跟几个高中生一起玩了会儿游戏，连带着自己也变得幼稚了不成？

她真的是越活越回去了，倘若被盛薇薇知道她今天干的蠢事，铁定要将她从头到尾嘲笑一番。

念好揉了揉额头，擦着贺江望的肩膀从他旁边走过去，试图岔开这个无聊的话题，便指着门边的油画说：“你刚刚说的是对的，这道门的关键词的确是美色。”

还没到中午，他们就成功走出了密室，其中有四道门都是贺江望开的，饶飞和周剑河只开了一扇，最后的大门是他们几个人一起打开的。

饶飞还挺骄傲：“师父总说我不聪明，回头我一定要让他看一看这节目。”

他们几个男孩子都还没有驾照，只好在路边等车队里的人开车来接他们，饶飞性格跳脱些，一直在旁边喋喋不休地说话。

念好和姜悦也在一旁陪他们等着，念好话不多，姜悦便有一搭没一搭地和饶飞斗嘴。

小男孩心大得很，从他们什么时候入队，一直聊到最近有什么比赛，说着说着，又说到了前不久贺江望在泰国的那一场比赛。

那场比赛当时还上了微博热搜，里面一水儿全是为贺江望感到惋惜的，他长得好看，本身就十分受人关注，加上那次比赛他完全是被人拖累才中途“夭折”，这样就更加令人感到遗憾了。

姜悦听到一半，突然想起什么般用手肘捣了下念好的手臂：“你还骗我说你没见过贺江望，我刚刚才想起来，那场比赛你不是也去看了吗？”

“欸？”饶飞有些惊讶，“念好姐也对赛车感兴趣？”

“是啊。”姜悦似笑非笑地看着她，“而且她还不是看直播，是直接去现场看的哦！”

这下连贺江望都好奇地望了过来。

他刚刚大概在打游戏，乍然听见自己的名字，又听闻念好去看了他那场比赛，神色间还有一些茫然。

且不知是不是念好的错觉，她总觉得那茫然间还透着一点不高兴。

周剑河问：“念好姐也是我们贺神的粉丝吗？”

这个问题不太好回答。

念好那次其实并不是特意去看贺江望的比赛的。

那天她因为母亲的事情，又和父亲大吵了一架，烦闷不已的时候，大学的同学群里有人扔来几张 MTRC 泰国站的门票，问有没有人感兴趣。她想着自己左右也无事，不如出去散散心。

她记得在得知她要去看比赛之前，姜悦的弟弟还特地托她帮他要一下贺江望的签名。大抵青春期的男孩子都无法抗拒这类看起来很酷的事物，那天她去姜悦家蹭饭的时候，被迫听了贺江望的无数辉煌事迹。

男孩子追起星来，疯狂程度一点也不亚于女生。

那时念好还以为贺江望年纪应该很大了，谁知姜迟却像是看出了她心中所想般，得意扬扬地问念好：“你猜我们贺神今年多大了？”

念好随便猜了个三开头的数字。

姜迟脸上的表情顿时更得意了。

“十八。”他说，“贺神今年才十八岁。”

十八岁的少年，在自己人生里还算重要的一场比赛里，因为别人的失误操作，而与冠军的奖杯失之交臂。

那天赛后的群访，SUN 车队里仅贺江望一个人缺席了，记者在新闻通稿里写：贺神到底年纪还小，恐是受不了这样的打击，一个人躲回酒店哭鼻子去了。

当晚，贺江望便转发了那条新闻，附文：没哭，下个赛场见。

打完这几个字，他将手里一只空了的易拉罐捏扁，扔进旁边的垃圾桶里，微微泛了红的眼角同心头那点烦闷一同隐匿在异国沉沉的夜色里。

回头，却见路边一个女生正蹲在那里和一只流浪猫说话。

其实和流浪猫说话，只是念好战术性的隐藏罢了。

她下楼买吃的，抄近路拐进一条长巷中，恰好碰见贺江望正倚在墙边打电话。大概刚哭过一场，他的声音里还带着浓重的鼻音，声音瓮瓮的，吐字不甚清晰，显得有些漫不经心。

电话那头不知是谁，念好只能听见他若无其事地说："没事儿，没难过。

"就一场比赛而已。

"大不了下一次再赢回来。

"我是那种会因为这种小事而哭鼻子的人吗？"

挂掉电话以后，却狠狠揉了下鼻子，不知嘴里小声嘟囔了句什么。

大概还是难过的。

念好想了片刻，突然站起身，歪头问他："请问，你是 SUN 车队的贺江望吗？我特别喜欢你，不知道你可不可以给我签个名？"

结果却因为她忘记带明信片和签字笔，名字最后是用口红签的，直接签在了她 T 恤的袖口。

看起来真的好像一个狂热至极的粉丝。

好在她那天戴了口罩，一张脸被挡得严严实实，加上天黑，贺江望大概根本没看清她的容貌。

否则她真的不知道该如何面对他。

不过，哪怕她没有挡住自己的脸，想来他应该也不会记得自己这么个萍水相逢的“粉丝”。毕竟，姜迟老早就跟她科普过了：“你别看我们贺神年纪小，但女友粉特别多。

“国外的比赛还好，每一场国内的比赛，场馆外都会被大家围得水泄不通，就为了看他一眼。”

他说着，似乎又有点不高兴：“但是我觉得她们并不是真的热爱赛车，只是看上贺神的脸罢了，就很没意思。”

念好有些走神，冷不防又听到姜悦说：“我记得那时候念好还让你们贺神给签了个名，贺神不记得了吗？就是用……”

真是“哪壶不开提哪壶”。

念好心里咯噔一下，连忙伸手捂住了她的嘴。

饶飞在一旁总结道：“所以念好姐果真是贺神的粉丝吧？你隐藏得很好啊，之前一点也没看出来。”

这下念好彻底不知道该怎么解释了，如果说“我不是，我根本对摩托车一点兴趣也没有”，岂不是会伤害到人家小男生脆弱的心灵，反正以后也不必再见面，倒不如就这样默认。

她轻咳了声，正要点头，突然听见贺江望问：“我好像有点印象，是用口红签名的那个吗？”

于是，那天念好回去时，怀里抱了足足有好几十张贺江望的签名照。

盛薇薇难得有一天的休息日，正侧躺在沙发上刷剧，瞧见念好将厚厚一沓明信片放在茶几上，打眼一瞥上面的名字，“哟”了一声：“您这是搞批发去了？”

念好累得不行，抱着沙发上的玩偶屈腿坐下，简单将白天的事情跟盛薇薇说了一下。盛薇薇笑得前仰后合，故意打趣她："等一下我把这些签名照放到网上去卖，说不定还能小赚一笔。"

念好说："行啊，到时候记得给我分红。"

盛薇薇于是笑得更欢了："人家一腔情意，你也忒没良心。"她倾身从桌子上拿了根棒棒糖塞进嘴里，想到什么，又问，"所以，他这是把你当成他的粉丝了？贺江望对自己的粉丝这么宠的？"

饶飞和周剑河也在问这个问题。

来接他们的人是周其然，因为忙了一整天，他直接载着他们先去吃了顿火锅。

饶飞坐在副驾驶位上，一路都在给周其然八卦："人家念好还没说什么呢，贺神就直接问人要不要签名。

"你们什么时候见贺神这么主动过？

"平时粉丝要求合照一下，他都站在那儿一动不动，人形立牌似的，今天居然主动要求给别人签名。

"还一口气签那么多。"

周其然打后视镜里望了贺江望一眼，他昨晚大概没睡好，今天又一大早就去录制节目，虽说散场得早，但到底精神不佳，此刻正靠在后面假寐。

他眉头微微皱着，明显不耐烦极了，却也没有打断饶飞的话。

确实有点稀奇。

周其然来了兴趣，问饶飞："那个念好，长得很好看？"

"是还不错，肤白貌美，前凸后翘。"

男孩子凑在一起，总爱讲两句浑话，周其然"哦？"了一声，正要继续问，坐在后座的人突然翻了个身，随即冷冷出声："你们好吵。"

车内的三人互视了一眼，纷纷噤声。

饶飞转移阵地，开始去微信群里继续和大家讨论。

正是饭点，群里瞬间冒出很多人，七嘴八舌地发问：“所以这个念好就是贺神那个平安符？”

竟然连代号都给人起好了。

而“平安符”念好此时心情却不大好。

她刚躺到床上，准备午睡一会儿再回公司，却接到小莫的电话，说工作室那边又出了问题。

“谢文秋你知道吧？”小莫说，“就是‘喜欢你’的那个组长，好像跟他们组的人透露说自己想辞职，现在工作室里都议论纷纷呢。”

“喜欢你”是 SELENE 建立之初就成立的一个团队，最初主要经营的是微信公众号，当时也算做得有声有色。只是后来公众号的热潮很快过去了，他们转型不及时，渐渐就开始走下坡路。

念好用发带箍住头发，手机放在旁边的盥洗池上，开了免提，边补妆边问小莫：“打听清楚她为什么会选择在这时候辞职了吗？”

“问过了，似乎也并没有找好下家，具体原因还不清楚……”

念好皱了皱眉，直觉眼前的问题有些棘手。

谢文秋是SELENE的“老人”了，自SELENE成立之初就开始在公司里工作，而假若念好刚接手工作室，她就要离开，难免会落人口实，说她不得人心。

然而更棘手的是——等念好回到工作室才发现，要辞职的人竟不止谢文秋一个。除了她以外，“喜欢你”组的几乎所有成员都递来了辞呈。

她靠在椅子上，有一下没一下地敲着桌子，小莫从外面走进来，将一杯咖啡放到念好的桌子上，才说：“自从您母亲离开以后，SELENE 就一直是放养的状态，但由于谢文秋的资历最老，所以之前一直是她在管着工作室的所有事宜……”

他点到为止，念好瞬间就明白了。

之前工作室一直没有人来接管，谢文秋自然就成了这里面的头儿，谁知突然天降一个念好，直接打碎了她的升职梦，她可不得要闹一闹吗？

偏偏她如今还不能贸然真的让他们就这样离职走掉，否则工作室里突然离开这么多老员工，岂不是会让其他人寒心？

念好将咖啡端在手里，浅浅地抿了一口，思索了片刻，对小莫说："你去通知一下'喜欢你'那边，就说我晚上想请他们吃个饭。"

晚饭还是约在了粤府。

因为念好下午又拐去和梨之森那边谈了会儿赞助的问题，故而等她从那边的饭局脱身，终于赶到粤府时，谢文秋等人已经坐在里面了。

整个"喜欢你"组包括谢文秋在内一共有五个人，三女两男，念好到时，小莫正在和他们讲 "城堡"录制时的一些趣事。主要是两个年纪小的女生在聊，男生们大概对这种事没有兴趣，谢文秋就更加没有兴趣了。

念好在门外都能听到她们不停地追问小莫："那个贺江望好看吗？真人好看还是照片里好看？他性格怎么样，好相处吗？"

小莫倒也耐心，一一给她们解答道："本人比照片好看。

"性格挺好的。

"好像跟老板的关系还不错。"

"真的假的？他们以前就认识吗？难怪老板坚持要请他做节目。"

念好听不下去了，推开门，似真似假地斥责小莫："你又在这里造我的谣。"

包厢里静了一瞬，小莫很快反应过来，立马站起了身。其余人见状，也都跟着站了起来，唯独谢文秋还安安稳稳地在椅子上坐着。

见念好进来，她也只是若无其事地拿了只干净酒杯，往里面倒了一杯酒，说："你来这么晚，可要罚酒。"

她的语气柔和，像个慈善的长辈。

于是，那一整场饭局，就在这样看似和谐的氛围中进行了下来。

只是，念好实在搞不清谢文秋究竟是什么态度，中间不管她如何套话，提起离职的事情，谢文秋总能巧妙地将话题绕开，丝毫不给她深入讨论的机会。

比想象中难对付太多。

念好有些头疼地揉揉眉心，趁他们再一次回忆“喜欢你”当年的光辉时刻的时候，悄悄拿着手机出了包厢，准备去门口吹吹风，再好好想想该怎么解决“喜欢你”组集体离职的问题。

却没想到竟然在楼梯口看见了陈之南。

同陈之南在一起的还有念好的另一位大学室友——周尔宜，两人手挽着手，正从门口往里走。

念好在原地愣怔了片刻，不知到底该感慨一句“冤家路窄”，还是“造化弄人”。

她其实有很久没有见过这两个人了。上一次见面，还是在大学毕业晚会那天，她在台上表演了一支中国舞，跳完之后，她拿过话筒，脸上笑意盈盈。

她说：“今天，我想送段祝福给我最好的朋友和我的男朋友，祝你们百年好合，生生世世都锁在一起，千万别再去祸害其他人了。”

语毕，台下一片哗然。

而她却潇洒地扔了话筒，从后台跑掉了。

那晚，学校的论坛里几乎被他们三个的名字刷屏，而作为主人公的她，却坐在宿舍的阳台上，喝得醉醺醺，哭了半宿。

那天宿舍里就只有她和盛薇薇两个人，盛薇薇倒也没安慰她，只是不停地给她递酒，直到最后才嘀咕一句：“老实说，我其实一点也想不明白，陈之南究竟哪一点值得你喜欢？”

别说盛薇薇想不通，如今时过境迁，念好自己都想不通自己那时候到底为什么会喜欢上陈之南。

老实讲，他从长相到性格，没一点是她喜欢的类型，但是当一个人陷入恋爱的时候，总是有些盲目的吧？

人在戏中，情难自已。

她往后撤了半步，心里思索着自己等会儿该如何脱身。

她下午在梨之森那边就喝了不少酒，刚刚为了不驳谢文秋的面子，他们敬来的酒，她也没有推托，全部都喝掉了。

方才还没有太大感觉，这会儿大概酒的后劲上来了，她稍微动一下，就觉得自己的脑袋眩晕得厉害。

偏陈之南和周尔宜还好不识相地正肩并肩朝她的方向走来，万一等一下她醉得更厉害，神志不清地在他们两个面前出了丑该怎么办？

念好掏出手机，准备打电话让小莫出来救她。

通讯录里的名字在她眼前闪过大片的重影，她凑近了手机，眯起眼睛，好不容易才找到小莫的名字，拨通电话，手撑着楼梯扶栏努力站立。

十秒后，听筒里响起一道似熟悉似陌生的沉润男声："念好？"

念好愣了片刻，拿开手机，盯着屏幕上的名字仔细分辨许久。

……打错了。

她哑然了片刻，那头，男生见她没说话，又压低了嗓音问道："怎么了？"

她眨了眨眼，想说"我打错电话了"，谁知未等她答话，贺江望紧接着又说："不是在粤府聚餐吗？发生了什么事吗？"

念好说："你怎么知道我们在粤府？"

"看到了莫助理的朋友圈。"贺江望道，"需要我帮忙吗？"

还挺热心。

念好忍不住低头笑了声，在这种十万火急的时刻，竟然还有心情逗人家小朋友，她说："你打算怎么帮我？"

贺江望沉默了片刻，说："今天车队的聚餐也在粤府。"

坐在他旁边的饶飞听了全程，跟旁边的人吐槽："鬼嘞，明明是他自己非要请大家来粤府吃饭……我就说贺神今儿怎么这么好心，敢情是醉翁之意不在酒啊。"

他的声音不算小，贺江望捂住听筒，淡淡扫了他一眼，然后在众人揶揄的目光里，站起了身，快步往外走去。

念好的脑袋晕得越发厉害了，她靠墙站着，听到贺江望的话，不由得“欸”了一声。

眼见陈之南和周尔宜越走越近，她有些遗憾地叹了口气，想说“我还有事，下次再聊”，突然又听到贺江望说：“我看到你了。”

她又“欸”了一声，还没反应过来他这话是什么意思，头顶忽地落下一片阴影。

他身上穿的还是早上录节目时的那套衣服，白T恤外面罩了件浅蓝色的条纹衬衫，头发软趴趴地搭在额前，整个人看起来干净又温软。

是校园男神的样子，是她喜欢的样子。她在心里这样评价道。只可惜和她不同龄，否则当初在学校里，她铁定要追一追他。

她是真的醉了，反应变得迟钝起来，看人时也露骨，丝毫不遮掩。

她长得本就好看，这会儿由于酒气熏染，眼里雾气迷蒙，看起来无辜又无害。

贺江望被她看得耳朵都红了，他有些不自在地移开了目光，伸手去将她往旁边扶了扶。

陈之南和周尔宜这时也终于走到了。

他们刚进门的时候其实就看到念好了，本想装作没看见她，谁知念好两只眼睛一直盯着他们，还站在这里一动也不动了，就好像专门在等他们似的。

陈之南想了想，当初明明是她给他们惹了个大麻烦之后，就撂挑子走人的，所以此时该心虚的人是她才对，他们有什么不敢见她的？却好像完全忘记了当初明明是他自己劈腿她的好友在先。

周尔宜倒是完全不想见到念好，奈何她根本拦不住陈之南，劝说的话才说到一半，陈之南就气势汹汹地朝念好招起了手。

他像个中二霸总似的，走到念好面前，咬牙切齿地说：“念好，你居然还敢出现在我面前！”

他的话音落下，念好没笑，贺江望倒是先忍不住笑了起来。

陈之南像是这时候才注意到念好旁边还有个人，盯着他看了片刻，问念好：“这是谁？”

“男朋友。”念好说，“我男朋友。”

陈之南嗤笑了一声，一脸轻蔑的样子：“你真的是越活越回去了，和小朋友玩过家家呢？”

念好说：“小朋友又怎么样？人家年少有为。”

陈之南又嗤笑了一声，念好说：“比你好看，比你年轻，还比你年少有为，你难道不会觉得羞愧吗？”

她大学时一直是学校辩论队的主干，真的怼起人来，丝毫不给人反驳的机会。陈之南本就口才不好，这会儿被她噎得半死，一口气闷在胸口，上不去也下不来，指着念好直说了好几句“不知羞耻”。

念好听得头疼，深深疑惑他当初究竟是怎么考上他们学校的。她彻底失去了和他说话的兴趣，拉着贺江望就走，可她酒劲儿还没过去，动作幅度一大，脑袋立刻就眩晕起来。

她的身子微微一晃，一只手忽地从后面揽住了她，直接将她扯进了自己的怀里。少年清瘦而挺拔，肩膀却意外地宽阔，念好的侧脸贴着她的胸膛，抬头就能看见他蠕动着的喉结。

他将陈之南刚才的语气学了个十成十，问念好：“这是谁？”

他在念好面前，大多时候是温软且无害的，这会儿却敛了笑意，垂目看着她，整个人看起来格外高冷，气场竟意外强大起来。

念好被他一问，甚至有种真的被男朋友质问起关于前男友的事情的错觉，一时还有些心虚起来。

“一个……渣男？”

她想了想，如是总结道。

贺江望“哦”了声，像是小动物终于露出獠牙般，半抬眼瞥了陈之南一眼，目光似警告似不屑，一时竟瞪得陈之南也噤了声。他干巴巴地啧了声，意识到自己居然被一个十八岁的小孩儿震慑到了，顿觉面上无光，正要再讽刺念好几句，找回场子，贺江望却突然抬起了脚步，拉起念好的手，淡淡地道：“我们走吧。”

直到走出好远，念好一想到刚刚陈之南吃瘪的表情，脸上的笑意还仍然无法压下去。

她用手指戳了戳贺江望的手臂，发自真心地夸赞道：“你的演技很好呀，要不要考虑一下出道去演戏？反正你长得也好看。”

她心情好，又有酒意作祟，整个人变得格外甜软起来，说话时会拖长了尾音，声音糯糯的，就好像在撒娇一样。

见贺江望没接话，她想到什么，又颇为遗憾地说：“我刚刚还在想，如果你再大几岁，或者我再小几岁就好了，那样的话，我一定要和你谈个恋爱。”

贺江望说：“现在就不行了吗？”

“欸？”

贺江望喉头动了下，半晌才说：“没什么。”又问，“你等一下要去哪里，回包厢吗？”

“先醒醒酒吧。”不然她这会儿回去，警惕性正弱的时候，不知道会被谢文秋套出什么话呢。

她想了想，又问贺江望：“你可以帮我个忙吗？”她把自己的手机解了锁，递给贺江望，说，“你帮我给小莫发个微信，就说我这边临时遇到点事，先走了，晚一点再过去，让他们好好吃。”

她现在晕得厉害，生怕自己又发错了人。

贺江望低头看了一眼她的手机桌面，是她和一个中年女人的合照，猜想应该是她的妈妈。

他说："我直接用我自己的微信就可以。"

念好想想也是，收回手，就说："那麻烦你帮我跟他说一声吧。"

她半个身子还挂在贺江望身上，贺江望的一只胳膊被她抱在怀里，他只好用另一只手，单手操作着，言简意赅地用几个字总结道："念好有事，晚点过去。"

小莫很快回了一连串的问号过来，贺江望看了一眼，没回，直接摁灭了屏幕，将手机揣回兜里，问念好："要不你去我们那里坐一会儿，醒醒酒？"

贺江望他们的包厢就在念好他们的隔壁，直到走进了屋子里，念好还觉得有点神奇。

其他人见贺江望出去，转眼就带了个女生回来，觉得更神奇。

在场的人里，除了饶飞和周剑河以外，没有人见过念好，这会儿众人表面平静，心里却早就炸成了烟花。

趁贺江望不注意，一群人早就在群里聊得热火朝天。

"我的天！贺神这是带了妹子回来吗？"

"这谁啊？第一次见贺江望身边有女生。"

"而且你们看看他那个小心劲儿，又是让服务员送醒酒药，又是给人家泡蜂蜜水的……"

等他们震惊得差不多了，饶飞才打开群聊，慢吞吞地回："她叫念好。"

一句话说完，群里顿时更热闹了。

"？？？"

"！！！"

"那个'平安符'？"

"确实长得很好看……"

念好饶是被醉意裹着，此时也被他们围观得有些不自在了。

他们年纪都不大，心思简单，觉得好奇，就去看了，念好捧着蜂蜜水，刚要送到嘴边，就发觉坐在她右边的男生在看了她半分钟后，开始疯狂地低头在手机上打字。

她右边的右边坐着的男生，也在疯狂在手机上打字。

右边的右边的右边的男生，也在打字。

念好：“……”

她轻咳了声，也不知是被他们的眼神盯的，还是贺江望的醒酒药这么快就发挥了作用，她竟然觉得自己的脑袋好像清醒了不少。

她拿起自己的东西，觉得自己也不好让谢文秋他们等太久，准备起身回去了。她侧头跟贺江望说了声，男生似乎有些诧异她居然这么快就要走了，他“嗯”了声，起身拉开椅子，走到门边说：“我送你过去吧。”

念好弯了弯眼睛，被他逗笑了：“我又不是十几岁的小女孩了，两步就到了，哪里需要送？”

她按住门把手，门刚开出一道缝，却听到门外一道有几分熟悉的男声道：“你确定不跟我们一起辞职吗？秋姐打算自己单干了，跟着她总比跟着念好有前途吧。”

“但是前老板对我有知遇之恩，我总觉得自己要是在这时候走了，会不会不太厚道……而且，今天秋姐既然愿意来赴念好的宴，是不是说明她其实还是想留下来？”

“那有什么？恩是前老板的，跟念好又有什么关系？至于秋姐嘛，她哪里是想留下来，她就是和念好玩一玩罢了，给她点希望，然后再把希望碾灭呗。我早就说过了，像她这种什么都不懂的大小姐，跟着她能有什么前途？SELENE 对她来讲，就只是一个心血来潮的赌博罢了，你何必……”

那两个人渐渐走远，声音也有些听不清了。

他们的声音不小，加上刚刚念好要走，所以包厢里短暂地静了片刻，门又开着，他们那段话几乎传到了所有人的耳朵里。

念好低着头，其他人也觉得尴尬，不知该如何反应。

饶飞眨了眨眼，好半晌，才故作大声地问周剑河："你刚刚说什么？"

包厢里总算又重新热闹起来。

念好靠在门边，无声地叹了口气，听到贺江望问："你……你还回去吗？"

第一章

想把你写成一首歌，
想养一只猫

有的人见一千遍也不会喜欢，有的人只一眼就可以心动。

翌日，念好睡到中午才起床，她顶着一头乱糟糟的头发下床，拉开窗帘，充沛得有些过分的阳光一股脑儿从外边照进来。

手机里有好几个未接来电，基本上是小莫打来的，还有一条贺江望发来的微信，说她的包落在他那里了，问她什么时候有空去取。

念好捏着手机走到客厅，坐在沙发上发了好久的呆，也没能想起来自己前一天晚上到底是怎么回来的。记忆的最后还是她无意间听到了“喜欢你”组的两个男同事的对话，然后就没有回包厢，继续待在贺江望他们的包厢里，又喝了些酒……

她揉揉发痛的脑袋，盛薇薇恰好在这时打了电话过来。

念好去饮水机旁接了杯冷水，听盛薇薇问：“你终于醒了啊？”

“嗯。”她靠在沙发里，没有理会盛薇薇的揶揄，只是道，“昨晚……”

“嘿，我正想问你呢。”盛薇薇打断了她的话，“念好你可以啊，居然敢瞒着我偷偷谈恋爱了？”

“嗯？什么恋爱？”

“你还想骗我，昨天晚上陈之南都发到咱们班级群里了……”

念好把通话切到后台，打开微信群一看，班级群里的未读消息已经多到爆炸。她迅速往上翻了翻，果然看见昨天晚上陈之南发了张他不知什么时候偷拍的念好和贺江望的合照，然后阴阳怪气地说她没出息，居然和一个小孩子谈恋爱。

底下的讨论倒还好，大家没有顺着他的话嘲讽念好，只是纷纷问她从哪里找到的这么好看的小男生。

念好有些无语地关了通话框，盛薇薇一副“我看你还准备怎么狡辩”的语气说：“我午休时间有限，你赶紧给我老实交代了吧。”

“你听陈之南瞎扯，我晚上再具体和你说。”念好说，“我有个事儿想问你，你知道我昨天晚上是怎么回来的吗？”

“还能怎么回来的，不是你男朋友送回来的吗？”

念好："……"

念好："是贺江望送我回来的？"

"是啊，本来我还不是很信陈之南的话，后来看见贺江望送你回来，才觉得……"

念好"啪"一下挂了盛薇薇的电话，随即发了条微信过去："我以前怎么没发现，你真的很八卦。"

盛薇薇回了她一个"你不要顾左右而言他"的表情包。

念好退出微信，彻底不想跟她说话了。她想了想，又给小莫打了个电话，问了他工作室的一些事情，告诉他自己下午会过去，就挂了电话。

直到所有的事都安排妥帖，她才翻出贺江望的对话框，思索了片刻，打字过去："昨天晚上给你们添麻烦了吧？"

等了两分钟，那边没有回，她决定先去洗漱一下，然后给自己煮点午饭，再去公司。

饭吃到一半的时候，贺江望却突然发了个视频通话过来，念好还以为他找她有什么事，把手机竖在餐桌上，点了接通，连上画面以后，镜头里却只有一只大橘猫在和她大眼瞪小眼。

什么情况？

念好眯了眯眼，将头往前凑了凑，那只橘猫也眯了眯眼，将头往前凑了凑。

念好："……"

她舀了口粥塞进嘴里，唤道："贺江望？"

猫咪"喵喵"叫了两声。

念好："？"

"总不会是变成猫了吧……"她嘀咕了句。

"阿西……！"片刻后，视频的另一头突然传来几声略微急促的脚步声，紧接着是一个男声低低发出一个意味不明的语气词，念好咬住汤匙，听到男生淡淡地斥责道，"小猫咪，你在干吗？"

下一秒，两只修长的手直接穿过橘猫的腋下，将它抓起来放到了旁边的地毯上，随即手机镜头大幅度地晃动了下，念好还没反应过来，就猝不及防地和贺江望在镜头两端视线交接在了一起。

看见念好，贺江望似乎也有些惊讶，顿了顿，才慢慢地说：“没有变成猫。”

“欸？”

贺江望语气里带着点笑：“我刚刚听到你问我是不是变成猫咪了。”

念好刚刚只是随口开了个玩笑，没想到他会回答，还回答得这样一本正经，倒好像她刚刚那句问话问得很真情实感似的。

她顿觉窘迫，用勺子在碗里搅了两下，也不知道该怎么回答他，就只好说：“哦。”

贺江望又说：“我刚刚在洗脸，是它开的视频……”他将镜头转到正欢快地蹭着他的腿的小橘猫身上。

猫咪看起来年纪不大，虽然胖，但体型很小，脸上的毛是白的，歪着脑袋不停往贺江望的裤脚上蹭。

念好瞬间被萌到了，小声地“嘤”了声，听到贺江望问：“喜欢猫？”

念好“啊”了声：“女孩都喜欢这种毛茸茸的小动物吧。”

贺江望说：“那你下次可以来看看它。”

“好啊，它叫什么名字？”

贺江望想了想：“小猫咪。”

念好：“？”

贺江望说：“就叫小猫咪。”

念好：“你不会还没有给它起名字吧？”

贺江望抿抿唇没说话。

念好说：“不然叫它小橘怎么样？感觉很配它欸。”

贺江望沉默地看了她一眼，须臾道：“……我觉得小猫咪就挺好。”

两个人就小橘猫的名字的问题讨论了几乎一整个中午，等挂掉视频的时候，念好才想起，她还没有问问贺江望昨天晚上送她回家的事，只好又给贺江望发了条微信，和他约了个时间去拿自己的包，打算到那时再仔细向他询问。

谢文秋大抵还不知道念好已经清楚她的计划，念好到公司的时候，她和两个同事刚好从楼下买咖啡回来。看见念好，又走过来以长辈的姿态跟她说什么“年轻人贪睡正常，但是也不能因此耽误了工作”之类的话。

她惯会做出一副温柔的好人模样，念好已经彻底失去了和她虚与委蛇的兴趣。念好停下脚步，突然垂下了眉眼，脸上做出一副要哭不哭的模样。

她们刚好停在了工作室的门口，来往有很多人，谢文秋不知道她葫芦里卖的什么药，见她倏地一停，问她：“怎么了？”

念好叹了一口气，说：“我知道，自从我妈妈过世以后，SELENE 便一天不如一天了，总公司那边也一直说要把咱们这儿关了，我虽然暂时拦住了他们，但是您知道，我才二十二岁，大学刚刚毕业，而且也不是专业的，对这个一窍不通，所以你们不愿意继续跟着我，我真的完全可以理解。

“我自认为没有那么厚的脸皮，非要强留你们，昨天晚上吃饭的时候，得知秋姐已经打算带着大家出去单干……”她顿了顿，抬起眼睛，声音里带了点儿轻微的哽咽。

办公室里安静了下来，众人表面在做自己的事情，但眼睛总有意无意地往这边瞟。

念好又说：“我虽然很舍不得，也希望你们能继续留下来帮我一起留住我妈妈的心血，但也明白，人想要往高处走，这是人之常情，我不能道德绑架大家。”

她咬了咬唇，说：“所以，你们的辞呈我已经批了，待会儿就让小莫给你们送过去。虽然以后不能再继续在一起共事了，但仍然祝你们一切顺利。”

她一口气说了很多话，完全没有给谢文秋插话的机会，不到半个小时，她的这段话就传得满工作室都知道了。

小莫大抵也没想到她会突然做出这样的决定，看着她跟谢文秋说完以后，就走到自己的办公室里，关上门开始狂笑，忍不住道："昨天我还以为您想留住他们。"

"原本的确是想留一留他们的。"念好说。

不管怎么说，她在这行的确是新手，倘若谢文秋能帮一帮她，还是很好的。但是既然她已经没有了留意，且对念好并无多少善意，那么即便暂时留下她了，以后也会是件麻烦事，不如早点解决。

况且，她刚刚在那儿声泪俱下地演了场戏，不管怎么样，大家也能看出来，并不是她主动要辞掉谢文秋等人，而是她自己打算单干，要甩掉念好……

同情弱者是人类的本能，众人的天平自然会向她这边倾一些。

念好心情好，靠在椅子上，发了个朋友圈，才两分钟，贺江望就给她点了个赞。念好想了想，给他发微信，问他什么时候有空，她去拿自己的包。

那边很快回过来："你直接来我学校里拿就好了。"

念好："你现在正在上课？"

念好："上课还玩手机？"

贺江望靠在座位上，看见念好的话，把自己编辑到一半的信息一个字一个字地删除，须臾回道："嗯。"

等了半天也没等到念好再回，贺江望抬起胳膊捂住了眼，有些懊恼地抓了抓自己的头发。

坐在他后桌的饶飞见他一会儿偷笑一会儿捶墙的，不由得用笔头戳了戳他的后背，小声道："贺神，贺神，您发生了什么事，需要我来为您排忧解难吗？"

旁边的男生见他一脸狗腿样，无语地翻了个白眼："闭嘴。"

饶飞说："我又没跟你说话。"

男生："你打扰到我了。"

饶飞："我已经压低声音了好不好？明明是你太注意我了。"

男生："我没有，你少自恋。"

饶飞："你就有！"

男生："我没……"

话未落音，一个粉笔头突然砸了过来，随即便是老师气势汹汹的吼声："饶飞和温在让，你们两个给我出去吵！"

饶飞："……"

饶飞："都怪你。"

温在让再次朝他翻了个白眼，抱着书出门去了。饶飞在后面跟过去，没过一会儿，贺江望收到饶飞发来的微信："都怪你。"

贺江望："？"

直到放学后见到念好，饶飞仍在喋喋不休地向她控诉贺江望和温在让的可恶"罪行"。

因为晚上还要上晚自习，他们约在了他们学校对面的面店里见面。念好好久没来这种地方，双手撑着下巴看男孩儿们吃东西。

念好比他们大几岁，听饶飞在那儿说班级里的趣事，就用平日里逗姜迟的语气问他们："学习成绩怎么样？

"上次模考考多少分？

"打算考什么大学？"

几个问题问下来，饶飞立马就蔫儿了，闷闷地说："想不到念好姐你年纪轻轻，也这么无趣。"

念好本来就是故意逗他们，被饶飞这么一吐槽，伸手拍了一下他的脑袋："我这是关心你们好不好？"

"行，我觉得您还是关心关心咱们贺神比较好，不要再试图拯救我了。"

念好便望向贺江望："那咱们贺神成绩怎么样？"

“说起这个，我可就来精神了啊。”没等贺江望开口，饶飞又放下了筷子，用手比画着说，“我跟你说，贺江望简直不是人。

“你也知道，我们经常外出比赛，还要训练，所以会落下很多课。但就算是这样，贺神每次模考，成绩依然能保持在校前五十名以内，从来没有掉下来过。

“尤其是数学，次次第一，简直不给别人留活路。所以上数学课的时候，就算他不听课，老师也不太管，因为有些东西对他来讲是真的太简单了。”

念好神思一动，问：“所以你们今天下午那会儿在上数学课？”

“对啊，你不知道吗？”

念好眨了眨眼：“我为什么会知道？”

饶飞说：“你当然……”

贺江望在桌子底下踢了他一脚：“你话好多。”

饶飞委屈巴巴地转头看了贺江望一眼，对上他警告的眼神，立马转移话题，嘀咕：“醋王，我不就多跟念好姐说了两句话吗……”

念好没听清，问他：“什么？”

饶飞立马起身道：“是说，我们得快点儿回去了，不然晚自习要迟到了。”

念好也跟着起身，抬起手腕看了眼时间，说：“本来打算好好请你们吃顿饭，谢谢你们那天送我回家的，可惜你们太忙了，只能……”

饶飞忙道：“不用谢我，主要是贺神送的。”

他们已经出了面店，华灯初上，贺江望走在前面，双手插在裤兜里，低着头，路灯将他的身影拉得修长。

念好转头问饶飞：“我那天醉得厉害，说起来，我后面有没有……有没有做出什么不太得体的事情？”

“啊？你不记得了吗？”

念好心里咯噔一下，问：“什么？”

饶飞说：“那天你喝醉了，一直抱着贺神，问贺神为什么要劈腿……我当时都惊呆了，我跟贺江望认识了这么多年，没想到他居然是这样的人，亏我还一直以为他不近女色呢！”

“说起来，你们什么时候在一起的啊？贺神到底劈腿谁了？什么时候劈腿的？你们两个好能瞒啊，我之前还以为你们根本不认识……”他抬头，看见念好满脸恍惚，立马道，“虽然不知道你们之间到底发生了什么，我也知道劈腿这种行为很渣，绝对不能原谅，但是……但是我看我们贺神也是诚心想要悔改的，他是真的很喜欢你，你既然回来找他了，想来你对他也还有感情……”

念好听不下去了：“你在说什么？”

“嗐！我都已经知道了，你们一个两个的怎么还不愿意承认？算了，你们的事你们自己看着办吧，我们旁人也不能多说什么。”

念好简直哭笑不得：“你误会了，我跟你们贺神以前真的不认识。”

饶飞冷漠地看她一眼：“哦。”

念好说：“我喝醉了，错把你们贺神当成了我前男友。”

饶飞继续冷漠：“哦。”

念好：“我说的都是真的。”

饶飞：“看来你也是真的很喜欢我们贺神。”

念好：“……”

饶飞的大脑外面好像装了什么铜墙铁壁，什么东西都听不进去，念好也不知道该怎么解释了，只好问：“后来呢？”

“那天晚上你一直抱着贺神不撒手，怎么都掰不开，后来他就抱着你出去了，一直把你抱到出租车里……”

念好听得额头青筋直跳，她捏了捏自己的耳朵，抬头看向贺江望的方向，却见他不知什么时候拐到了旁边的甜品店门口。

店门旁点了灯，灯光很亮，门口除贺江望以外，还排了好几个人，他站在最后面，正低着头看手机。许是感受到了念好的目光，他抬了抬眼，四目相对，念好脑袋里全是刚刚饶飞描述的她抱着贺江望不撒手的画面。

太丢脸了。

她匆促地转开目光，想了想，又觉得自己这样心虚，好像有点欲盖弥彰，于是又望了回去。而贺江望已经离开原地，站到了柜台边，伸手去拿奶茶。

厚芋泥鲜奶。

她喜欢的。

几分钟后，念好盯着贺江望递到她手边的奶茶，有一瞬间的恍惚，转头问："你怎么知道我喜欢这个？"

贺江望低头看着她，想了想道："你在朋友圈里发过。"

饶飞站在一边，吸了满嘴的青稞，凉凉地讽刺他们："奥斯卡可以颁给你们，演技真好。"

贺江望和念好："……"

饶飞说完，好像要留给他们单独说几句话的时间似的，说自己答应了给温在让买零食，要先走了，让他俩不用等他。

好像之前疯狂吐槽温在让的人不是他似的。

学校门口人很多，贺江望大抵在学校里比较有名，不停有人朝他们的方向望过来。

先前不知道那晚发生了什么事时，念好还能坦坦荡荡地跟贺江望说话，但现在她都知道了，难免会觉得有些心虚。

毕竟，她那晚的行为，丢人是其次，还害贺江望被他的朋友们误会……这怎么想，都有点对不起人家。

念好摸了摸鼻子，轻咳了声，想了想，还是说："那天给你添麻烦了。"

贺江望走到人行道的外侧，将她护在里面，有点漫不经心地"嗯"了声："还好。"

念好说：“还害得你被你朋友误会……”

贺江望说：“没事儿。”

念好又说：“需要我去跟他们解释吗？”

贺江望停下脚步，侧头看着她，声音里似是压了点儿笑意：“怎么解释？刚刚饶飞信了吗？”

男孩年纪小，平日里大抵不是十分爱笑，故而这会儿哪怕是笑着的，语气听起来仍显得有些冷淡。

念好想到刚刚饶飞的反应，也不知道怎么接话了，停了半晌，才说：“真的很抱歉。”

他们已经走到了学校门口，学校的大门旁是一间小商店，陆续有人拿着零食从里面走出来。他们停的位置不太对，贺江望握住念好的手臂，将她往旁边带了带，他居高临下地看着她，问：“那你打算怎么弥补我？”

念好有些茫然地抬起了头：“啊？”

贺江望说：“还是说，你打算只说句抱歉就这么算了？反正我们以后也不会有什么交集了，所以也不必再见面，只要不见面，就不会继续尴尬下去……你是这么想的吗？”

他的声音更加冷淡了，念好张了张嘴，感觉有点羞愧。

她的确是这么想的。

只要她不再出现在贺江望的世界里，时间久了，饶飞他们自然会看出点端倪，知道那晚的事真的只是误会一场。

但现在……看起来贺江望似乎并不打算就这么算了？

念好也摸不清他究竟想要她怎么弥补，但是她也不好意思承认自己被贺江望说中了打算，她晃了晃手里的包，又在想，她怎么会被一个十八岁的小朋友怼得哑口无言。

贺江望仍定定地注视着她，眸色微沉，嘴唇紧抿，看起来有点倔倔的不高兴。

念好问："那……那你打算让我怎么弥补哦？"

"弥补就是帮他照看小猫咪。"

一个小时后，念好坐在盛薇薇的家里，面无表情地向她描述自己傍晚时的那一段经历。

盛薇薇听完，问："就这么简单？"

念好说："才不简单。我已经让小莫帮我找房子了，过两天我就搬出去。"

盛薇薇说："在我这里也没关系啊，我又不嫌弃它。"

"它嫌弃你。"念好冷冷道。

盛薇薇掐了她一下："说什么呢？"

念好被挠到痒穴，不由得笑着往后躲了躲，说："贺江望有时候会来看它，在你这里不太方便。"

盛薇薇点了点头："那也行，不过，他又不是要出远门，干吗要让你帮他照顾猫？"

"他快高考了……"

盛薇薇问："他家人呢？"

"不知道欸，我和他又不熟。"

但晚上睡前，念好还是打开了电脑，在搜索框输入：贺江望 父母。

屏幕里出现了各种各样的词条，但真正有用的信息却很少。上面只说他十二岁就被周其然带到了 SUN 车队训练，和家人大概感情并不深厚，其间几乎没有回过家。

念好躺在床上，想自己十二岁的时候在干什么？

大概刚刚读初中，还躲在房间里看少女杂志，每天幻想着自己的白马王子什么时候能够降临——

而贺江望的十二岁，却已经为梦想披荆斩棘。

那个周五念好就从盛薇薇家里搬出去了，而谢文秋等人也正式离开了SELENE。整个“喜欢你”组就只有一个做美术的男生没有走，念好从他的声音里判断大抵是那天说要报答她妈妈的那一位，她略微思索了一下，把他调到了“城堡”组。

周六上午贺江望就把小橘猫送了过来，那时念好正在睡觉，顶着一头乱糟糟的头发去开门。看见是贺江望，又连忙回到卧室换掉睡衣，招呼贺江望：“你随便坐。”

但屋子里哪有空可坐？

她刚搬过来，房子还没有收拾，客厅里堆了很多东西。

念好说完以后，也意识到这个问题了，尴尬地笑了一下，把沙发上的衣服挪开，又转身去冰箱里给贺江望拿了罐冷饮。

时已入夏，天越来越热了，男孩额间有汗，拿过冷饮，便拧开瓶盖儿，咕咚咕咚喝下去。

小橘猫倒是一点也不怕生，从猫包里被放出来后，就爬上爬下四处查探。

念好跟贺江望说了一声之后，就先去卫生间洗漱了，等出来时，却见客厅里杂乱的东西已经被规整起来，贺江望站在餐桌边，正从自己的包里拿出面包和牛奶。

念好靠在卫生间的门框上，歪了歪头，问贺江望：“还没吃饭吗？”

贺江望没有回头，只是说：“吃过了。”

念好说：“给我带的？”

“嗯。”

念好把毛巾挂在卫生间的毛巾架上，走过来，心里竟然隐隐有点发酸。

她觉得自己大概是疯了，竟然觉得男孩过于懂事、什么都会的样子，有点让人心疼了。

一定是昨晚在论坛里看关于他的帖子看太久导致的。

他长得好看，喜欢他的女粉丝很多，大家聚在一起，七嘴八舌地讨论起他这些年一路走来的点滴，替他开心，又为他心疼。

人们只看到少年人年少就有为，却很少有人看到他为了能够年少有为，究竟付出过什么。

她看帖看得真情实感，自动带入了他的粉丝的视角，越想越觉得心酸，抱着手机就睡着了。今早乍一看见他，还有些没从故事里走出来，大脑还没有反应过来，手就伸了上去。

他长得实在高，念好没有考虑实际情况，手掌直接拍到了他的侧脸上。

贺江望回头，疑惑地看着她。

念好也愣住了，手僵在半路，伸也不是，缩也不是，只好踮起脚尖，另一只手扒着他的手臂。

她说："你低下来一点。"

贺江望不明所以，却也如她所言矮下了一点身子。

念好终于如愿揉住他的头发，但方才的情绪早就已经过去了，只好硬着头皮说："我们贺神好体贴哦，一定有很多女生想做你女朋友吧？"

大抵自己也觉得自己的行为实在有些无厘头，念好语毕，对上贺江望无语的眼神，又干巴巴地收回手。

她说："开个玩笑。"

贺江望"哦"了声。

念好拉开椅子坐下，发现贺江望买的面包和牛奶也都是她喜欢的牌子，她拿了一块面包塞进嘴里，忍不住又说："你是真的很细心欸。"

贺江望走过去抱住小橘猫，小猫咪窝在他怀里，懵懂地眨着眼睛，他抬手挠了挠小橘猫的下巴，小橘猫立马舒服地发出"咕噜咕噜"的声音。

念好一直盯着小橘猫看，停了片刻，贺江望问："你也喜欢吗？"

念好问："什么？"

贺江望倚在墙边，懒懒地说："你也喜欢我吗？"

"怎么会？"念好下意识地认为贺江望在开玩笑，"你还在读高中欸。"

"读高中怎么了？你也没比我大多少啊。"

"四岁。"念好用手比画，"我比你大四岁呢。"

贺江望把小猫放下，没接她的话，指着一旁地上的箱子道："你帮我照顾小猫咪，为了表示感谢，我帮你一起收拾屋子吧。"

念好还在说："你知道大四岁意味着什么吗？就是说，我读高中的时候，你还在读小学。"

贺江望："你的拖把在哪里？"

念好："……"

念好其实没有多少行李，只是这个房子久没人居住，虽然中介会定期来打扫，但地面上仍然落了一层灰。

昨天她搬过来时，时间太晚了，又上了一天班，洗完澡后倒头就睡，还没来得及收拾。

她起身过去把拖把拿给贺江望，男生低垂着眉眼，抿着嘴唇，像是不大高兴的样子。

念好早就过了青春期，也不太了解这个年纪的男生都比较忌讳什么，完全不知道自己刚刚哪句话惹到了他。

她想了想，低声问："你不高兴啦？"顿了两秒，又说，"我刚刚说的都是实话……"

贺江望抬头看了她一眼，问："你饭吃好了吗？"

念好于是又乖乖去吃饭。

贺江望在她家里没待多久就走了，因为他下午还要去上课。

念好看着被清扫得干干净净的房屋，盘腿坐在沙发里，点着小橘猫的鼻子说："你的主人真的很奇怪欸。

"我也不知道哪里惹到他了。

"难道青春期的小孩都这么喜怒无常？我记得我那时候也没这么叛逆啊。"

她无聊得很，又捞过手机，在某论坛里发了个帖子，标题为：有人知道他到底在气什么吗？

她在主楼简单描述了一下她与贺江望的大致对话，然后便丢下手机，准备去看会儿书。

这个论坛还是她读书时期比较常逛的一个论坛，论坛版块分得很清晰且有条理，有专门讨论明星八卦的版块，也有网友们闲聊的版块。

念好读中学那会儿，因为追星而注册了这个论坛，后来对偶像的喜欢虽然渐渐淡了，但偶尔还是会来到论坛里看看以前熟悉的ID发的帖子。

等她看完书再拿起手机时，手机屏幕几乎被各种乱七八糟的消息挤满，她仔细一看，几乎都是那个论坛里的回帖。

大多数回帖的是她以前混论坛时常见的ID，都说好久没有见她了，问她最近在忙什么。她趴在沙发上，一个一个地给他们回过去，翻到第二页，才看到有个人说：他是不是喜欢你？

那条回复下面有很多人跟帖。

"我也觉得……"

"过来人的经验告诉你，他肯定是生气你说你比他大，不可能喜欢他。"

"好心提醒一下楼主，年下的尾巴千万不能踩啊，你倒好，不仅踩了，还在人家尾巴上蹦了个迪。"

……

念好坐直了身子，看得满头都是问号。

“不可能吧？我比他大好几岁，而且两个人也没有见过几次……”

那人又回：“爱情和见过几次也没有关系吧。有的人见一千遍也不会喜欢，有的人只一眼就可以心动。”

念好抓了抓头发，丢下手机，光着脚跑到饮水机边接了杯水，又看了眼被贺江望放到阳台上的拖把，原本在她卧室睡得正香的小橘猫被她吵醒，从房间里走出来，眯着眼睛，“喵喵”叫了几声。

念好走过去，目光定在它脚上的两撮白毛上。

之前一直没有仔细看，到了这时候，念好才察觉到——这只猫好像有点眼熟？

她的脑海里迅速掠过一个念头，但很快又被自己否认了。

傍晚时小莫给她打来电话，告诉她第一期“城堡”的预告已经在微博里放出来了。

念好连忙登上微博去看了眼。

由于他们是新节目，况且只是短短一分半钟的预告，念好本来以为数据应该不怎么样，却没想到微博才发出一个小时，就有了将近一万的转发。她还以为自己看错了，刷新了好几遍，确认无误。

她给小莫发了条微信：“你买数据了？”

小莫：“没有啊。”

大抵看出了她的疑惑，片刻后，小莫又说：“应该是你低估了贺江望的受欢迎程度。”

念好又仔细看了看那些转发微博的人的ID，果然大部分是跟贺江望相关的。

小莫说：“起初您说要请贺江望来录第一期节目的时候，我还有些不赞同，现在看来，还是你眼光比较独到。”

独到倒谈不上，只是觉得现在给明星做访谈的节目太多了，所以想另辟蹊径，找点别的故事讲一讲罢了。

成片在一周后的周六才放出来。

念好并没有特意去通知贺江望，毕竟他和饶飞就快要高考了，时间紧迫，所以她只让小莫把节目播出的时间通知了周其然。

但隔天下午，贺江望却接到了周其然的电话，他那边似乎有些着急，说网上出事了。

贺江望这两年其实上过不少微博热搜，但每一次都是正面的，且大多与比赛有关，唯有这一次，他的名字后面跟着的不再是与比赛相关的内容，而是“贺江望 校园霸凌”。

点进去后，入目的便是某个微博大V说昨天看了“城堡”，很多人都被贺江望圈粉了，但是他却收到爆料说贺江望本人性格其实很差，并不如在节目里表现得那么好相处。而且，读初中的时候，他还校园霸凌过别人，被学校记过处分。

爆料人自称是他的校友，名字被那个大V用马赛克抹掉了。

“这个人分明在造谣。”周其然在电话那头骂人，“你十二岁的时候就跟着我了，我还能不知道你什么性格，你有什么事是我不知道的？”

电话开了免提，车队里其他人也都围在旁边，七嘴八舌地附和。

大家平日里虽然互相嫌弃得厉害，但到底在一起相处多年，遇到事儿的时候一群人护短得很。先是注册小号去帮贺江望骂污蔑他的人，骂痛快了，又怕这种乌糟事儿会打扰贺江望学习，纷纷跑来让他不要管了，他们帮他处理。

他们都没经历过这种事情，也不懂其中的利害关系，全凭一腔热血做事，相信上帝不会冤枉任何一个好人。

外面起风了，贺江望走过去把卧室的窗户关上，又走回到桌边，打开电脑，难得乖巧地将他们的嘱托都一一应下。

等他们都说得差不多了，周其然才挥挥手把人赶走，问贺江望：“你心里有怀疑的人吗？”

有是有，但总觉得那人没必要时隔好几年，这时候还来找他的不痛快。

况且，他当时念初中的时候，虽然因为家里的事情，性格比较沉闷，但是并没有主动招惹过什么人，也没做过什么值得别人记恨这么久的事。

周其然沉默了片刻，说："你当时的同学自然没有必要也没有能力搞出这么大的事，况且爆料的人半点证据也没拿出来，热搜还能上得这么快，必然是有第三方在其中努力。我知道你可能不爱听，但我其实怀疑会不会是念好……"

"不会。"话未说完，却被贺江望打断了，"她更没必要这么做。"

"怎么没必要？节目要热度，'城堡'刚播出，就出了这种事，她的嫌疑很大。"周其然越说越觉得这个可能性很大，"而且这么多年从来没有出过这种事，偏偏她的节目刚播完就来了，你也知道，现在的人为了流量，什么底线也没有……"

贺江望用电脑刷着网页，天渐渐暗了，电脑的光映在他眼里，他有些敷衍地说："不可能是念好。"

少年的固执周其然早有领略，他知道贺江望此时相信念好，别人怎么说他也不会听。

"行吧。"他说，"不过这事儿也好解决，我到时候联系一下你初中的老师，让他们出个证明就行了……所以我真的搞不懂，为什么要造这种毫无水平的谣，除了想要炒作热度，我完全想不到别的原因。"

他自顾自地嘀咕了两句，又连忙说："行了，你去看书吧，我给你打电话就是怕你自个儿看到热搜瞎着急。你不要担心，我马上就联系人来澄清。"

却没想到，隔天早上，热搜又换了个新花样。

这次热搜的标题直接改为了"贺江望 身世"，还是他那个神秘同学爆的料，说贺江望十二岁的时候父母就因意外去世了，因而他的性格一直很孤僻，不大合群，总之和他展现出来的一点也不一样。

由于前一天晚上贺江望的老师已经出来澄清了，所以这位同学的新爆料，没能像上一次那样获得那么好的效果。评论里全是质疑声。

况且，家庭条件以及身世这种东西也并不能成为一个人的黑点，所以这个爆料除了让粉丝更加心疼贺江望以外，只会让人觉得爆料人实在无聊，且人品大有问题。

早读课刚刚结束，饶飞跟在贺江望身后，去学校门口买早餐吃。

微博上那些八卦很多人应该都看到了，一路上不停有人探究地看着贺江望，随即又转头和朋友交头接耳地议论。

饶飞被他们的目光盯得不耐烦了，一个一个瞪回去，凶巴巴地问："那么好看吗！"

学生们大抵也没有恶意，闻言便说："好看！"

贺神当然好看。

饶飞显然也想到了这一层，咂了下嘴，气呼呼地扭头不再理人。

贺江望倒是闲适得好像处于风暴中心的那个人根本不是他似的，他一手揣在裤兜里，另一只手修长的手指包裹着手机，拇指在键盘上慢悠悠地敲击着。

对话框里全是周其然的控诉。

"我真觉得是念好干的。

"这种对你不会造成实际伤害的新闻，别人没有必要花钱去搞。你看看这件事的直接受益人是谁？是'城堡'，是念好！

"虽然不会真的对你造成什么伤害，但这种揭人伤疤给自己炒热度的手段，真的太下作了。

"我之前真没看出来她是这样的人。"

贺江望眯了眯眼，给他回："因为她本来就不是这样的人。"

周其然气得不想搭理贺江望。

他几乎是周其然看着长大的，和他的同龄人不同，他似乎一直比旁人要成熟稳重一些。受委屈时不会像别的孩子那样大哭大闹，训练受伤的时候，也从来不说一个"疼"字。

唯一有一次，他摔得狠了，被包扎得严严实实在医院的病床上醒来的时候，眨巴着眼问周其然："我会死吗？"

那年他多大？

十三岁。

别的小孩十三岁时，还在父母的庇护下无忧无虑地玩汽车模型；贺江望的十三岁，哪怕遍体鳞伤也不会掉一滴眼泪。

那时的他对死亡的概念还很模糊，只知道他的爸爸妈妈死去了，再也不会回来了。

听到周其然说他不会死，他的手攥得紧紧的，又小心翼翼地问："那……还能骑车吗？"

"能。"

他闭上眼，没有再问其他的了。

周其然很久很久没有见过，这样不理智的贺江望了。

——全心全意地信任一个人，明明疑点重重，明明所有的证据都指向她，但他还是坚定地说："不可能是她。"

周其然沉默了片刻，发了条语音过来："这么喜欢她啊？"

小孩儿长大了，情窦初开，有了自己喜欢的人——不知道为什么，周其然想到这里，心里莫名酸胀得厉害。

可惜他喜欢的人，可能没有他想象中那么好。

不等贺江望回话，他又说："行，你相信她，哥也相信她，这事儿总归对你没有大影响，不用管了，现在高考第一，其他的事都先靠后。"

贺江望停下脚步，饶飞嘴里咬着一只牛肉包，从后面端了两碗鸡蛋汤送过来，一碗搁在贺江望面前。

"还在跟然哥聊天呢？"

贺江望说："是。"

"嗐！"饶飞说，"你不用管他怎么说，我也相信这事儿不是念好姐干的。"

贺江望没有说话，低头给周其然发消息："你又趁机占我便宜了。"

周其然刚起床就看到了微博里的糟心事儿，到现在连早饭都没来得及吃呢，就怕贺江望看到新闻后心情受影响。

这会儿看他没事，周其然也就放心了，低声骂了句："这臭小子……"

低头，调出通讯录，周其然给念好发了条信息。

念好正在给陶欢打电话。

大抵还没起床，陶欢过了很久才接通。

她跟念好私底下素来没有什么交流，手机号在通讯录里宛如一个摆设，从来没有派上过用场，乍一看见来电人是念好，她还以为自己看错了。

她从床上坐起来，揉了揉眼睛，仔细看了看，确实是念好没错。

这姑娘一直对她意见很大，不知道一大早给她打电话是要干什么。

她犹豫了一下，点了接通，听到念好在那头问："是不是你做的？"

在和念好父亲结婚之前，陶欢就在念氏工作很久了，念好太了解她了。陶欢这人说不上坏，但也绝对不是什么原则分明的好人，倘若对自己有利，哪怕稍微伤害点儿别人，在她看来，都是无伤大雅的。

所以，当看到贺江望的新闻的时候，她第一个想到的就是陶欢。

那头陶欢听到她的问话，却是满脸茫然："什么是不是我做的？"

念好坐在阳台上，这日多云，天气沉闷，青白的天色将远处的山峰笼在一片茫茫白雾中。

她垂着眉眼，发丝遮挡住了半张脸，露出的眼睛里神色有些冷。

"贺江望的事。"念好说，她实在懒得跟陶欢虚与委蛇，"贺江望的事，是你做的吗？"

念好去 SELENE 之后的所作所为，包括"城堡"的播出，陶欢也一直有关注，故而念好一说，她就知道是什么事了。

她从卧室里走出去，示意阿姨把早餐拿出来，便进了盥洗室，边洗脸边和念好说话。

“怎么可能是我？这事儿说到底是在给‘城堡’送热度，你觉得我会做？”

念好“嗯”了声，直接挂断了电话，打开微信，看到周其然发来的是这两天的热搜的截图。说他们家贺江望出了点事，如果影响到“城堡”，他代贺江望向她说句抱歉。

他表面上是向念好道歉，但大家都不是小孩子了，念好不会想不到，周其然不过是想要试探一下她罢了。

他在怀疑她。

她叹了口气，给他回：“应该是针对我来的，该我道歉才对。”

下午放学后，贺江望和饶飞再一次在学校门口看见了念好。

这次她是自己开车来的。

傍晚时天意外地放晴了，夕阳在远处涂抹出一片绚烂的色彩。

女孩倚在车边，长发被风吹得有些杂乱，夏日的黄昏，一哄而出的学生们从学校里出来时，第一眼看到的就是她。

她今天出门时没有化妆，但皮肤很好，莹润透亮，亭亭立在暮色里，令人难以移开目光。

饶飞在后面啧啧赞叹：“念好姐真的好漂亮啊。”

走在他旁边的温在让循着他的目光看过去，抿了抿唇，没有说话。

贺江望的脚步微微停滞了半刻。

饶飞大大咧咧地朝念好招手，大声喊：“念好姐！”

念好闻声望过来，首先看到的却是被人群簇拥着往前走的贺江望。

他长得实在是高，瘦且挺拔，眼睛清清冷冷地扫过来，念好的心没来由地悸动了一下。

他真的完全长在她的审美点上，只可惜年纪太小了。

念好在心里小小地遗憾了一下，听到已经走到她面前的饶飞说：“你是来找贺神的吗？”

念好转着车钥匙，轻轻“啊”了声。

饶飞又说：“你们有什么误会，就好好解释清楚，反正我是不相信这事儿是你干的，毕竟你是真的很喜欢我们贺神啊。”

念好听到前面半句还觉得有些感动，再听后半句，直接无言以对了。

她无语地翻了个白眼，见饶飞已经扯住了温在让的手臂，笑嘻嘻地说：“我和我同桌还有事，先走了啊，你们慢慢聊。”

少年说完，就风风火火钻进了旁边的店铺里，一点也没注意到门口粉红色的木板上大大的三个字——女装店。

念好眼里晕开了点儿笑意，抬头，正好对上贺江望同样晕着笑意的双眼。

有点甜。

好像——也不是像他的粉丝说的那样，那么不爱笑。

学校附近没有适合谈事情的地方，念好直接开车载着贺江望去了距离学校最近的一间私房菜馆。

晚高峰的时间，车子在路上堵了很久，念好抬腕看了看时间，又有些担心耽误贺江望上晚自习。

许是瞧出了她的焦急，贺江望指了指旁边一间咖啡店道：“要不就在这里吧。”

夏日天色暗得晚，窗外透出一点暗色的光，屋内灯火通明。

咖啡店里放着首年代久远的英文歌，不知是什么原因，一直在单曲循环。

念好坐在椅子上，看贺江望专心致志地吃蛋糕。

少年面色冷淡，认认真真，一口一口将腻人的粉色奶油塞进嘴里。

好乖，好冷，还莫名有点可爱。

冷不防，男生突然抬眼看过来，眼角微微上挑，眼尾的双眼皮扫出好看的弧度。

偷看被人抓个正着，念好目光一顿，绯色从耳后迅速蔓延过来。

十八岁的异性也是异性，况且他又长得那么好看。

念好抚了抚自己的胸口，移开视线，欲盖弥彰地道："你太瘦了，多吃点，嗯……'五三'做完了吗？"

贺江望："……"

贺江望："你想说什么？"

念好有些羞窘地咬住咖啡勺，说："热搜你应该看到了……"

贺江望说："嗯。"

念好说："不是我做的。"

贺江望："我知道。"

念好："欸？"

贺江望："是你前男友。"

念好："欸，欸？"

贺江望说："杨琦说的。"

杨琦就是那个爆料人。

早上跟周其然聊完以后，贺江望就加上了杨琦的联系方式。

他本来不想管的，因为事情已经过去了那么多年，老实说，已经不会影响到他了。

包括众人的议论、目光、怜悯，都不会伤害到他了，因为他早已经习惯了。

但是他不希望周其然因此而怀疑念好。

于是贺江望找到了当年的同学，加上杨琦的微信，几经逼问，他最终说了实话，说是陈之南让他做的。

其实整件事情也并没有经陈之南本人的手，他都是交代给一些下属做的。但是周其然在车队里混了那么多年，别的没有，就是人脉比较广，稍微一打听，就知道主谋是谁了。

况且也不知道是陈之南太自大，还是不够聪明，他压根儿就没有想过要抹掉那些痕迹，所以很容易就查到了。

念好双手撑着下巴，有些抱歉地说："这一次真的是我连累你……"

她早上刚和陶欢聊完，紧接着就给陈之南打了电话。

虽然她第一个怀疑的人是陶欢，但是诚如陶欢所说，这件事里，她其实是受益人，陶欢是聪明人，不可能会做这种事。

给陶欢打电话，不过是想要再一次确认一下罢了。

陈之南那日在念好那里没讨到好，回去后看到贺江望的照片，怎么看怎么眼熟，紧接着就着手让人去查了他的信息。后来趁"城堡"的播出，陈之南迅速买通营销号将他的所谓"黑料"发了出来。

念好打电话质问他时，他还一副理直气壮的语气说："要不是我，你那破节目能有这么大的热度？你不感谢我就算了，居然还来怪我？"

念好忍住想要暴打他一顿的冲动，说了句"你给我等着"，就挂了电话。

挂完电话后还不解气，她将陈之南做的种种事情发给了念应辉，又在底下说："麻烦您告诉陈叔叔，如果他不想管教一下陈之南，我不介意帮他管管。"

几分钟后，念应辉回："嗯。"

念好盯着手机屏幕里那冷冰冰的字看了片刻，把手机丢到床上，抬起胳膊捂住了眼，有些想不明白，所谓的亲人为什么会变成这样。

等他们从咖啡店里走出来时，天几乎已经黑透了，路灯在道路两旁渐次亮起来。

念好又连说了好多句抱歉，贺江望懒懒地"嗯"着。

说完，念好也觉得自己说这些好像很没有意义，只是第一眼看到新闻时，"贺江望、孤儿"这样的字眼连在一起，让她难受了。

以前盛薇薇就说过，念好这人，哪儿哪儿都好，就是共情能力太强了。

看个悲剧收尾的电视剧能哭好几天，在路上看到一只蜜蜂被踩死，也能崩溃得号啕大哭。

何况贺江望是站在她面前的、活生生的，她还挺喜欢的一个小男孩。

她也不知道自己能做点什么，好像也就只有道歉，能让她心里稍微不那么愧疚一点。

贺江望大抵也看出了她心中所想，手里握着个他刚从书包里拿出的一块魔方，在漫不经心地转着。

他说："这件事是你做的吗？"

念好眨了眨眼："什么？"

贺江望说："是你找人爆料的吗？"

念好听出了他话里的意思——这所有的一切都并不是她做的，所以她不必感到抱歉。

少年垂着眼睫，灯火在他眼下投下鸦翅般的灰影。

念好在心里无声地叹了口气，侧头，朝他弯了弯眼睛，说："对，不是我。"

语气温软，带着轻盈笑意。

贺江望抬头看了她一眼，拉开车门坐进去，唇角勾出一点不大明晰的笑来。

"那不就行了。"

第二章

这世界很烦，但你很可爱

毫 无 道 理 。 但 世 上 的 很 多 事 都 是 这 样 没 有 道 理 可 讲 的 。

后来，念好时常会回想起这晚的这一幕。

早夏的风里还卷着暮春的花香，暮色沉沉，人声稀疏。少年坐进车里以后，想了想，大抵觉得自己安慰的力度还不够，突然转过了身，伸手，揉了揉念好的头发。

他的手很大，手指细长，骨节分明，指尖还残留着淡淡的奶油香气。

念好的手刚搭上方向盘，被他突如其来的动作直接弄蒙了。

贺江望靠回到自己的座椅上，抿着唇，脸上没什么表情，但耳尖却悄悄红了。

什么嘛？还是个小朋友啊。

念好抬手往他手背上敲了一下："没大没小。"

贺江望说："呵。"

语气里满是嘲讽。

念好"欸"了声，转过头，又想搬出自己比他大四岁那番话，陡然想起那天她发在论坛里的那个回帖，神色一滞，她唤道："贺江望。"

男生疑惑地转过头来。

念好说："你……是不是喜欢我？"

话说出口，又觉得自己好像过于直接了，她连忙补充："我说的不是那种喜欢，就是像喜欢姐姐那样的喜欢……"

好像这样说也不太对劲。

她往后靠了靠，目光注视着前面的路况，整张脸都隐隐发起热来。

她的本意其实很简单，只是觉得自己只把他当弟弟，而且她对年纪比自己小的男孩子也的确没什么兴趣，所以就想——假若对方真的有这方面的心思，不如快刀斩乱麻，让他尽早收起，及时止损。

许是仗着自己年长几岁，生活经验丰富一些，便觉得自己在小男生面前游刃有余了，有什么事，不必试探，不必暧昧，单刀直入，讲清楚就好了。

可心里想的是一回事，话说出来，又是另一回事了。

还是有一点羞耻的。

念好咬了咬自己的指甲，听到贺江望说："我没有姐姐。"

片刻后，又说："所以对你的喜欢，也从来不是对姐姐的喜欢。"

"那就好……"念好心里窘迫得厉害，话没听清就急于接口，试图说点什么来为自己挽回一点颜面。

顿了两秒，她才后知后觉地眨了眨眼睛，问贺江望："你说什么？"

贺江望正襟危坐，低头看着自己交叠在膝盖上的双手，须臾，又扭头，直视着念好的眼睛："我还以为你早就察觉到了。"

少年人目光炽烈，念好觉得自己的脸越发热起来。她很快地别开了目光，伸手打开了车载空调的开关，将温度调低了些，轻咳了声，原本酝酿好的句子在他炙热而直白的目光里，被击得溃不成军。

那天念好几乎是落荒而逃。

后半段的车程里，车厢里静得不像话，到了贺江望的学校门口，他下车，念好眼神躲闪着朝他挥手说再见。

恰好那日盛薇薇休息，念好直接把车开到了盛薇薇家楼下，两个女生跑到大排档里聊了半宿。

以前她们读大学时，一整个宿舍的人经常一起半夜去吃大排档，点了啤酒和烧烤，几个女生，疯疯癫癫地边唱歌边讨论路上来往的男孩子。

这会儿念好仍像从前一样，动作利落地抠开啤酒瓶盖儿，递给盛薇薇，盛薇薇往自己面前的一次性水杯里倒了半杯酒。

隔壁桌坐了两个年轻男孩，染着一头黄毛，见她们两个女生单独坐着，流里流气地走过来，直接坐到了盛薇薇旁边，问她们可不可以拼个桌，被盛薇薇不耐烦地赶走。

念好趴在桌子上低声笑，说没想到我们薇薇姐的魅力还是不减当年啊。

盛薇薇白了她一眼，故意恭维道："您也不差。"

提到这个，念好就蔫儿了，她用手撑着下巴，坐在旁边不停叹气。

盛薇薇说："我不懂你在纠结什么。"

念好说："感觉不知道怎么解决才好。"

明明最开始她还想得好好的，如果他真的喜欢她，就直接跟他讲，她不喜欢年纪小的男生，可后来他真的承认了，她却又觉得拒绝的话有些说不出口了。

盛薇薇说："你以前可不是这样的啊。"

她还记得，她们刚上大一那会儿，学校里追求念好的人可以从教室门口排到食堂门口，那时候她是怎么做的？她嫌一个一个拒绝太麻烦，直接发了条微博，说我已经有喜欢的人了，不在你们中间，你们就不要再继续白费力气啦。

不知惊掉了多少人的下巴。

盛薇薇说："你现在怎么变得这么优柔寡断了？"

念好抠着桌子的边角："主要人家还是一小孩儿……"

盛薇薇说："十八岁了。"

念好："对，才十八岁。"

盛薇薇："当年被你拒绝的那些人也没比他大多少啊。"

念好被噎了一下，又说："他快高考了，不能影响他的心情吧……"

盛薇薇："你问人家喜不喜欢你的时候，怎么没想到这一点？"

念好："那会儿脑子一热……"

的确是脑子一热，问完了她才记起来还有高考这一茬儿，只是说出去的话，也撤不回了，只能说点别的找补回来。

念好有些烦躁地抓了抓自己的头发，半晌道："我的确不该问他。"

盛薇薇抿着酒没说话。

之后有好长一段时间，念好都一直刻意躲着贺江望。以前她每天都会给他发一段小猫咪的视频，自那以后也不发了，他主动发来的消息她也只当没看见，没有再回复。

所幸贺江望高考在即，学业比较繁忙，也没工夫处理这些事情。

念好再一次见到贺江望，是在他们毕业聚会的那天。

那天晚上她原本在进行“城堡”新一期的录制，这次邀请的是几个非常擅长做选秀节目的制作人。许是因为他们本就是圈内人，非常清楚一个节目要想有流量，爆点究竟在哪里，所以节目录制得极其顺利。

这次的录制，念好没有亲自参与，而是把工作全权交给了专业的主持人姜悦，她自己则在一边看着，以防出什么意外。

快录到尾声的时候，却突然接到贺江望的电话。

刚刚结束高中艰苦生活的男孩女孩们，聚在一起，玩得格外疯，深夜都仍没散场。

念好接通电话后，听到的便是各种嘈杂的人声，她皱了皱眉，走到旁边僻静的地方，低声唤道：“贺江望？”

回她话的却是饶飞：“念好姐是吗？贺神喝醉了，还要麻烦你过来接他一下。”

直到出现在他们聚会的酒店门口，念好都仍未想明白，她到底为什么会答应饶飞这个莫名其妙的请求。

饶飞误以为她和贺江望谈过恋爱，这样做还可以理解，但作为主人公的她，分明十分清楚事情并不是这样。

所以她到底为什么要来呢？

她叹了口气，慢慢拾级而上。

快到凌晨，路上行人渐少，酒店门口也很安静，只有零星几个人，相携着从里面出来。

“城堡”的录制地点离这里有点远，念好一路开车过来，等赶到时，他们的聚会已经散去有一会儿了。包厢里的空调机呼啦啦吹着冷风，房间里就只剩下贺江望、饶飞和饶飞的爸爸，大抵也是在这里陪饶飞一起等念好。

看见她进来，饶飞立马起了身，说："怎么拉都拉不走，让他和我一起回家也不愿意，我想了想，觉得只有你能把他带走。"

贺江望喝醉时很安静，没有睡觉，就睁着眼睛坐在那里，坐得直直的，脸上没有什么表情。

念好看着他："怎么喝这么多？"

"有人恶作剧，在他的啤酒里偷偷兑了白酒，这俩掺在一起，他那点酒量，怎么承受得了。"

念好没说话，走近了些，又想到饶飞刚刚的话，低声道："感觉他也不会听我的话，你怎么会觉得我能把他带走？"

她说着，伸手，试探性地戳了戳贺江望的脸颊，男生似乎这才察觉到屋子里来人了，扭动脖子，侧过头，看向念好，眼睛机械性地眨了两下。

是真的有点可爱。

念好的心顿时就软成了一片。

时间太晚了，饶飞爸爸见念好来了，便带着饶飞先离开了，偌大的包厢里很快就只剩下他们两个人。

空气里还散发着浓浓的酒精味儿，有点难闻。

念好坐到贺江望旁边的椅子上，放缓了声音，哄小孩儿似的。

"贺神。"她说，"回家好不好？"

少年面无表情地看着她，许是因为带着醉意，做出这样的神态时，没能再像平日里一样拒人于千里之外，反而带着几分糯糯的温软气息。

他没有说话，念好又说："很晚了。"

贺江望突然站起了身，不等念好反应过来，他直接握住了她的手臂，又从她的手臂上往下滑了滑，停在她的手腕上。

屋内温度很低，但他的手却很热。

念好仍在椅子上坐着，听到贺江望一字一顿地说："我好像做梦了。"

他说："梦到你来见我。"

空调机工作太久，发出轰隆隆的响声，念好好像耳鸣了半刻，错开了贺江望的视线。

好在他并没有握太久，很快就松开了握着她手腕的手，拎起挂在椅背上的背包，拉开门，径直往外走去。

念好在原地愣了一瞬，后知后觉地跟上去。

酒店里已经彻底没有什么人了，工作人员围坐在一起，正在楼下吃下班餐。

看见他们下来，有人连忙起身，走过来，弯腰和他们说“再见，欢迎下次光临”。

念好走出大门的那一刻，还听到有女生小声议论：“那个小哥哥好帅啊！”

“你不知道他吗？贺江望啊！”

念好无意多听，快步跟上去。

贺江望腿长，步子迈得很大，念好叫苦不迭，再一次在心里思索，她到底为什么要来接他？

大概是女孩本能的同情心理作祟，她不知道他的事情之前，还可以对他的一切置之不理。但当你知道一个人太多事情的时候，好像你就要开始——不得不，对这个人负责了。

毫无道理。

但世上的很多事都是这样没有道理可讲的。

念好在心里想着事情，冷不防，贺江望突然停下了脚步。

路灯昏黄，他就站在那片暖色灯火下，转回头，注视着正慢慢走向他的念好。

她今天因为要见节目嘉宾，穿了很高的高跟鞋，他们不知何时拐进了一片旧街区，路是砖路，走起来很费劲。

他突然想起他第一次见到念好时的场景，那时她才十六岁，还在念高中，人生中第一次穿高跟鞋。

也是在这样的夜晚，他还记得她那天穿的是一身红色的礼服裙子，许是路走得太多了，脚踝都被磨破了，蹲在路边掉眼泪。

老实说，模样看起来不太雅观。

贺江望坐在距离她不远处的长椅上，听到她先是小声啜泣，随着时间的流逝，声音越来越大。

贺江望没有走过去安慰她，而是塞上了耳机，闭着眼睛听歌。

不知过了多久，她终于哭够了，脸上的妆花得不像话，踉踉跄跄走到长椅的另一头坐下。许是情绪积压无处发泄，过了会儿，她突然叫他。

“喂，小孩。”

贺江望没理她，她好像也不在意似的，又自顾自地说：“今天是我的生日欸，我们在这里办生日聚会。”

她沉默下来，停了好久，才又低声笑着说：“然后我……我看到了我爸爸和他的一个女下属在……在……”

她的声音越来越小，说得磕磕绊绊的。

“我不敢告诉我妈妈。”她说，“但我总觉得，她应该是知道的，我所认为的幸福家庭，其实只有我自己以为，它是幸福的……”

她有些语无伦次了，絮絮叨叨讲了好久，终于停下来，扭头看贺江望：“哎，小孩，你为什么这么晚了，还在这里坐着？”

贺江望仍旧没有理她，她问：“是迷路了吗？”

又问：“你家在哪里？姐姐送你回家好不好？”

贺江望终于抬起了头，声音淡淡的：“我没有家。”

男孩突遭变故，哭闹了太久，到如今早已平静。

念好一愣，还以为他在闹小孩子脾气：“你这是……离家出走了吗？”

贺江望又不说话了，念好说：“你很酷欸，居然敢离家出走。”

贺江望似乎是不耐烦了，冷冷睨着她，声音里依旧没有什么情绪：“上个月的新闻你看了吗？在那边……”他往前指了指，“那片围起来的工地你看见了吗？”

那片工地，原本是一座天桥，在上个月坍塌了，砸到了一辆小轿车，车上的两个人当场死亡。

念好无声地张了张嘴，一时没有反应过来这其中的联系。

我们小的时候，总错以为自己是这个世界的主角，太阳月亮星星都绕着自己转。这世上所有不好的事情，都不可能会降临到自己身上，毕竟这世上这么多人呢，哪里这么巧就会轮到我？

但事实上，我们每一个人，都不过是茫茫人海里一粒小小的尘埃罢了。

我们如此平凡，又如此渺小。

贺江望说："那天我参加完夏令营回来，他们开开心心地去接我……"

男孩不擅长煽情，他就那样靠在长椅上，脸上没什么表情，头顶的树枝在路灯的照射下，在他脸上留下一片略显奇异的纹路。

未想念好听完，哭得更厉害了，她起先还是小声呜咽，到后来直接转成了"呜呜哇哇"的大哭，她说："你太可怜了……

"你怎么这么可怜啊……凭什么啊……"

她光说还不够，又走到贺江望跟前，轻轻地摩挲着他的后脑勺，在男孩诧异的目光里，直接将他的脑袋按进了自己的怀里。

她的眼泪啪嗒啪嗒砸在他的脑袋上。

贺江望整个身子都僵住，他微微挣扎了下，可女孩也不知从哪儿来的那么大的力气，紧紧地箍着他。

她说："你不要难过啊，死去的人都会变成天上的星星，他们只是换了个方式继续爱你。"

贺江望最终还是放弃了挣扎，他说："那都是骗小孩的。"

念好说："对呀，但你就是小孩呀。"

贺江望不想再和她继续这种无意义的对话了。

念好松开他，开始在自己的包里翻找起来，东西大概很难找，她有些烦躁地把所有的东西都倒了出来，散落满地。

最后她终于从满地的物品里，捏出一枚红色的小荷包，荷包下面还坠着黄色的穗儿。

她献宝似的把那枚荷包递到贺江望面前，说："送你了！"

贺江望抬了抬眸："什么？"

"平安符！"念好说，"红色是我的幸运色，这是我的平安符，跟了我很多年的。"

贺江望说："哦。"

念好抓过贺江望的手腕，不由分说地将那枚平安符系到了他的手腕上。

男孩这段时间瘦得厉害，手腕细得不像话，骨骼和青筋一起凸出来。念好的眼眶不由得又红了红，问："哎，小孩，我叫念好，你叫什么名字啊？"

"贺江望。"

"好，贺江望小朋友，我现在呢，把我的幸运分给你一半了，希望你这一生平安、快乐、健康、自由。

"如果你不相信你爸爸妈妈会一直看着你这种话的话，那么，我来替他们看着你好不好？"

女孩的声音轻缓，眼里盛着盈盈光辉，明明她自己都一堆烦心事在身上呢，却这样想方设法去安慰一个素昧平生的他。

虽然，安慰的方式，幼稚了点。

贺江望在心里这样想，手却捏紧了那枚平安符，那上面仿佛还残留着她留下的温度，温温的，暖暖的。

他说："好。"

念好弯了弯眼睛，说："那我们就这样说好了啊，我会一直看着你的，所以，你给我好好的，要长成一个特别特别好的小孩，不要抽烟，不能乱喝酒，不能……"

骗子。

连个电话都没留。

后来很长一段时间，贺江望想起念好时，最后总会以这一句话作为总结。

因为赌气，那枚平安符也被他压在了箱底，起初他还会故意惹出一点乱子来——作业不交、骑车时故意摔伤——心里想：她不是说过会看着我的吗？

她不是说了会看着我的吗？

再早熟的小孩也还是小孩。

到后来，他发现自己惹完事之后，被他折腾到的都是周其然，又跑回房间里，找出那枚平安符，认认真真系到自己的车子上。

然后这一系，就是好多年。

贺江望双手揣在裤兜里，懒散地靠在路边，看着离他越来越近的念好。

这个世界说大不大，说小也不小。

那次分开以后，他就跟着周其然来平城了，此间很多年，他没有任何她的消息。

于是他努力练习，努力让自己变得优秀，心想，我既然找不到你，那我就让自己站在特别特别显眼的地方，那样的话，你是不是就能看到我了。

然后，她真的看到他了。

但她已经完全不记得他了。

他其实并没有醉得特别厉害，残存的那一点酒意，在夜风里也被吹散得所剩无几了。只是他等了太久，等了这么多年，她终于跨越山川与漫漫岁月，重新来到他面前，他不想再放走她。

不想给她退后的机会。

不想给她逃避的机会。

所以，哪怕用一点点小心机又怎么样呢？每个人的人生都只有一次，为了自己仅此一次的人生里，或许仅此一次的爱情，努力一下，也没有什么吧？

他侧了侧头，看见念好在距离他不远处的地方停了下来，脸颊泛红，喘着粗气，没好气地瞪着他：“哎，你这个死小孩，真的很任性欸！”

她是真的累了，心里又窝着火，完全忘记了两个人根本没有那么熟。见贺江望站在那里没动，还以为他仍醉着，走上前去，拉住他的手腕，不由分说地将他往回拉。

少年默不作声地跟在她后面，听她数落。

“小孩子喝什么酒？

“刚高考完就这么放肆。

“你这样很麻烦别人的知不知道？要不是我心地善良……”

贺江望突然说：“我成年了。”

念好回头睨了他一眼，嘟囔道：“那又怎么样，还不是个小朋友……”

贺江望说：“十八岁了。”

念好翻了个白眼：“不用再强调了！”

贺江望又说：“可以谈恋爱了。”

念好的脚步顿了一秒，很快又恢复如常，她说：“贺江望，你这样很OOC欸！”

贺江望问：“OOC是什么意思？”

“Out of Character，意思就是，不符合人设、个性，总之就是违背了原本的性格设定，变得很奇怪。”念好说，“就比如你，你的人设不是沉默寡言不爱笑吗？我看你的粉丝都这么说，但你现在真的很……”

贺江望“哦”了声，问：“很什么？”

念好想了想，说：“很……小朋友。”

“嗯？”声音有点冷了，贺江望再一次强调，“我已经成年了。”

念好：“……”

念好：“啊……算了，我不跟一个醉鬼讲道理。”

夏夜的晚风腾起浓浓的热气，路上行人稀疏，他们就这样有一搭没一搭地聊着。

贺江望默了一会儿，突然说：“每个人在喜欢的人面前，都会OOC吧？”

他的声音小，念好没听清，回头问：“什么？”

贺江望说：“我们现在要去哪里？”

“去停车场开车！”

等念好把贺江望送到家里，再回到自己家里时，已经过了零点。

她筋疲力尽地躺到床上，忍不住，发了条朋友圈控诉贺江望——

“现在的小朋友真的很能折腾哦！”

很快，多了几条评论。

饶飞：哇哦，不愧是贺神！

姜悦：我弟让我帮他问一下，你把他家贺神怎么了。

盛薇薇：？？姜悦在说什么？你跟贺江望这么快就发展到这一步了吗！

姜悦回复盛薇薇：今天节目录一半就被小朋友叫走了，啧。

小莫：老板，知道你家小朋友很厉害了，但是请不要忘了，明天早上八点半要开会，从你家到公司需要半个小时，你洗漱、化妆需要一个半小时，所以截至这一刻，你还有五个小时二十一分钟可以睡。

须臾，小莫又评论一条：521，还挺浪漫，好运都给老板，祝老板和小朋友99！

念好：？？？

这些人都在说什么鬼话？

贺江望从浴室里出来的时候，手机正被饶飞轰炸得响个不停，不是电话，全是微信消息。

饶飞：“你看到念好姐的朋友圈了吗？”

饶飞：“我不敢打电话，只是来问一下，你俩这是和好了吗？”

五分钟后。

饶飞：“贺神？”

饶飞：“贺神？？”

饶飞：“贺江望？！”

饶飞：“你在干什么？不会是还没好吧？”

又过了五分钟。

饶飞：“行，我服，你也太强了。”

贺江望：“？”

贺江望退出聊天框，找到念好那条朋友圈，看了半天也没看懂饶飞在说什么，索性不管他了，给念好评论：我错了……

片刻后。

念好回复贺江望：我要杀了你！

念好本来正在她和姜悦、盛薇薇的三人小群里给她们解释呢，好不容易把话讲清楚，结果贺江望那一个回复，直接让她的口舌全白费了。

姜悦还在那边说：“你不要不好意思，我们大家都是成年人了，这也没什么见不得人的。”

盛薇薇：“是啊，我们又不会说你，你瞒我们干什么啊？”

念好感到心力交瘁。

念好：“可能我脑子有洞。”

盛薇薇：“敢于认清事实，还是好同志。”

念好：“……”

隔天，念好顶着巨大的黑眼圈去公司，刚到办公室门口就碰见了正帮她倒咖啡的小莫，这家伙也是昨天八卦大军中的一员，念好这会儿见到他就气不打一处来，还没嘲讽他，小莫倒是先开口了："其实跟谢文秋他们聚餐的那天晚上，他给我发微信说你先走了，之后我给你发微信你再也没回的时候，我就知道老板您和小朋友的关系了。您放心，我那时候没说，现在也绝对不会乱说的。"

说着，他还做了个封嘴的动作。

念好："……以前怎么没发现，你戏这么多呢？"

小莫推了推眼镜："那时候还不是很熟，要伪装一下。"

念好："现在熟了？"

小莫："比那时熟。"

念好冷笑一声，转身走进办公室，忽然又想起什么，对小莫说："我跟贺江望没关系，以后少八卦。"

小莫应得特别快："好的，老板。"

念好狐疑地看他一眼，小莫又说："老板说没有关系就是没有关系。"

念好："是真的。"

小莫严肃地说："我相信老板！"

但表情看起来分明是没有相信。

念好："……"

算了，反正她跟贺江望的关系也不是第一次被误会了。

会议开到将近十一点才结束。

这次的例会主要分析了一下"城堡"前几期的数据以及对接下来大方向的把握。

开完会，念好看下午没什么事了，就给贺江望打了个电话，准备把小橘猫给他送回去。

念好到贺江望家里时，他恰好去超市里买菜了，是饶飞给她开的门。

看到她抱在怀里的猫，他"咦"了一声，说："我就说怎么这次来没见到它，还以为贺神把它丢了呢，还想着当初他费了那么大的劲把猫从泰国带回来，怎么说丢就丢了。”

念好正在门口换鞋，捕捉到“泰国”两个字，瞥了眼正在地上四处乱窜的小猫，惊讶道：“这是从泰国带回来的？”

“嗯啊，就那次比赛的时候。”饶飞挤眉弄眼，“不可说的那一场比赛。”

不可说的比赛，就是贺江望摔倒的那一次。

念好心头微动，蹲下来抓住小橘猫的前爪仔细看了看，她好像——的确见过这只猫。

泰国的那条巷子里，她出来买吃的，偶遇了边哭鼻子边打电话的贺江望，当时她怕他觉得尴尬，故意去逗猫咪，以表示自己并没有听到他的电话内容。

当时那只猫的前爪，也有这样的两撮白毛。

饶飞看她发呆，又说：“你也知道从国外带猫回来有多麻烦，我看这猫也没长得多特别啊，当时不让他带，他偏不听，为了给猫办证，耽误了很久才回国。”

门外传来摁密码锁的声音。

小橘猫耳朵一动，迅速从念好手中挣脱了，念好站起身，听到饶飞还在说：“你觉得它好看吗？”

贺江望已经进了门，看见念好，顿了一顿，须臾，朝她扬了扬手，他手里的购物袋里装满了各式各样的菜。念好下意识伸手接了过来，贺江望一手撑着墙把脚上的鞋子踢掉，换上了拖鞋，见她还提着东西在原地傻站着，又走过去，把东西接回到自己的手上，拎进厨房里。

念好摸了摸鼻子，回头跟饶飞说：“好看。”

当然好看，目若朗星，眉分八彩。

饶飞低头仔细盯着小猫咪看了一会儿，费解地挠挠头：“我就不明白了，到底哪里好看啊？”

贺江望问：“什么好看？”

饶飞说：“猫，说这个猫何德何能，被你大老远从泰国带回家。”

贺江望本在擦手的动作一顿，眼睛下意识地看向念好，恰好念好也在看他，他抬手摸了摸自己的耳朵。

“就……就，可爱啊。”他别开了目光，理直气壮地反问，“不可爱吗？”

饶飞：“比它可爱的猫多的是好不好？而且国内又不是没有这种猫。”

贺江望淡淡瞥了他一眼：“你好烦，我就喜欢这只，不行？”

“行，行！”饶飞被他的眼神一杀，立马投降了。

晚饭是贺江望做的，原本念好打算把小猫咪送过来就走的，饶飞非说人都来了，不如留下来吃完饭再走，正好尝一尝贺神的手艺。

他说完，又后知后觉地“哎”了一声：“是我僭越了，你应该早就吃过了才对。”

念好：“我……”

饶飞：“真的，你不要再装了，我已经知道一切了，你再怎么演我都不会相信的。”

念好：“……”行。

念好已经彻底放弃了挣扎，索性进厨房去帮贺江望做饭。这事儿她以前从来没有碰过，连碗面都没自己煮过，看贺江望动作利落地给山药削皮，切菜时刀工虽然略显笨拙，但也还看得过去。

她又想起前阵子网络上议论纷纷，说贺江望十二岁父母就去世了的事情，心里莫名就有点不是滋味，她走过去，拿起料理台上的菜去水池边洗，边洗边歪头看贺江望。

做饭这种事，被喜欢的人看着，贺江望感觉不自在极了，他本来还想假装没感受到念好的目光，但耳朵却控制不住，红了。

他捏了捏自己的耳垂，冰凉的水给它降低了一点温度。他瞥了念好一眼，淡淡提醒道：“那个，不是那样洗的。”

念好“啊”了声。

贺江望说：“要先削皮。”

念好又拿起削皮刀来。

厨房空间不算大，两个人挤在料理台边，肩膀不时地拱在一起。饶飞从外面看着，啧了声，拿出手机拍了张照片发到他们的八卦群里，很快又收获到一连串的感叹号。

“什么情况？和好了？”

“什么情况？同居了？”

“什么情况？你为什么还在这里？”

饶飞在群里闹得正欢，头顶突然响起一声冷冰冰的质问：“你在干什么？”

贺江望出来给念好找围裙，看到饶飞在那里鬼鬼祟祟地笑，走近一看，他的手机屏幕里出现的正是一张放大的照片。

——隔着玻璃，他和念好并肩站在料理台边，女孩大概实在不熟练，总盯着他的手看，大概在跟他说着什么。

“没什么！”

饶飞吓得手一抖，手机都掉到了地上。

贺江望弯腰，把手机拾起来，手机屏幕还没熄灭，他低着头，手指在上面滑了两下。

饶飞：“我不是故意要偷拍的，只是画面太美，我没忍住。不，不是我没忍住，是我的手没忍住，我这就去把……”

贺江望突然道：“拍得不错。”

“去把它删掉，也不许别人保存……”饶飞眨了眨眼，“啊？”

贺江望把手机扔给他：“发给我。”

饶飞：“啊？啊？”

贺江望却没有再理他，径自往厨房走去。

念好手中那一只土豆终于削完了皮，她打开水龙头，把土豆放在清水下面冲洗。一只手突然从她后面穿过来，关掉了水龙头。

男孩站得离她极近，下巴几乎挨到了她的头顶，他语声清冽，带着几分少年特有的青稚。

“转身。”

念好“哦”了声，乖乖把身子转过来，入目的便是他锁骨上一颗小小的痣和突出的喉结。

有点性感。

她有些不自在地移开了视线，少年却已经将围裙套在了她的脑袋上，他大概是想帮她系后面的绑带，胳膊抬起来后，却又不知道该怎么动作才好了，如果从前面系过去，就好像要抱她一样。

贺江望抿了抿唇，又说：“再转一下身。”

念好又乖乖地“哦”了声。

转过去以后，她才后知后觉地想：我明明可以自己系的，为什么要这样听他的话啊？

饶飞在外面围观了全程，在心里翻了无数个白眼，随即发了一条只对贺江望和念好不可见的朋友圈：恋爱中的人，都没有手吗？

两秒后，念好、盛薇薇以及姜悦的三人小群里进了一条新消息。

盛薇薇：“哟，已经登堂入室了啊？”

念好看到这条消息时，已经是一个小时后了。

饶飞饭才吃到一半，就临时有事走掉了，餐桌上只剩下念好和贺江望。

可能因为饶飞太闹腾了，他乍一离开，房子里安静得过分了。念好觉得气氛尴尬，便拿出了自己的手机，想缓解一下，一眼就看到了盛薇薇的微信消息。

念好：“？”

盛薇薇把饶飞那条朋友圈的截图发了过来。

念好看完："？？"

贺江望看她忽然盯着手机看，还皱着眉，问："怎么了吗？"

"没。"念好收起手机，莫名有点心虚，说，"没什么，就……我朋友他们在八卦。"

贺江望："哦。"

好在这时小橘猫走了过来，脑袋蹭上念好的腿，她今天穿的是一条连衣裙，小腿裸露在外面，被猫咪蹭得有点痒。她不由得弯下腰，笑着拍了拍猫咪的脑袋："别闹。"

声音有点儿软。

贺江望喉头动了下，放下筷子，起身过去，捏着小橘猫的后颈，把它拎到了沙发上，表情看起来凶巴巴的："不许欺负姐姐。"

又说："你是个男生，别耍流氓。"

语气听起来有点酷酷的冷。

念好看他一本正经地跟小猫咪讲道理，不由得笑道："第一次听你叫我姐姐欸。"

贺江望："……不是我，是猫。"

他们其实早就吃好了，念好起身把碗收进厨房，放进洗碗机里，出来时，看见贺江望仍在和小猫咪说话：

"……你下次再敢这样，我就把你赶出家门。"

男孩穿着宽松的黑色 T 恤，盘腿坐在沙发旁边的地毯上，小猫咪在他腿上蹲着，满脸写着不耐烦。

这画面，莫名有些温馨。

听见脚步声，贺江望才收声，转头看向念好。小橘猫趁他松懈，飞快地从他的魔爪中逃离，跑到了茶几底下。

念好说："干吗欺负一只小猫啊……"

贺江望：“我没有。”

念好又说：“我看见了。”

贺江望默了会，一本正经地胡说八道：“在陪它聊天。”

念好走过去，蹲在茶几边和小橘猫玩，边状若无意地问贺江望：“怎么想到要把它带回来？”

她的目光始终定在小橘猫身上，没有去看贺江望，语气显得格外漫不经心。

贺江望的手指在自己的膝盖上不停敲击着，没有说话，念好看了看他，突然福至心灵道：“你难不成……以前就认识我？”

除了这个原因，她实在想不到别的能让贺江望大老远从泰国把这只猫带回来的理由了。

要么就是他对这只猫一见钟情。

贺江望听完她的话，原本还僵着的面庞却是瞬间一冷。

“不认识。”

他从地毯上坐起来，去冰箱里拿了罐啤酒，抠开拉环之后，却又不想喝了，放到了旁边的地板上，一副不高兴极了的模样。

什么毛病？

青春期的小孩儿都这样？

念好戳了戳小橘猫的脸，想了想，还是说：“你可不要说你对我一见钟情，我不信这些的。”

贺江望问：“为什么不信？”

“怎么说呢？总觉得所谓第一次见面就喜欢，不过是一时被皮相惊艳到了罢了。”念好歪头思索了片刻，说，“就比如，你其实才只见过我几面而已，你并不了解我是一个什么样的人，也不了解我的过去，也不知道我身上是否存在一个缺点，恰好是踩在你的底线上的。”

女孩说起感情来一套一套的。

贺江望问：“所以呢？”

念好说："所以，这种感情是没有支撑的。而且，你今年才十八岁，你遇见的人太少了。"她总结，"你会喜欢我，是因为你遇见的人太少了，所以，乍一遇见一个看似成熟的漂亮姐姐……"她顿了一顿，笑道，"没错，是漂亮姐姐，乍一遇见一个漂亮姐姐，觉得自己有一点动心，这是正常的。"

"但是……"

但是，这种动心只是一时的新奇罢了，他很快就会去读大学，会遇见很多好看的女孩子，而那些人都和他一样，青春正当好。

少年的热情，大多如夏日里的一场疾风骤雨，虽轰轰烈烈，却短暂异常。

这种喜欢，十八岁的男孩耗得起，但她耗不起。

没等她说完，贺江望却突然轻轻嗤笑了声。

仲夏时节，屋内空调打得有些低，念好倾身从沙发上扯下一个抱枕，塞进自己的怀里。

贺江望说："所以呢，那又怎么样？喜欢一个人，跟你说的这些，有什么必然的关联吗？"

男孩的声音里带着几分淡淡的嘲意，唇角微微勾起，看向念好的眼神却很直白。

他说："你怎么知道这种喜欢没有支撑？你又知道我的喜欢有多少了？说到底，不过都是偏见罢了。"

他收回了目光，拿起那罐在地上放置了很久的啤酒，狠狠灌了一口。

少年仰起脖子的那一瞬间用的力度很大，喉结蠕动得也很用力。

他在念好面前，大多时候是乖巧的，以至于念好差点忘记了，他其实还是个摩托车赛车手。

摩托车通常代表着什么？

速度、惊险、刺激以及一颗强大的心。

小橘猫用鼻子拱了拱念好的手，她低低地"啊"了声，有些不知道该怎么回答贺江望的问题。

每个人在兴致正高的时候，都以为自己的喜欢，是可以持续很久的。

贺江望却像是看出了她心中所想似的，他扬了扬眉，刚才的阴霾似乎一下子全被扫空了。

少年人拥有的最美好的品质便是百折不挠。

他说："念好，你等着看。"

第四章

明里暗里，只喜欢你

“谢谢你啊，贺江望。谢谢你这样喜欢我。”

等着看什么？

那阵子，“城堡”的热度越来越高，但同时，各种问题也接踵而至，整个项目组几乎日日都在加班。

念好也很多天没能睡个好觉，在等后期把最后一版正片传给自己的过程里，歪在沙发上小憩了一会儿。

没睡几分钟，小莫突然来敲门，喊她出去吃夜宵。

有时忙得太晚的话，念好会主动让小莫去给大家订夜宵，但念好完全不记得今晚她有嘱咐过小莫去做这件事，她扯开盖在身上的毛毯，问小莫：“今天吃什么来着？”

“海鲜粥啊。”小莫说，“您不知道吗？”

念好敲了敲自己的脑袋：“我可能是忙糊涂了，忘记了……”

小莫说：“可不是，你家小朋友已经在下面等很久了，要不是我下去有事，正好看见他，恐怕这会儿他还在那里傻站着呢……”

念好：“欸？”

小莫看了看她，试探着问：“是吵架了吗？我看贺神也不敢给您打电话的样子……”

话未说完，念好忽然起身，越过小莫走出去，可等她下楼后，大厅里除了正不停打哈欠的保安以外，空无一人。

她掏出手机，低头给贺江望发微信：“你刚刚来找我了？”

贺江望：“嗯。”

须臾，又补充：“和朋友骑车玩儿，正好路过。”

念好回到办公室，粥已经被大家拆开了，有人看见她进来，拍马屁道：“感谢老板，居然是罗记的粥！”

“是啊，罗记的粥一直很难排，就算是夜里，也要等很久，上次我男朋友给我排了三个多小时才买到……”

“不要再借机秀恩爱了好不好？”

“听莫助理说，今天的粥也是老板的男朋友买的……”

“哇，大家的男朋友都是从哪里找的？”

念好平日里没有架子，大家也不怕她，当着她的面就这样八卦起来。念好咳了声，走过去，撕掉包装袋上的订单条，看了眼上面的价格，给贺江望发了个红包过去，才回到自己的办公室里。

两分钟后，小莫端了一份独立包装的粥进来，放到她的桌子上。

“你家小朋友说，这个是专门给你的。”

念好讨厌海鲜的味道，故而刚刚粥送来的时候，她虽然也有点饿，却并没有去吃的欲望。可小莫端进来的这碗粥，用保温桶装着，是一份桂花糯米粥。

粥很明显是送粥的人自己煮的，保温桶上还印着一个骑摩托车的小人儿。

小莫把保温桶的盖子掀开，桂花的香味立马在房间里散开。小莫说：“虽然不知道你们到底在闹什么别扭，但贺神……”

念好提醒他：“奖金。”

小莫语声一顿：“那没事我就出去了啊，老板再见！”

话音还未落他就匆匆出了门。

念好坐在椅子上，有些烦躁地发了会儿呆，她用勺子戳了戳粥碗，手边的手机忽然亮了起来。

贺江望：“？”

红包他没有收。

念好：“感谢你的粥，钱你收着，你还是学生，不能让你破费。”

隔了几分钟，贺江望发了段语音过来：“那人工费怎么算？”

他大概还在外面，讲话时有些喘，语声里夹着几声哼笑，旁边有男生们的打闹声断断续续传过来。

周剑河看他靠在电梯边给人发语音，躲开了饶飞的推搡，问贺江望：“怎么样？粥好喝吗？”

贺江望收起手机，进了电梯，没应他。饶飞从后面跟进来，附在周剑河耳边小声说："别惹他，小两口闹别扭呢？"

"闹什么别扭？"

"不知道，恋爱中的人啊……"

念好有些茫然地盯着"人工费"这三个字看了半晌，回了贺江望一个问号，贺江望他们已经进到了屋子里，饶飞跟周剑河今晚在他家里睡。

两个男生窝进沙发，电视里插了游戏卡，一人一个手柄，正在调试游戏模式。

贺江望独自倚靠在旁边的单人沙发里，继续给念好发语音："玩游戏了，不和你说了。"

他的嗓音慢悠悠的，吐字有些不清晰，语毕，就收起了手机，盘腿坐起来，听到饶飞问："怎么，不喜欢吗？"

"嗯。"贺江望心不在焉地嘟哝了声，"谁说这个方法有用的？"

饶飞直指周剑河："他！他还说女生一定会被感动得痛哭流涕……"

"胡扯。"贺江望从桌子上拿过一瓶草莓牛奶，插进吸管，在唇齿间慢慢咬着，"根本没有用。"

周剑河说："念好姐也太难哄了吧？你到底做了什么，把人气成这样？"

贺江望说："没。"

饶飞："你不要不好意思，要知道发生了什么，才好对症下药解决问题不是？"

贺江望默了会儿，说："我在追她。"

饶飞："嗯？"

周剑河："嗯嗯？"

贺江望："她拒绝了。"

饶飞："不会吧？你们不是都……都那个了吗？"

贺江望："她觉得我太小了。"

饶飞："？"

饶飞意味深长又颇为同情地拉长声音："哦……"

周剑河："那……那也没办法，这是天生的，又不怪你，除非能通过后天的什么来改变……"

贺江望眼角微抬，看着周剑河，半晌说："我懂了。"

周剑河：？？？

你懂什么了？

五分钟后，周其然收到了一条来自贺江望的微信："你那些老年衫，在哪里买的？把店推荐给我。"

周其然："？"

周其然："干吗突然人身攻击？"

于是，翌日晚上，小莫刚从楼下抽烟回来，就看到了穿着一身花得过分的衬衫的贺江望。要不是他那张脸实在好看得出挑，小莫差点不敢认他。

虽然他同贺江望也并没有多熟，但仅有的几次见面里，少年的穿着都还算清爽舒适，衣服上的花纹能少一点就尽量少一点。

可今晚这一身——

他隔着玻璃，先拍了张贺江望的背影发给念好，痛心疾首地问："老板，你家小朋友是不是受到什么刺激了？"

他是真的很八卦，念好看到他的消息在闪，本不想搭理他，但目光落在"小朋友"那三个字上，又忍不住拿起了手机，滑开他的消息，点开那张照片一看。

念好："……"

不等念好回复，小莫又说："看朋友圈！"

朋友圈里，饶飞和周剑河在几分钟前各发了条一模一样的朋友圈：贺神好帅，贺神好酷，贺神好成熟！（此条五毛，请贺江望立马给本人打钱。）

配图是贺江望穿着那身花衬衫逗猫的照片。

然后，在她的注视之下，底下突然跳出一条评论。

贺江望：……删掉，马上。

饶飞：坚持住啊老周，不要畏惧强权，贺江望就是个纸老虎，没什么可怕的！

念好刷新了一下，他自己的那条却已经迅速删除。

念好有些好笑地点开周剑河发的那张照片，放大，仔细看了看。

衣服是土了点儿，花里胡哨的，但好在少年长得好看，轮廓很深，骨骼分明，因为年纪小，脸上的奶膘还没消，有点肉乎乎的，不胖，甚至看起来有点稚气。然而，也正是因为那几分稚气，令那身衣服看起来也没有那么让人一言难尽了。

不知道是出于怎么样的心态，念好给周剑河点了个赞。

夏夜蚊子多，贺江望在楼下站了许久，小腿上已经被蚊子咬了不知多少个包。

他把买的夜宵全放在了门旁的椅子上，这会儿正立在椅子边，盯着手机屏幕里念好的那一个赞，恨不得立马跑过去跟饶飞他们俩打一架。

小莫终于从门外进来，假装才刚看到贺江望，从他手里接过夜宵，眼睛瞟过他腿上的红包，终究还是看不下去了，说：“你等一下，我给你拿花露水。”

贺江望本来想说不用这么麻烦，但他的腿又实在痒得厉害，沉吟了片刻，还是点了点头。

结果小莫一看到念好，就开始极尽夸张地给她描述：“整个腿都红了，你是没看到，特别可怕。

“虽然这是您的私事，我不应该多问，但是人小朋友真的太可怜了。

“您比他大好几岁呢，这样欺负一个小朋友，未免也太……也太渣了……”

念好简直听笑了：“贺江望给了你多少钱？”

小莫：“嗯？什么？”

小莫反应过来："天地良心，我一分钱都没收！"

念好："哦。"

小莫："算了，算了，您不心疼我心疼，我这就去给他送花露水。"

没走两步，念好却突然叫住他，她走过去接过他手里的花露水，叹了口气道："还是我过去吧。"

念好下楼时，贺江望正坐在椅子上打游戏。

佳宇大厦是一座综合性的办公大楼，很多公司都在这里租有办公室，这会儿天晚了，很多办公室都熄了灯。

大厅里的灯也不算很亮，有些昏昏的黄，少年弓着腰，后背抵在椅子上，坐姿不大端正，整个人都透着股漫不经心的不羁。

有刚下班的女生路过，对他多投去几分目光，随即又低头和身边的人说着什么。

念好提着花露水，高跟鞋在大理石地板上发出"嗒嗒"的声响。

贺江望游戏打得正酣，旁边忽然坐下一个人，淡淡的女士香水的清香钻入他的鼻孔。他将身子往旁边挪了挪，正想换个座位，余光却瞥见女孩放在膝盖上的手，食指上有一枚淡粉的星形小戒指。

他在念好手指上见过的。

他正在打游戏的手一顿，耳机里传来队友的呼声："喂，你在干吗？快躲呀！"

他收回视线，继续手里的动作，三两下结束了一局游戏。

他本来就是为了打发时间才玩的游戏，先前一直保留实力，队友还以为他技术很差，这会儿见他操作这么猛且精准，不由得转了态度，开语音夸赞道："小哥哥，你好厉害哦！

"加个联系方式嘛，下次还一起玩好不好？"

有些嗲嗲的女音。

贺江望刚刚不小心断开了蓝牙耳机，以至于女生的声音直接就荡在了寂静的大厅里，显得格外突兀。

不远处的保安大哥朝他们这个方向看了看，还给了贺江望一个"自求多福"的眼神。

他的耳朵都红了，但解释的话，似乎又显得很欲盖弥彰。他敷衍地回了句"不用了"，就直接退出了游戏，接过念好递过来的花露水，说了声"谢谢"，想了想，还是解释道："随机匹配的，我和她不认识。"

念好不大在意地说："没关系啊，这是你的自由嘛，而且你已经成年了，可以谈恋爱了。"

她直接用他那天跟她说的话来回他，贺江望觉得有口闷气郁结在胸口，他把花露水倒在掌心，动作熟练地拍到腿上，须臾咬牙切齿道："你说得对，可以谈恋爱了。"

他坐直了身子，侧过脸，目光直直地注视着念好。

玻璃墙外汽笛声轰鸣，车灯照射过来，照进男孩的眼底。

狠戾的，坚定的，还透着点儿……委屈的。

像个小狼崽子，还是带着点奶味的小狼崽子。

念好招架不住他的目光，在心里轻轻地叹了口气。贺江望却直接起了身，把花露水还回到念好手里，瓶身被他握得滚热。

他拎起旁边椅子上的包，说："我回去了。"

将念好酝酿了满腹的——什么"我现在没有谈恋爱的心思，只想把 SELENE 做好"、什么"我经历过失败的恋爱，还没走出阴影"……这样的话，全怼回到了肚子里。

他说走就走，完全不给人回话的空间，脚步迈得飞快，没两分钟就消失在了沉沉的夜色里。

五分钟后，念好却又接到他的电话，男孩心里还压着火，没处发，声音硬邦邦的。

"那些粥，你要是不想喝，就扔了吧。

"我送不送是我的事，你收不收是你的事，我不会管你，你也管不着我。"

话音刚落他就匆匆收了线。

念好立在昏暗的大厅里，保安远远地朝她笑了笑："和男朋友吵架啦？"

"那是我弟……"她咕哝了一声。

保安"嗐"了一声："小孩儿就这样，尤其是这种十七八岁的小子，一根筋得很，干什么事都闷着脑袋走到头……"

他又说："我看小孩也挺在意你，这么晚了大老远地送夜宵来，他玩儿那游戏，跟别的小姑娘多说两句话，也不是什么大不了的事，你要是不高兴，好好跟他说一下就行了。人这一辈子遇到个喜欢的人不容易，别仗着年轻就轻易挥霍……"

他还是没信。

念好低头，无奈苦笑，点头应了声"好"。

那一个月，贺江望几乎每天都会变着花样地给念好送夜宵来，大概还在生气，他人也不露面，东西全放在大厅的前台上，差人来拿。

小莫心里的戏台子又搭了起来，每天为老板的"爱情"操碎了心。奈何念好早就发了话，再讨论与她的私生活相关的东西，就扣他奖金。小莫只好心痒难耐地将自己的嘴封起来，每天在论坛匿名更新：老板和她的小朋友今天和好了吗？

"7.11，没好。"

"7.12，没好。"

"7.13，没好。"

……

许是被他的这种坚持打动了，那个帖子后面竟然火了起来，也有人来问，老板和她的小朋友怎么了？

他们是怎么认识的？

小朋友是干什么的？

老板是什么老板？

小莫一一回答，几乎将念好卖了个底朝天。

念好不是什么公众人物，还好说，偏偏有人根据他的回答，猜出了小朋友是贺江望。

贺江望的粉丝很多，可谓是国内赛车界的顶流，有时国内的比赛，小姑娘们还学人家艺人的粉丝，给他拉横幅做应援。

女孩们年纪小，吃瓜突然吃到自己的偶像身上，忍不住便要争论几句，于是那个帖子被顶得越来越热。

最后，连念好都收到了别人发来的链接。

链接是姜迟发来的，那天正好是周末，念好正和盛薇薇、姜悦一起在外面逛街。

姜迟上来就问："你跟我们贺神吵架了？"

不等念好回答，他就甩来了那个链接，念好点进去大致浏览了下，盛薇薇也凑过头来："看你脸都黑了，怎么了？"

念好把手机递给盛薇薇，想杀了小莫的心都有。

盛薇薇看完却乐了："别说，写得还挺好看，小说似的。"

念好睨着她："明天我让小莫也给您写一个？"

"别！"盛薇薇摆摆手，"我也没人可写啊。"她三两下将帖子翻到最后，看到话题早就扭到别的地方了。

"跑山……跑山是什么？"

"嗯？"

"喏。"她把手机又还给了念好。

——哎，说到贺神，我听我男朋友说，今晚贺神跟程燕池他们打赌，跑山去了！

——真的假的？不是说跑山很危险吗？

——是啊，不知道是不是因为之前泰国那场比赛和程燕池结下的梁子……

——也是，那场比赛要不是程燕池，贺神指不定能拿到冠军呢，当时其他人的势头看起来全都不如他。

——但跑山真的很危险吧？况且又是晚上，有人知道是在哪座山上吗？

——绮山吧，听说是那里，那儿弯道多，可能车子骑起来比较爽？我看很多人都爱去那边。

——不是吧？绮山前不久才有人因为跑山而出过事啊……

同一时间，姜迟也给念好打来了电话：“姐，你知道贺神深更半夜地去跑山了吗？”

念好对“跑山”这个词没有概念，只能根据字义，大概猜出来应该是在山路上骑车。

“刚刚才知道……”不知是不是被帖子里那些人说的话吓到了，她心里担忧得很，声音都有些发抖，“危险吗？”

“说不好。”姜迟说，“其实很多车手都会去跑山，像贺神这种水平的职业车手，按道理讲应该不会出什么问题，但绮山前不久才发生过车手跑山过程里弯道没走好而坠崖的情况，加上现在又是晚上，而且跑山最忌讳带着情绪，我听说他这次是因为和程燕池打赌……”

念好用力攥着手机，骨节都发白了。

她从椅子上站起来，包都忘记拿就往外走，姜悦从后面拉住她：“怎么了？”

念好心里慌得厉害，大脑有些死机，眨着眼睛看了姜悦两秒，才有些迟钝地说：“我回头再跟你说。”

绮山离市区很远，那里之所以成为所谓的“跑山圣地”，也正是因为偏僻，人烟稀少。盛薇薇看念好状态不对，没敢让她自个儿开车，她和姜悦索性也跟着念好一起去了。

一路上念好都在给贺江望打电话，可是一直都没有人接，她又打开网页，不停搜索着与“跑山”相关的新闻，屏幕里跳出一个个令人心惊肉跳的标题，她的心都揪紧了。

姜悦用余光瞥了她一眼，又透过后视镜和盛薇薇对视一眼，盛薇薇出声说：“你别担心，贺江望都是职业赛车手了，也拿过那么多奖，这种东西对他来讲应该没什么问题……”

念好心不在焉地嗯了声，又拨通了饶飞的电话，他大概正等在山下，声音里倒是听不出有什么问题：“上去有一会儿了，这边确实有点危险，我们瞒着周哥来的，明儿等他知道了，准骂我们……”

念好他们开了一个多小时才到绮山，她们按照饶飞发来的定位找过去时，绮山脚下已经来了很多人，估计都是听到了风声来凑热闹的。

贺江望在他们圈子里实在有名，年纪小，人又狠，看着挺俊秀一男孩儿，骑起车来不要命似的。大家听说他在这边和人打赌，顿时都来了劲，管他白天黑夜呢，都想来看个现场。

不过女孩倒是没来几个，全是一水儿的男孩子，故而念好她们几个从车上下来时，顿时吸引来了无数的目光。

还有人骂了句脏话，说不得不服贺神的魅力，这么晚了还有女粉丝闻风来看他，被盛薇薇赏了一个白眼。

饶飞听到动静，也看到了她们，朝念好招了招手，念好问：“怎么样了？”

“还不知道。”他拿出手机看了眼时间，“应该快到了。”

念好实在不懂这些东西，正因为不懂，却又知道那么一点，这样反而更加害怕了。即便知道他车技好，知道应该不会出什么问题，但哪怕只有万分之一的危险，她也紧张得不行。

手背上的皮肤都被自己掐红了，她也没有发觉，不知等了多久，远处才有“嗡嗡嗡”的车声传来。她深吸了一口气，打先看到的就是戴着头盔、穿了一身红色机车服的贺江望。

他那身机车服实在打眼，不管在哪里总会被人一眼注意到。

夜间山上光不是很亮，路灯泛着暖黄，少年驰骋如风，等在山下的人避到两旁，全都异口同声地发出一阵“嗷嗷”声。

都是男孩子，声音洪亮，音域宽广。

贺江望的车子在远处慢慢减速，程燕池才姗姗来迟地从后面跟过来。

贺江望把车子停在路边，他刚刚最后那段骑得有些快，又持续走了这么久，刚刚下车，人还有点眩晕。饶飞连忙跑过去把水递给他，他摘下头盔，额头上已经布满了汗，他往后捋了把头发，光洁而饱满的额头露了出来，汗珠顺着发丝儿被甩了下来。有人走过去和他打招呼，贺江望口里含着水，半靠在车上，点头和他们示意。

男孩们围成一堆，讨论着跑山路上的见闻。

贺江望咕咚咕咚喝完半瓶水，饶飞才扯了扯他的袖子，附到他耳边小声说：“念好姐来了。”

贺江望拧瓶盖儿的手微微顿了一下，眼里张扬的神色瞬间全敛去了，改为茫然：“嗯？”

“那儿。”饶飞抬手指了一下，贺江望顺着他手指的方向看过去。

念好正背对着他往外走。

女孩穿着轻薄的雪纺衫，很瘦弱，仿佛风大一点就能被吹走。

也不知道平日里干吗总装出一副强势的样子来。

他抿着唇，先前被众人夸奖时，一直保持着淡定的表情，作为一个知名赛车手，他要酷，不能崩。但这会儿望着念好的背影，他嘴角的弧度却还是忍不住扬了起来，刚扬上去一点，又立马被他压了下去。

他抬起脚步，追过去，叫她：“念好。”

念好本来不想搭理他，她心里有气，堵在心里，烦闷得很。虽然她也不明白自己到底在气什么。

她刚刚站在那里等他的过程里，心里忐忑得厉害，直到看他安全下山，停下车子，摘了头盔又同人谈笑风生后，她的一颗心才落到实处。

落到实处后，很多先前被紧张和担心暂时压住的情绪又一点点地冒了出来。

小朋友一点也不惜命，做这么危险的事情。

又有些恼，自己为什么要大老远地跑到这里来？

她走得很快，姜悦和盛薇薇对视了一眼，纷纷停下来，不动了，看着她自个儿走。

贺江望路过她们时，姜悦还叮嘱了他一句："气着呢，好好哄。"

好好哄。

怎么哄？

贺江望三步并作两步，快速走过去，从后面扯住了念好的手腕。

念好心里压着火，不想理他，胳膊用力往外挣，可他的手攥得牢。少年薄唇紧紧抿着，脸上透着股执拗，他的手心有汗，黏腻地贴着她腕上的皮肤，让人想起夏日傍晚在操场上打篮球的男孩子，想到舞蹈室里练完舞后，四仰八叉地躺在地上休息的时刻，空气里全是汗味，男孩体内的荷尔蒙全被剧烈运动碰撞出来，灼热地燃烧着他一颗心脏，连带着靠近他的人，也都一起被那灼热烫到了。

她心里的火还没熄，被迫停下脚步，声音冷硬地问："你干什么？"

贺江望张了张嘴，身后一群男孩子又在"嗷嗷"地起哄。

烦死了。

贺江望抓了抓自己的头发："你跟我来。"

不等念好回应，他就拉着她，直接将她带到了自己的车边。

男孩们为他们让开一条路来，嘴里嘻嘻哈哈地在揶揄贺江望，还有人低头在手机里噼里啪啦地打字，到处爆料：“惊！知名赛车手贺江望的恋爱对象竟是她！”

语气夸张程度堪比××新闻部。

贺江望懒得理他们了，他不知从哪儿又摸出一个头盔来，戴到念好头上，拍了拍车座：“上车。”

山风猎猎，念好不知道他要干什么，理智后知后觉地回笼，她才意识到，自己刚刚的反应，的确过头了。

大概是因为他年纪实在小，她对他又有着很多不该有的恻隐之心，听说他可能有危险，心里难免为他担忧起来。

这种感觉，怎么形容呢？或许跟那些追星女孩的“妈妈粉”心态有那么一点相似。

——把他看作自家的小孩，不忍看到他吃哪怕一丁点儿苦，不愿看他遇到哪怕一丁点儿危险。

但又有一点儿不一样的。

她知道贺江望喜欢她，甚至她还明确地拒绝了他。本来正好好地冷着他，盼望他能在她的冷淡里清醒，及时抽离，结果前面那许多天的坚持，全被今晚给打破了。

她不仅气他不爱惜自己，也气自己意志不坚定，理性总胜不过感性。

她抬起手，想将头盔拿下来，未料贺江望的手却快她一步，忽地往下一按。他弯下腰，威胁似的：“你如果不自己坐上去，我就抱你上去了。”

有些孩子气的。

他声音压得很低，像泡在青瓷碗里的茶叶，有些涩，但回味很是悠长。

念好的脸忽地一下就热了，心想这小孩儿怎么变得这么流氓了？难道在山路上驰骋那么一会儿，胆子都变大了？

念好从小就是特乖的一个小孩，做过的最叛逆的一件事，大概就是填志愿那会儿，没有选择父母想让她读的专业，而是毅然决然地去学了文学。

然而这点儿叛逆在贺江望眼里，恐怕根本就不够看。

车子疾驰在公路上，夏夜的风闷热、潮湿，扑在脸上，路灯全都有了重影，迅速往后倒退，世界像被强行加上了一层水珠儿做的滤镜。

她第一次坐摩托车，心里既兴奋又害怕，怕摔下去，两只手臂紧紧地箍着贺江望的腰。

少年被她勒得快喘不过气了，但心里美得很，唇角快弯成了一个小括弧。

直到遇见路旁的第一间便利店，贺江望才将车子停下来，他进到店里买了两瓶气泡饮料，拧开瓶盖儿，递给念好一瓶。

城市里的温度比山里高很多，空气闷热得像一个蒸笼，贺江望刚刚在便利店的休息室里换掉了机车服，换成了一件白T恤，外面又罩了件米黄色条纹的短衬衫。额前的碎发又垂了下来，这时的他看起来又像个乖巧的学生了。

路灯很暗，他仰头把一整瓶饮料喝了个干净，才低下眉，音调低婉地问念好：“你生气啦？”

带着点儿鼻音，像是撒娇。

念好最受不了他这样，尤其她刚刚才看过他骑摩托车的样子，少年眼神凌厉，不可一世，像奔跑在荒野中的小狼崽子，可现在小狼崽子收起了獠牙，温驯地躺在她的脚边，毫无防备地对着她露出肚皮。

“没有。”她说，“没有生气。”声音到底还是软了几分。

贺江望嘴角那个小小的括弧终究还是又勾了出来：“你担心我。”

他说：“你生气是因为你担心我。”

他说的是肯定句，少年心头那点雀跃藏都藏不住，在眼底闪烁着。不等念好再继续口不对心地否认，他忽而抬起手，轻轻地在她的脑袋上拍了两下。

他高她很多，下手很轻，安抚似的。念好眨了眨眼，还没反应过来，他自个儿的耳朵反倒先红了。

“不是你想的那样。”他有些不自在地移开目光，嗓音闷在喉咙里，“我去和程燕池比，是有原因的。”

像是为了印证他这句话似的，口袋里的手机突然嗡嗡震动起来，他掏出来一看，是饶飞打来的视频电话。

饶飞他们还在山上没下来，男孩子们玩得疯，大家难得聚在一起，天南海北地胡侃，正说得开心，突然收到贺江望的短信，说让他把事情解释清楚。

解释什么啊？

饶飞想了半天，才弄明白贺江望是什么意思，立马就拨了电话过去，完成任务似的跟念好说：“念好姐，你别生气，这事儿真的不怪贺神。”

他手里还拉着一个男生，对方看起来和贺江望差不多大，但个子不高，被饶飞推到镜头前：“事情都是这小子惹的！”

男生抬起眼睛看了看念好，嘴唇动了下，才吞吞吐吐地说：“是……是我和程燕池打赌，你不要……不要怪贺神……”

青春期的男孩，冲动，意气用事，男生在某个场合偶遇程燕池，想起泰国场贺江望被他连累的事儿，忍不住上去讽刺了两句。谁知道程燕池也是个刺儿头，不愿意了，两人骂骂咧咧吵了好久，最后一锤定音：比一场，谁输了就三年不准参加比赛。

三年不参加比赛，对于一个职业赛车手来讲，是一个蛮重的惩罚了。男生技不如人，输得特别惨，最后找到贺江望求助。

贺江望只好又联系了程燕池，聊出来的结果就是进行今晚这场比赛。

如果贺江望赢了，那么之前程燕池和男生的赌约作废；如果贺江望输了，那么贺江望和男生一起退赛三年。

男生也知道自己闯祸了，一段话说得格外心虚，才讲完，就被饶飞拖走了。饶飞朝贺江望挤了挤眼：“我们的任务可都完成了啊，接下来你自个儿解决。”

贺江望面无表情地将手机收回到自己的口袋里——

太蠢了。

太刻意了。

以后再也不找饶飞帮忙了。

他有些懊恼地抿了下唇，转头，却看见念好正眯着眼偷笑。

她的腮帮子都鼓起来了，大概怕笑出声的话，他会不高兴，所以只好努力忍着，但剧烈抖动的肩膀还是将她出卖得彻彻底底。

老实说，念好被取悦到了。

很微妙，或者更具体一点讲，是被十八岁少年笨拙的真心取悦到了。

这和喜不喜欢他没有关系，只是觉得，被人这样喜欢，是一件很美好的事情。

情窦初开的少年干干净净的喜欢，是一样很美好的东西。

她终于笑够了，转过身子，踮起脚，伸出手，再一次捏住了贺江望的脸。

他皮肤很好，白且滑嫩，是很多女生羡慕都羡慕不来的好皮肤。

特别好捏。

她个子不够高，够得吃力，脚踮起来，险些站不稳，手臂就扒着他的肩膀。

但扒也扒不住，看起来，反而有点像是在抱他。

像耍流氓。

贺江望的目光淡淡扫下来，念好悻悻然从他身上撤下来，干笑了两声，才说出心中酝酿已久的台词。

“谢谢你啊，贺江望。”她说，“谢谢你这样喜欢我。”

不带任何暧昧的，坦坦荡荡的感谢。

贺江望本来还被她突如其来的动作搞得有些茫然，忐忑地想她是不是准备接受他的喜欢了，哪想她接下来竟然是这样一句话。

他的脸瞬间就绷了起来，磨了磨牙，有些敷衍地“哦”了声，垂眼看着她，最终还是说：“那你要不要，也试着喜欢我一下？”

他的声音很轻，说完，似乎不想等念好的回应，但心里又分明期待着。

念好“啊”了声，该说的话她早就说过了，这会儿也不知道要说什么了，只好又“啊”了声。

贺江望说：“就试一下，你又不吃什么亏。

“别再把我当小孩儿。”他又补充，“你知道的，我十二岁就离开父母独立了，这么多年，去过很多城市、很多国家比赛过，甚至自己也带过队……”他说，“我会做饭，会做家务，很多你不会的事情，我都会，我可以照顾你，你不必非在我面前摆出大人的架子。”

他没讲过什么情话，网络上那些土味情话对他来讲太羞耻了，他平日里专注赛车，也没什么浪漫细胞，到用时才察觉到自己词汇的贫乏，一段话说得质朴得让他不忍回想。

他心里觉得懊恼，低头瞥了念好一眼，也不知在想什么，忽地从她手里夺过她没喝几口的饮料，递到自己嘴边，负气般地一口气喝完了。

“太晚了，回吧。”

说完，他便低下头，捏住了念好的手腕，拉着她往车的方向走。

夜风不温柔，鼓荡起男孩的衬衫，在他的身后鼓起一个有点滑稽的包。

念好回到家后，倒头就睡，清晨迷迷糊糊醒来时，脑海里全是他衬衫飘飞的那个背影。

特别有青春的气息，像中学时代骑着自行车来去如风的好看少年，弓着腰，身条细长，清瘦挺拔，轻易就俘获了见过他的每一个女孩的心。

念好趴在床头，摸过手机，看到昨晚她睡着后，贺江望发来的微信：“晚安。”

心里无端涌起一阵愉悦来。

她捶了捶自己的脑袋。

想起昨晚分开时，男孩将她逼到墙角，手臂撑在她的脑袋上方，腻着嗓子叫她“姐姐”时的模样。他不知吃错了什么药，胆子突然间变得格外大，脸皮也变得格外厚，他一会儿喊她“念好”，一会儿喊她“姐姐”，眨着眼睛，委屈极了的模样，认认真真地和她说：“没让你接受我，只是让你正视我的喜欢，这也做不到吗？”

明明之前他还死也不愿意叫她“姐姐”。

小崽子还会装可怜了，不知又是他哪个队友给他支的着。

可是，怎么办呀？

她也太没出息，明知道是套路，但还是被他撩到了。

心软软的，被一撮绒绒的羽毛挠到痒处，但痒得恰到好处，想放纵，想闭着眼睛不管不顾地随他折腾。

念好再醒来时，已经快到中午了，盛薇薇快把她的电话打爆。

她发现她每一个睡懒觉的上午，醒后总会看见盛薇薇一堆电话，她懒散地扯了个抱枕塞到自己身后，没有下床，就这样把电话拨了回去。

盛薇薇刚接完上午的最后一个病人，靠在椅子上，累得腰酸背痛，单手滑开念好的电话，声音也是疲倦的。

“您老终于睡醒了？”

“要不是被你电话骚扰，我还能多睡一会儿的。”

盛薇薇笑骂了她一句，念好问：“找我干吗？”

“有个东西落你车里了。”念好的车子，姜悦今天一大早就给她送回来了，念好当时还在睡觉，迷迷糊糊让姜悦给她停车库里了。

“什么东西？”

“也不重要，昨天隔壁科室的医生塞我手里一个礼物，你知道吧，这有些东西不太好收，我原本打算今天给他还回去的。”

“欸？”念好来了精神，“男医生？想追你？”

“显而易见。”盛薇薇也不谦虚，顿了顿又说，“你下午要是没事儿，就给我送过来，一个浅黑色的盒子。”

念好“嗯”了声，挂了电话，起床吃了个饭，又给家里做了个全面清洁，才开着车往盛薇薇上班的医院奔去。

他们学校当初分宿舍时不知怎么想的，一个寝室里的人住得特别杂，像她和周尔宜是学文学的，盛薇薇则是医学院的，另外还有一个室友是学数字媒体的。

大家专业不同，上课时间也不同，经常有下午才有课的人准备好好睡个懒觉呢，上午有课的人就已经噼里啪啦洗漱起来，吵得人睡不着，当初她们几个人没少因为这个事儿闹矛盾。

念好走到医院大厅里，打了盛薇薇的电话，想让她出来接自己呢，但她大抵在忙，电话一直没接。前台也不知道跑到哪里去了。

医院里乱哄哄，她只好照着大厅里贴着的医院的路线图，循着记忆里之前盛薇薇带她来时走过的路，一点一点摸过去。

可距离盛薇薇越近，里面反倒越热闹起来，远处隐隐约约似乎还有争吵声。

她皱了皱眉，有人见她闷头往里走，不由得拉住了她：“小姑娘，里头有人闹事，先别往里走了。”

闹事？闹什么事？

那人见她不解，解释道：“医闹。有个年轻人，爱人没抢救过来，心里有气，拿医生撒气，带来好几个年轻小伙子，看着气势汹汹的……

“现在的人哟，怎么只知道泄愤，不分青红皂白。”

念好心里着急，心想身边人怎么一个接一个地遇到这种让人心惊肉跳的事？

“报警了吗？”

“报了，警察还没来，现在那边僵持着呢。”

念好太阳穴突突地跳，怕再往前，反倒会给盛薇薇添麻烦，可等在这里，心里又焦急，她想了想，还是往里走了走。

闹事的人是真的凶，个子很高，脸上的表情看起来格外狠戾，凶神恶煞地瞪着所有人，嘴里一直骂骂咧咧说着些不堪入耳的话。

念好看到盛薇薇被堵在办公室里，有两个男医生将她挡在身后。

那场手术不是她做的，是他们办公室里别的医生做的，病人送来时已经奄奄一息了，饶是他们拼尽全力，也还是没能留住一命。也就是前几天的事儿，念好记得那天盛薇薇跟她聊微信时还提了一嘴，说大家都说医生见惯了生死，但哪里有人是真的能够习惯生死的？

“办公室里有一个医生，昨天因为没能抢救过来一个病人，抑郁一整天了，看着是真的难过。”

念好避在后面，看着那人手里拿着刀，手却在抖，看着凶，但眼睛红得不像话，显然也是难过极了的。

她叹了口气，只觉得可怜人何必为难可怜人。

盛薇薇也看见了她，低头给她发微信让她赶紧离开，免得那人发起疯来波及她。

念好看到盛薇薇，就放心了些，低头给她回：“你没事吧？”

盛薇薇：“还好，这种事我们遇到很多了，等会儿警察过来就没事了，你先去外边儿等我。”

念好回了个：“好。”收起手机，准备往外走的时候，她的手机突然响了起来。

进来一个电话，是大学时的班长打来的。

念好毕业后，和别的同学一直都没怎么联系过，大家没事也不会来找她，这会儿打来电话，显然是有急事了。念好皱了皱眉，把手机调了静音，想着等下出去了再给他回过去。

谁知等她再抬头的时候，先前拿刀的那人却正朝她逼近，目光颇为凶狠地逼视着她：“你是不是报警了？”

盛薇薇有些急，在后面大声喊：“李维你不要动她！她不是医院里的医生，跟这事儿没关系！”

李维没理盛薇薇，又问了念好一遍：“你是不是报警了？”

他的声音很低，很是粗粝，念好的心快要跳出了嗓子眼，她也没有遇见过这种阵仗。眼看李维离她越来越近，她吞了吞口水，往后退了半步，摇了摇头，尽量让声音显得平静一些：“没有。”

像是怕他不信，她又把手机拿了出来，想调出通话记录给他看，证明自己没有撒谎，谁料男人突然发起疯来，抬手直接打掉了她的手机。

围观的人在念好来之前就散得差不多了，只有零星几个人还在守着，她后面是空荡荡的走廊，其实要跑也不是跑不掉。只是她还穿着高跟鞋，要真跑起来，肯定是跑不过李维的，她不敢冒这个险，只好不动声色地慢慢往后退。

她也不敢说话，怕哪句话没说好，激怒李维。

盛薇薇心里急得要死，可是也不知道怎么办才好，她想了想，突然福至心灵，低头给什么人发了条微信。

念好跟李维不知僵持了多久。

其实时间也没过去几分钟，但她心里太害怕了，分针和秒针后面好像都被绑上了一个小铅球，拖着它们的脚步，时间似乎走得异常缓慢。

李维不断地盯着走廊另一头的墙上挂着的钟，他似乎有些急了。特别难过的时候，觉得全世界的人都该死，可真正来到这里，他又有些茫然了。

他发现他不知自己该怨谁、恨谁。

但心里分明又有股怨气，无处发泄。

那就随便吧，随便抓一个人，报复一下，让自己心里先痛快了再说。

他的脚步急了些，念好全身都冒着冷汗，医院的走廊很长，傍晚了，天色渐渐暗下去，头顶的灯泛着冷白色的光。

她咬了咬唇，后背突然撞上一个温热的胸膛，淡淡的皂角味儿钻进她的鼻孔里，是贺江望惯常用的那一款洗衣液的味道。

很奇怪，这种时候，她居然还能想到这些。

她的手腕被人扯住，贺江望直接扳着她的肩膀，将她拉到了自己身后。

少年大概是跑过来的，他的额头上全是汗水，后背的衣料也被汗水浸湿了一大块。他用力地喘着气，瞪着李维。

“把刀收起来。”他说，声音有些淡，有些冷。

李维像是听到了什么好笑的事情，他低低地笑起来，眼角甚至都笑出了泪花。贺江望看了看周围，他带的那几个人一直跟在他的身后，特别敬业地保护着他。念好从后面扯着贺江望的衣角，心里一直在念叨：不要和他们硬碰硬。不要和他们硬碰硬。

可是没有用，贺江望突然转身，指着旁边一间办公室的门，低声叫她：“念好，去那里面等一会儿好不好？”

办公室关着灯，李维他们瞅准了时间，趁大家下班后，而新接班的医生还没来的时候过来，大家没法和他们抗衡。

念好用力扯了下贺江望的衣角，冲他摇了摇头。

李维明显越来越没有耐心了，贺江望笑了笑，说：“姐姐乖，快进去。”

念好的脸忽地就红了。

他这几天不知得了谁的真传，又或者是已经发现，念好完全没办法抗拒这样的他，越发没个正经起来。

她算是看出来了，之前那点儿乖巧，全是在她面前装出来的，现在他懒得装了，原形毕露，虽然耳朵也红了，但眼睛里分明跳着嘚瑟的小火焰。

小崽子。

念好心里的惧怕全被他搅没了，但说不担心也是不可能的，但她现在留在这里也是累赘，所以在思索过后，她还是听他的话乖乖打开旁边办公室的门进去了。

屋里没有窗户，她摸到开关把灯打开，想透过门缝去看，心里终究还是有点怕。她靠在门上，听到外面乒乒乓乓的，像是在打架，没几分钟，警察似乎来了，又是一阵周旋……

有尖叫声，有打斗声，有呵斥声。

好一会儿，才有人敲了敲她的门，贺江望的声音里带着低低软软的笑："没事了。"

没有说别的，只是告诉她没事了。

念好的心忽然就软得厉害，他好像把前一晚说的，能够照顾她的话，一点一点全记在了心里，照顾得细致妥帖，无微不至。

念好拉开门，先看到的却是他流着血的手臂。

他受了伤，衣服上也沾满了灰扑扑的脏东西，靠在墙面上，狼狈极了。

但看着她的眼睛在笑，抿着唇，很纯良的笑，明明他现在的状态更像个混街口的不良少年。

盛薇薇也走过来了，意有所指地说："让他先去包扎，非要等你出来。"

伤要受，人要保护，但该博的同情还是要博。

晚上念好开车送贺江望回家，少年靠在副驾驶位上，手臂上裹着厚厚的纱布，慢吞吞地给饶飞他们回微信。

饶飞："听说你受伤了？"

贺江望浑不在意地说："小伤。"

饶飞想想也是，如果很严重的话，他估计也没心情在这儿和自己扯皮。

饶飞便打趣他："哇哦，英雄救美？"

贺江望懒得理他。

周剑河也发了条微信过来："怎么样？我教给你的新方法奏效了吧，听说她今儿晚上送你回家了？"

贺江望："……你们是不是在我身上装窃听器了？"

消息也太灵通了。

周剑河没管他的讽刺，只自顾自地自夸："我就说吧，现在的女孩儿，都喜欢什么小狼狗、小奶狗的，你之前的方法都不奏效，就得改变策略。"

周剑河："所有的关系都是这样，有破才有立，你不刺激她一下，改变她原来对你的认识，改变对你们关系的认识，就没办法建立新的关系和新的认识。"

周剑河："所以追人呢，首先就是要脸皮厚，其次就是要脸皮厚，最后还是要脸皮厚。"

他越说越没谱儿，贺江望打断他："说完了吗？"

周剑河："？"

贺江望："说完我继续去约会了。"

周剑河："？"

周剑河"呸"了一声："过河拆桥！"

念好走到半路才想起来问贺江望："对了，你今天怎么会在医院？"

"嗯？"贺江望刚刚光顾着和饶飞他们聊天，没注意念好在说什么，顿了一下才说，"一个朋友正好在这边复查，去看他。"

其实也不算是朋友，只是在赛场上见过几次面而已。他不是职业车手，只参加过一些本土的新人赛。但他有天赋，胆子也大，周其然当时很看好他，也想过把他拉进车队来，都被他拒绝了。

贺江望说："也许你认识他，叫江北野，是个话剧演员，粉丝很多，很多女孩喜欢他。"

他故意说这些，念好就说："哦？还有谁比咱们贺神更受女孩子的欢迎？"

贺江望睨她一眼，明明是他起的话头，这会儿却有点不高兴了，干巴巴地说："你不要喜欢他，他有喜欢的人。"

念好颇为遗憾地说："那挺可惜的。"

贺江望快被她气死了，梗着脖子不理她了，念好笑了会儿，又说："他怎么了？要复查。"

贺江望收起了玩笑的神情，想了想，说："为了赶去给喜欢的女生过生日，车子骑得太急，撞到了护栏……"

"啊……严重吗？"

"伤到了眼睛，看不见了。"

车厢里一时寂静下来，过了会儿，念好才说："你们这行，很危险。"

贺江望嗯了声，又说："但人只有这一生，要为了躲避危险，就放弃去做很多热爱的事情吗？"

他们已经到贺江望家楼下了，念好把车子倒进停车位里，他们都没有下车，才晚上九点多，小区里还有行人，孩童追着宠物狗在跑。

念好觉得他这话意有所指，她侧了侧头，说："我也不知道欸，想不明白。"

贺江望说："我总觉得，该规避的危险我都会规避，在这个前提下，去尽情享受自己的人生，不好吗？"

这绝对是十八岁的男孩子才会说出的话。

勇敢、热烈、坚韧、一往无前。

念好觉得自己心里的火苗也被他点燃了一点点，但只有一点点，发着微弱的光。

她打开车门的锁，提醒他："到了。"

真是毫不留情。

贺江望顿了两秒，突然放软了声音说："我受伤了。"

念好说："嗯，小心点，别碰到水。"

贺江望继续说："不能洗澡，不能吃饭，不能刷牙，什么都做不了。"

他说得一板一眼，像在念台词，男孩那点小心思根本瞒不过她的眼睛。

念好忍着笑说："我让饶飞来照顾你。"

贺江望显然忘记还有这个选项，愣了片刻说："算了吧。"

声音拖长了些，听起来很不情愿。

其实想让念好留下来的话，也只是为了逞一时口舌之快，主要还是为了博同情。他拉开车门往外走，路灯斜斜地在他身上落下一片橙色光辉，念好靠在椅背上，想着等他进电梯了再驱车离开。

未料他走到半路时，又拐了回来。

"差点忘记了。"贺江望用那只没有受伤的手，吃力地将口袋里的东西掏出来，又绕到了车的另一边，弯下腰，越过车窗递给念好。

是她那部被李维打落在地的手机。

不知道是不是运气太好，手机摔下去时，刚好落到了不知谁放在角落里的背包上，背包很厚，手机得以完好无损。

送完手机，他就转身走了，少年背影修长，脊背挺直，念好盯着他看了两秒，心里忽而涌起冲动。她拉开车门下车，锁上车子，动作利落而迅速。

男孩听到动静，倚在电梯边站定。

楼道里是声控灯，他不知出于什么原因，没有让它亮起来。楼道里很暗，只有外面的路灯照进来一点微弱的亮光。

念好加大了点声音"啊"了声，灯终于被点亮。她抬头看向贺江望，男孩抿着唇，方才面对她时的笑意全敛去了，正静静看着她。

她的心突地一跳，有些犹疑地问他："怎么了？"

贺江望说："还以为你不会来。"

他说这句话时，声音柔和了下来，整个人的表情也跟着柔和了下来，周身都泛起暖色。

念好松了口气，走过去，似真似假地说："总觉得自己就这样走了，良心有愧。"

但说好是念好照顾受伤的他，上去后，却变成他照顾念好——忙前忙后帮她腾出一间客房来，找被子，找洗漱用具，找护肤品。

十七八岁的大男孩家里，哪里有什么护肤品啊？他倒腾半天，才摸出一些之前合作过的品牌方送给他的产品，说是让他拿去给母亲或者女朋友用……

东西还挺多，全都没拆封，原先还有更多，都被饶飞他们拿去祸害了。贺江望一点一点和她聊这些日常，明明平日里半天也讲不出一句话来，但在念好面前，仿佛这些在他看来明明是废话的语言，都变得有意义起来。

念好对着镜子，把自己的脸收拾妥当了，才去帮助贺江望。他的整个右手包括手臂都裹着纱布，过两天还要去换药，手不能弯曲，也不能沾水，但夏日天热，他收到盛薇薇的短信时，跑得太急，后来又同李维他们打了一架。他身上全是汗，还有沾上的灰尘，不洗澡是绝对不可以的。

可是，怎么洗？

念好站在他旁边犯了难，早知道就应该坚持把饶飞喊过来。

贺江望也犯难，绯色从耳根蔓延过来。他扯了扯自己的衣服，钻进卫生间里，关上门，闷着声音对着外面说："你睡吧，我自己来。"

念好坐在沙发上等他，等了会儿，却听到他在里面拍了拍门，瓮声瓮气地问："你睡了吗？"

"没有呢，怎么啦？"

贺江望停顿了会儿，才说："……可以帮我一下吗？"

念好走进去，见他T恤脱了一半，卡在包着纱布的手肘上了。

他很瘦，很白，但因为常年锻炼，身上有肌肉，身材很好看。

念好只敢粗略地瞟一眼，她的手碰到了他背上的皮肤，女孩指腹柔软，带着点温温的热意。卫生间里还氤氲着淡淡水汽，是她刚刚洗澡时留下来的，她用的沐浴液也是他的，橘子味儿的，很淡，很清新，很好闻。

她垂下来的头发在他皮肤上扫了两下，轻微的痒。

少年血气方刚，明明只是几分钟的事情，贺江望却觉得好像经历了一个世纪那么漫长。

他抿着唇，听到念好故作镇定地调侃他：“小朋友身材不错啊。”

声音也是软的，拖长了调子。他回头看了她一眼，眼神有点凶狠，念好的声音一下子就顿住了。

贺江望说：“你别撩我。”

依旧是有些埋怨的、委屈的语气。

念好的脸也控制不住地红了，她三两下将他的上衣脱掉，转身就要往外走，想了想，又拐回来，问他：“还、还要帮忙吗？”

她认识他以来，一直以姐姐自居，态度从来游刃有余，哪怕是偶尔的生气、害羞，都是淡淡的，依旧在她的正常情绪表达范围内的。

这次大概是真的有点慌了，说话都结巴起来。贺江望看着她，像是染上了几分笑意：“你要怎么帮？”

念好问完以后，也意识到这个问题了，她张了张嘴，硬着头皮说：“你……你不能沾水，不然、不然我帮你擦一下？”

她低着头，也不敢看他，卫生间里空间就那么一点点大，她甚至能够听见贺江望的呼吸声。

他的呼吸又加重了些，像是在压抑着什么。念好眨了眨眼，后知后觉地意识到了，心脏一时间跳动得更厉害了。

她刚刚……在说什么啊……

在心里又骂了自己一万遍，想说点什么来弥补，忽然又听贺江望低低地唤她：“念好。”

她抬起头，有些茫然：“嗯？”

贺江望靠在后面的墙上，姿势有些懒散和倦怠，但目光仍旧是凶狠的，炽烈的。

他说：“你不要再撩我了。”

他将这句话又重复了一遍。

念好忍不住为自己申辩：“我没有……”

对上他的目光，她又将后面的话吞回到了肚子里，迅速地转身，出去，关上卫生间的门。

里面很快传来哗哗的水声，她立在旁边，大口地喘了几口气，才回到房间，整个人趴到床上，用被子狠狠捂住脑袋。

心脏扑通扑通跳得快得厉害。

完蛋了，念好想。

完蛋了，她好像，真的对贺江望动心了。

第五章

我的心被你狙击，
只用一秒钟

管他呢，人活在世上，谁没冒过几次险呢？

翌日一早，周其然就收到了“贺江望受伤了”这个“噩耗”。

消息是饶飞发在群里的，他是贺江望的忠实追随者，极尽辞藻夸他：“酷，特别酷，英雄救美特别酷，不愧是我们贺神。”

是，他极尽辞藻，也只会说一个“酷”字。

贺江望醒来后，也看到他发在群里的消息了，没理。

周其然却炸了：“再过不久就是神少杯的初赛了，他这个时候给我受伤了？”

神少杯摩托车赛是由全球顶级赛事BUNB运营方主办的选拔性赛事，专门为亚洲二十岁以下的车手提供进入BUNB选拔赛的机会，是BUNB在全世界的重要训练营之一。

而这场比赛的初赛九月上旬就要开始了，原本最近正是紧锣密鼓的训练期，贺江望倒好，居然受伤了。

周其然心里急，一个电话就给贺江望打了过去。

贺江望其实看到了周其然发在群里的消息，他刚打开他的微信框，准备给他发消息呢，他的电话就打了过来。

他平时跟贺江望他们说话，总是嘻嘻哈哈的，也乐得被这群小孩儿怼。他们中很多人都是他看着长大的，他都拿他们当自家小孩对待。

但这不代表他可以对他们事事纵容。

饶飞他们从小到大没少挨过周其然的训，所以他们虽然也和他开玩笑，但心里到底还是有几分怵，就跟学生天生怵老师一样。

但贺江望不会。

许是因为贺江望身世特殊，他对贺江望总比对其他人要宽容一些。况且贺江望除了刚来的那阵子叛逆了些，之后一直没怎么给他惹过麻烦。

贺江望专业技能也好，学得快，有天赋，圈内的其他朋友都羡慕他带了这么个学生。

这还是他第一次正儿八经地对贺江望黑脸。

贺江望刚接通电话，就听到他劈头盖脸的一顿骂，他对自己寄予厚望，不喜欢看到自己对这样重要的比赛表现出轻慢的态度。

贺江望听他骂完了，才温声和他解释："你别听饶飞瞎说，没那么严重，就只是被刀划伤了手臂。

"就真的还好，养一个星期就差不多好了，不会耽误比赛，也不耽误训练。

"你还不信我吗？况且，我就算少训练两场，那些人也比不过我。"

他坐在床边，睡到半夜时，麻药的药效就过去了，伤口疼得厉害，后半夜其实没怎么睡好，这会儿脸色也不怎么好，苍白苍白的，整个人看起来尤为脆弱。

但他话又讲得格外轻狂，格外豪情万丈。

念好也醒了，正坐在客厅里和小猫咪玩，房子的隔音效果不算很好，他说的那些话，她也七七八八地都听到了。

怎么说呢？

她其实还蛮喜欢少年人讲大话的样子。

不，不算讲大话，或者，更确切地讲，是自信的样子。

觉得老子天下第一，没人赢得过我。

锐利、狂傲、不可一世。

贺江望又安抚了周其然几句，才从卧室里出来，他订的外卖也送到了，外卖小哥正等在门口。

念好本来还在淡定地逗猫，听到他开门的声音，转过头去。

他穿着素色的家居服，头发软软地贴在额头上，眼下有些淤青，整个人看起来都有些憔悴。

没来由的，念好想起了自己昨晚落荒而逃的场面——太丢人了。

她想死的心都有了。

她也不知道该说些什么，只好若无其事地转开目光。贺江望走到门边，把外卖接进来，正要关门，电梯口突然传来几声急急的:“等一下！等一下！”

是饶飞和周剑河。

他们知道念好昨晚在贺江望家里睡的，一大早就来围观，当初高考的时候，都没让他们这么积极。

饶飞翻了个白眼，面无表情地把门关上了。

贺江望和周剑河在门外骂他，贺江望不理，他们就转而去找念好，饶飞直接给她打了电话，声音特大：“姐，你想知道贺神小时候的糗事吗？我这儿有特别多的故事要跟你说！”

明显是嚷嚷给贺江望听的。

这两个人真的好烦，贺江望脸更黑了，把早餐放到餐桌上，才走过去，拉开门，冷冷扫视他们两眼。刚刚还闹腾的两人瞬间收了气势，嬉皮笑脸地嘿嘿两声，说：“贺神，你好无情哦。”

饶飞就是个戏精，他的搭档周剑河都忍不了他了，抖掉一身鸡皮疙瘩，趁机钻进屋子里来。

念好还尴尬地在沙发上坐着。

她昨晚心里又慌又乱，换下的衣服忘记洗了，这会儿身上还穿着贺江望的T恤和中裤。

她盘腿坐在沙发上，扯了个毛毯裹住自己，只露出一个脑袋，垂着头也没心思看任何人。

屋里开了空调，倒也不会热。

周剑河和饶飞迅速换了拖鞋走进来，瞧见念好，原本俩人准备了一箩筐的垃圾话，这会儿反倒说不出来了。男孩子围在一起的时候，会讲一些浑话，但到底都是根正苗红、好好长大的少年们，在女生面前，骨子里那点儿绅士风度又冒了出来。

两个人都规规矩矩地坐在椅子上，看着贺江望只用一只左手去把包装盒里的早餐一点一点拿出来，然后俩人的目光又望向了念好。念好终于坐不住了，从沙发上起身，走过去接过贺江望手里的东西。

贺江望的衣服穿在她身上，实在是大，衣领滑了下来，凉凉的头发贴到肩膀上，她侧低着头，肩膀和脖颈被拉出一道流畅而漂亮的线条。

贺江望抬头瞥了她一眼，抿了抿唇，忽而抬手，把她的衣领往上拉了拉。

他的动作突然，念好没反应过来，懵懂地眨了眨眼睛。

饶飞和周剑河在另一边对视一眼，均耸了耸肩，随即便低头在手机上飞快地打起字来，不知又在传播什么八卦。

贺江望摸摸自己的耳朵，头仍低着，漫不经心地解释："空调太凉了。"

念好"哦"了声，一顿饭在周剑河和饶飞八卦的目光里，吃得格外不是滋味。

念好以前还能坦荡地面对他们几个，那是因为那会儿她对贺江望没有杂念，但现在她有了，心里就难免有些虚。

还有怯怯的欢喜，怯怯的害羞，怯怯的小鹿乱撞。

喜欢一个人哪，真的是种很奇妙的感受。

念好开车回家换衣服，等红绿灯的空当，塞着耳机，温声细语地给盛薇薇描述："怎么讲呢，就是觉得自己好像突然又变成了十六七岁的小女生，偷偷喜欢着一个人，满腹心事，每天看见他，既是甜蜜，也是忧伤。

"像误食了一颗酸酸的果实，本来不想吃的，但到嘴里以后，虽然都是酸涩，但酸涩里又裹着点儿甜，你贪恋那一点甜，突然又舍不得吐出来了。"

盛薇薇简直受不了了："你自个儿没被酸死，我马上就被你酸死了。"

念好靠在椅子上笑："怎么回事儿啊，盛薇薇同学，你怎么一点文艺细胞也没有？"

盛薇薇就问："那你是怎么打算的，接受他，和他谈恋爱吗？"

"还没想好。你知道吧，成年人，动心是一回事，恋爱是一回事，结婚又是一回事。而且，他才十八岁，他才想多远？"

盛薇薇说："怎么，你对你自己的魅力这么不自信吗？就觉得他的喜欢一定不会持续很久？"

"不是不自信。"念好纠正她，"是不信他，或者说，是不信一个十八岁小朋友的喜欢。"

绕来绕去还是这个理由。盛薇薇说："说到底，你就是年龄歧视呗。"

念好："我明明是实事求是。"

盛薇薇不跟她贫了，想了想又说："我其实看着他吧，感觉和其他同龄的小孩儿不一样，看着挺稳重、挺成熟的，你要是真喜欢，也可以考虑一下。不是说人生得意须尽欢吗，你想得太多，就活得太累了啊，姐姐。"

前面绿灯亮了，念好启动车子往前走，一时没应盛薇薇的话。

经历过前段时间的忙碌期，"城堡"的数据已经渐渐稳定下来了，也有了固定的观众群体。只是这种稳定实际上也是另一种意义上的瓶颈期，因为虽然数据还不错，但距离念好他们的目标还差一截，所以现在他们要考虑的就是怎样吸引更多的粉丝来观看他们的节目。

念好换完衣服，又去了趟公司，她本来想找几个主策讨论一下接下来的新方向的，谁知椅子还没坐热，班长的电话又打了过来。念好这才想起，昨天在医院的时候，他似乎给自己打过电话，她原本想回头给他回过去的，后来发生了一堆乌七八糟的事儿，她就给忘记了。

果然，班长一上来就是一阵嘲讽："大忙人终于有空接电话啦？"

念好大学时和这位班长的关系其实并不怎么好，相反，周尔宜倒是跟他很能玩到一起去。起先念好顾着周尔宜的面子，和他还是点头之交，后来她跟周尔宜闹崩以后，就彻底和这位没什么联系了。

念好笑了一声，也懒得和他虚与委蛇，只是问："有事？"

"倒不是我的事，这不下个月就是周教授六十岁生日了吗？我们是他带的最后一届学生，大家就想着去给他老人家庆祝一下。"

周教授是教念好他们中国古代文学史的老师，精神矍铄且风趣幽默的一位老人，也是周尔宜的父亲。因着周尔宜的关系，念好在学校的时候，和这位老人的关系处得极好，加上念好人聪明，又有灵气，当初周老非常看好她，甚至还努力给她争取了一个保研名额。

只是后来念好因为家里的事情，放弃了继续读书，为此周老还气了她好一阵子。

她和周尔宜的关系虽然破裂了，但老人是无辜的，念好对周教授还是非常尊重而且爱戴的。

她的语气放缓了些，问："什么时候？"

"九月三号晚。"

"行。"

念好挂了电话，小莫从外面走进来，说有点事要跟她汇报。他似乎有些犹豫，欲言又止地说不知道这种事要不要跟她讲。

念好笑了笑："八卦我的时候也没见你这么纠结。"

小莫在她对面坐下来，说："谢文秋的工作室成立了，听说背后有人投资，看样子来头不小，估计之后会和我们杠上。"

当初谢文秋他们离开时，和念好闹得并不算愉快，之后会有摩擦，也在念好的意料之中，只是念好没想到她的工作室会那么快就成立。

念好问："知道背后投资的人是谁吗？"

"还不清楚，据说是雅川那边的人。"

念好将雅川那边和自己有仇的人在心里过了个遍。不是她自恋，实在是——谢文秋本就是念氏的人，她从SELENE脱离出去另起炉灶，雅川那边但凡想同念氏交好的人，大抵都不会去接她这个烫手山芋。可偏偏现在有人接了，还接得这么快，那么这个人显然就是冲着SELENE，或者说，是冲着念好来的了。

她沉吟了片刻，低头给念应辉的特助打了个电话，让他帮忙查一下是谁在背后帮助谢文秋。

刘特助应了声“好”，挂掉电话后，念应辉靠在椅子上，了然一切地问：“念好那丫头打来的？”

“是，让我查一下谢文秋的事。”

念应辉眯了下眼，说：“不用查了，是陈家小子做的。”

“他这是……”

“让他们闹闹也好，就算输了，总归也费不了几个钱，让小丫头见见世面，咱们也好看看陈家小子到底怎么样。”见刘特助似乎有些欲言又止，念应辉弯腰从抽屉里拿出一包烟来，抽出一根点燃了，问，“是不是特别不解我对念好的态度？”

“是有点不大理解。”

念应辉说：“念好这丫头，看着倔，但心太软，眼看小北也长大了，陶欢野心大，将来我不在了，她不会待念好多好的。念好总得锻炼一下，自个儿手里得有东西，将来才不会太吃亏。”

念北是念应辉同陶欢的儿子，只比念好小好几岁，念好母亲还在世时，他就出生了，一直偷偷养在陶欢身边，直到后来念好妈妈过世，陶欢进门，念好才知道自己还有这么一个弟弟。

刘特助默了会儿，说：“您别这么说，时间还长着呢。”

念应辉哼笑一声：“你不用安慰我，我自己身体什么情况，我自己知道。”

念好接到刘特助的电话时，她刚刚走到贺江望家门口。

她上午回家时，带了一些换洗的衣服，决定报恩报到底，等贺江望的手好到生活能自理了，再离开。

其实按道理讲，把这事儿交给饶飞他们几个，也可以，但那样的话，念好总觉得好像欠了他什么，心里总记挂着，倒不如自个儿过去，将债还清，以后不想有过多牵扯的时候，也好干干净净、清清白白地走，没有什么好惦念的。

她塞着耳机，边和刘特助讲电话，边伸手摁了贺江望的门铃。

贺江望本来以为她不会来了，正一个人坐在茶几边看比赛直播呢，门铃突然响起来。他把电脑摁了暂停，起身去开门，念好把自己手里装衣服的纸袋递给他，低头换鞋，边跟刘特助说："行，我知道了。

"不会冲动，您放心。

"我能解决，也不需要帮忙。"

小猫咪听到动静，从猫窝里走出来。

贺江望提着纸袋看着念好熟络得仿佛进自己家里的样子，眨了眨眼，小猫咪不知什么时候跑到了他的旁边，抱住他的脚啃起来。

有点凶，脚被啃疼了，他闷哼了一声。

房间里很静，刘特助顿了一顿，问："你旁边有人？"

刘特助是念应辉身边的老人了，也算是看着念好长大的，念好一直拿他当长辈对待，突然被他这么一问，她没来由地心虚，弱弱地"啊"了声。

刘特助又问："男朋友？"

"不是，您别瞎八卦……"

刘特助就"呵呵"地笑。

念好补充："也别跟我爸乱说，不造谣不传谣是咱们中华民族的传统美德！"

她撒起了娇，贺江望蹲在旁边撸猫，有点被她可爱到了。

该说的话都说完了，念好又跟刘特助说了几句注意身体、好好休息之类的话，就挂了电话。

贺江望坐在地毯上，歪着头，说原来姐姐也会撒娇啊。

念好刚刚讲电话的时候还没什么感觉，被他这么一说，突然就觉得有些羞耻，她下意识地就也跟着贺江望蹲了下去，揉了揉小猫咪的脑袋，龇着牙对贺江望说："你……你不要以下犯上！"

更可爱了。

像只小仓鼠。

贺江望说："这不叫以下犯上。"

念好说："我说叫就叫。"

贺江望坚持："不叫。"

念好继续："叫。"

特幼稚的对话，不知道两人到底在争执个什么劲儿。贺江望大概也意识到了，他静了片刻，微微起了身，突然倾身上前，用力揉住了念好的头发，低笑着说："这才叫以下犯上。"

男孩的手掌很大，覆在她的脑袋上。

念好完全没有防备，后知后觉地意识到自己被他"摸头杀"了的时候，心脏忽地就漏跳了半拍，脸也红了，她咬了下唇，也不知道自己在想什么，她说道："你，放肆。"

语调却软极了，还带着细细的颤音。

贺江望又被撩到了，眼神发起了狠，他说："还有更放肆的。"

感觉小朋友学坏了。

念好抬脚踢了他一下，拖鞋却没穿住，落在了他的腿间。

小猫咪早就察觉到了情况不对，早早跑掉，离开了战场。

念好的脸红得更厉害了，这状况怎么看，都像是她故意在撩她。拖鞋掉的位置不对，她也不好去捡，想为自己辩解一句，说自己不是有意的，但又怕显得太过于欲盖弥彰。

终于贺江望良心发现，主动帮她捡起了拖鞋。念好迅速夺过来，套在脚上，从地上站起来，逃也似的，停了片刻又问："晚上吃点什么？"

贺江望还不打算放过她："姐姐这是要在这里住下了吗？"

他这两天像是终于发现了叫"姐姐"的乐趣，闲着没事便要喊上两句，念好直接将他的称呼无视掉，努力让自己的声音听起来冷淡一些："先等你生活能自理。”

念好不会做饭，贺江望手不能动，晚上两人又是吃的外卖。

吃完外卖后，贺江望继续看比赛的直播，念好处理了一点工作之后，也坐到了旁边和他一起看。

是BUNB今年的赛事，念好之前在做贺江望的访谈时，听他提起过，说BUNB是每个职业摩托车手都梦寐以求能够参加的比赛。中国在这一块起步比较晚，目前获得参加这个比赛资格的车手寥寥无几。

念好不大看得懂这个，所有的摩托车比赛在她眼里都一个样，唯一的区别大概就是，有贺江望参加的和没有贺江望参加的。

她起身去冰箱里拿了两罐啤酒出来，递给贺江望后，又突然意识到他正受了伤，不能喝酒。

贺江望满心都在比赛上，念好递什么他喝什么，易拉罐的拉环刚刚拉开，手里的东西突然被抽走了。他终于回神，略微疑惑地看了看念好。

念好优哉游哉地喝了一口啤酒到嘴里，说出的话越来越幼稚了：“你目前没有资格喝这个。”

贺江望：“……”

他有些无语地抿了抿唇，弯腰去够念好放在另一边的啤酒。他们两个并肩坐在沙发边的地毯上，背靠着沙发，他这样弯腰去够的时候，半个身子都覆到了念好的腿上。

其实他没挨到她，他个子高，身条长，中间空了好大一个空间呢，但两人的距离又确实很近。

偏偏念好也不老实，伸手去挡他，贺江望另一只手使不上劲，重心不稳，被念好一碰，整个人就要倒下去，念好下意识又伸手去拉他。

饶飞的视频被接通的时候，看到的就是念好侧躺在地毯上，而贺江望半个身子压在她身上的画面。

他们刚刚争执的时候，不小心碰到了贺江望的手机屏幕，恰好那会儿饶飞发了视频过来，男孩子大概没见过什么世面，顿时就大声嚷嚷起来："哎、哎！这……这光天化、化夜的，你们在干吗啊？！"

声音尖锐，贺江望飞快地就从念好身上起来了。少年耳根子红透了，拿过手机，有些不耐烦地对饶飞说："你别乱说。"

饶飞举起双手表忠心："你放心！我绝对不会乱说的！绝对不会跟周剑河他们说你跟念好姐在地上……那什么的！"

在什么地上，哪什么啊？

贺江望："……"他信饶飞才有鬼了。

他又问："你找我什么事？"

饶飞："没事啊，本来想慰问你一下，看看你需不需要帮忙的。"他笑得特别欠打，"现在看来是不需要了。"

贺江望"哦"了声，下一秒就毫不留情地把视频挂掉了。

室内寂静下来，连空气里的灰尘脸上都写着大大的"尴尬"，念好又靠回到了沙发上，小橘猫蹦到了她的腿上，半晌，念好说："这事儿，都怪你。"

声音还是软绵绵的。

贺江望抬眼看过去，这才发现她的眼里竟然含着一点眼泪，想是他刚刚压住她的时候，不小心压疼了。

想到这里，他的心跳又是一阵阵敲鼓似的密集，唇角的小括弧又扬了起来，本来还想压一下的，腮帮子鼓了起来，但眼里的笑意却一点也藏不住，那点嘚瑟的小火焰嗖嗖地燃起来。

他最终还是决定不压了，咧开了嘴，笑弯了眼睛，他说："姐姐好可爱。"

无形撩人最致命。

直到晚上睡着前，念好都在想：明天绝对要搬走，管他伤好没好呢，绝对不能再这样相处下去了。

但想是这么想，她话都放出去了，作为一个成年人，出尔反尔是不好的，于是隔天晚上，她和贺江望仍肩并肩坐在沙发边看着比赛的直播。

今晚参赛的其中一个人是贺江望的偶像，故而他看得格外专注，两只眼睛不离屏幕，整个人动也不动的。

念好就完全跟他相反了，她一会儿逗逗猫，一会儿吃吃零食，冰箱里的啤酒又被她拿出来了，今天喝的是奶啤，整个房屋里都被奶味儿和啤酒味充满，有些甜，又带着点微醺的醉意。

奶啤味道好，不像酒，像饮料，她一口接一口地往嘴里灌，完全没意识到自己已经喝掉了许多罐。

头忽然就泛起了晕，她微微晃了两下，其实不算醉，起码意识是清醒的，也不会倒下去，就仅仅是有点晕。

于是，等贺江望看完一场比赛，准备起身去倒水的时候，看到的就是双颊绯红、眼里盈着点点水光的念好。她嘴里还咬着易拉罐的边，小孩儿似的，自己完全没意识到自己的举动有多幼稚，感受到贺江望在看她，还就着这样的姿势，微微抬起了眼睛。

本该是凌厉的眼神，但那点儿凌厉全被水光冲散了，反而透着股似嗔似怪的意味在里面。

贺江望移开了视线，喉头微微动了下，轻声问她："醉了？"

"没有。"

贺江望伸出两根手指："这是几？"

"你很幼稚。"念好终于放过了易拉罐，起身握住了贺江望的手指，将他两指拢在掌心，想了想，说，"是兔子。"

贺江望眼里的笑意又忍不住了。

念好隔日早上醒来时想起来这一茬，羞愤得想死。贺江望订的早餐到了，敲她的门让她起来吃饭。念好将头闷在被子里，做了半天的心理建设，才闷闷地说："这就来。"

出门后，对着正半蹲在旁边给猫添猫粮的贺江望先发制人道："我发现人和人相处太久了，真的会被影响到欸。”

贺江望不知道她要说什么，只是抬头看了她一下，没有说话。

念好又说：“比如说，我和你相处久了，就被你影响到，变得很幼稚。”

贺江望顿了片刻：“那……对不起？”

念好一本正经道：“倒也不必？”她拐进卫生间里，关上门，捶了捶自己的脑袋，一张脸皱成了苦瓜。

啊，她刚刚又在犯什么蠢、说什么傻话啊？

去上班的一路，念好都在跟盛薇薇懊恼地抱怨，盛薇薇在电话那头笑得前仰后合，说：“还好，挺可爱的。”

念好：“……并没有感觉到安慰。”

盛薇薇又说：“不过，说实话啊，我觉得贺江望确实有影响到你，不是说变幼稚了，是另一个层面的。”

念好问：“怎么说？”

“就比如讲，你这个人吧，性格一直都是淡淡的，很少有什么激烈的情绪，也很少对什么事表现出非常在意的样子。

“哪怕是你回头来做SELENE，你是很努力，也很急切，但是我其实没有感受到你的热情，或者说，没有看到你心里的火。

“但我最近看到了，有小小的火苗，被点起来了，最近你整个人都在变得生动。”

她说：“如果这些都是贺江望给你带来的改变，我倒是觉得挺好的，你今年才二十二岁，多好的年华啊，干吗整天搞得苦大仇深的？就去爱啊，去疯啊，去恋爱啊。我知道你之前被陈之南弄得有后遗症了，不敢随便去付出感情，但是，也不能因噎废食对不对？”

念好笑她：“薇薇姐姐可以转行做情感主播了。”

盛薇薇说：“你就转移话题吧！”

念好想了想，说："你说的这些，我也不是不懂，但就是觉得吧，再看看，再看一看。"

盛薇薇说："反正你自己的事你自己清楚。"又问，"对了，你之前不是跟我说陈之南投资了谢文秋的工作室吗？我昨天听人说，他好像把周尔宜塞进谢文秋工作室去了。"

念好有些无言："他这是要让周尔宜跟我打对台吗？"

这个人，还真是会给她找不痛快。

"谁知道他怎么想的？"盛薇薇说，"反正你小心点就是了。"

念好应了声"好"，刚好盛薇薇那边有事要忙，她就挂了电话。

不过，可能是工作室刚刚成立，一切都还在筹备中，故而谢文秋倒一时半会儿没有来找念好的麻烦。

贺江望的手伤也总算在他开学之前好了起来，念好也早在他手上的纱布拆掉以后，就搬回了自己家。

周教授的生日会办在雅川，念好一大早就坐了飞机赶回去。她没打算在雅川多待，故而回来的消息也没有同念应辉讲。

却没想到在机场竟然碰到了念北。

他不知从哪儿打听到了她今天回雅川，早早就在机场等着了，念好刚下飞机，就接到了他的电话。

念好虽然不喜欢陶欢，但和这个弟弟的关系倒是并不怎么恶劣。小孩子无法选择自己的出身，他是无辜的。念好并没有打算迁怒于他，只是心里到底或多或少会有几分硌硬，她先前还在雅川的时候，就自己搬出去住了，所以平日里和他联系也少。

但这小孩也不知道怎么回事，一直很黏她，大概是身体里流着相同的血液，所以本能地亲近她。

雅川前一晚下了一整夜的雨，到今晨还没有停歇，地面上湿漉漉的，念北撑了把黑色的雨伞，正站在路边玩手机。

念好刚出航站楼就看见他了，正在读高中的男孩，正是长身体的时候，才短短几个月没见，念好就觉得他好像又长高了些。

平城近日天气好，念好出门时也没看天气预报，不知道雅川在下雨，所以并没有带雨伞。她小跑着冲到念北的雨伞下边，他正在玩手机里的单机游戏打发时间，见念好来了，游戏立马就关掉了，像是有些不好意思，半天才咕哝一句："姐。"

念好边走到旁边拦出租车，边象征性地问他一些功课方面的问题。坐进出租车里后，她抽出纸巾擦了擦淋在身上的雨水，才想起来问他："你怎么知道我今天回来？"

"听南哥说的。"

想来是周尔宜告诉他的。

念好点了点头，又问他："特地来这里等我，找我有事？"

"没。"念北摇了摇头，解释道，"很久没有见到姐了。"

念好叹了口气。

其实她心里对念北还蛮矛盾的。

她不是"圣母"，虽然读了很多圣贤书，但所能做到的最大限度就是不怪他，不讨厌他，不迁怒于他，但是要说喜欢他，毫无芥蒂地和他相处，她目前还是做不到的。

可每每念北黏她，对她好，又让她忍不住心生纠结——觉得愧疚、矛盾、痛苦，但又着实无法做出改变。

这也是她不愿意多和念北联系的理由之一。

但到底还是心软了些，她"嗯"了声，又问："明年就高考了吧？"

"是，明年六月。"

"准备考哪里？"

"爸想让我读雅川大学，但妈……"他顿了一顿，才接道，"她想让我出国去读金融。”

陶欢的打算，念好也能猜得七七八八，她问：“那你呢？你想读什么？”

“我也不知道……”他的声音低了下去，“我好像没有什么特别喜欢的事情……”

没来由地，念好突然想到了贺江望，他其实只比念北大一岁，但整个人看起来却似乎要成熟很多，念好从来没有见过他为此类的事情烦恼过。

他一直都非常清楚自己想要什么，不会犹豫，不会后退，闷着脑袋，冲就是了。

想到这里，她又后知后觉地记起，贺江望当时志愿填的好像就是雅川大学，学校还要过几天才开学，而他十号又要去参加神少杯的比赛，也不知道他准备得怎么样了。

念好有些走神，念北就安安静静地坐在旁边没有打扰她。

车子直接开到了念好自己在雅川的家里，她走时安排了家政公司定时过来打扫，故而家里还算干净整洁。

距离同学们约定好的时间还有一段距离，她询问了念北的口味以后，先点了外卖，作为他们两个的午饭。

吃完饭后念北就离开了，走时吞吞吐吐地提醒念好，说陶欢最近可能会针对念好做点儿什么，让她小心一点。

念好靠在门框上，不由得笑了笑：“你是哪一边的呀？”

念北像是被她问住了，半晌没答上话。

念好就说：“行了，我会注意的，你到家了给我发微信说一下。”

念北如蒙大赦地走掉了。

念北走后，念好又睡了个午觉，才起床捯饬自己。

她去平城前，把自己在雅川这边的车，送到祖宅去了，这会儿也懒得过去开，所以仍是坐出租车去的酒店。

她到得比较早，还有很多同学没有来，但周教授已经来了，正坐在里边和大家说话。看见念好，他先是停顿了一下，才朝她招了招手，叹了口气，说："我一直觉得对不住你。"

自从陈之南和周尔宜在一起之后，周教授每次见到她都是一副愧疚的样子，念好笑着走过去握住他的手说："您别这样说，这跟您没关系。"

周教授仍只是叹气，之后又问了些念好的近况，念好捡些好的跟他说了说。

周教授说："你当时不愿意读研，我到现在还觉得可惜。"

念好说："也没有什么可惜的。您知道，我其实就是一个俗人，可能有点天赋，但也就只有一点点而已，成不了大师，文学界少我一个不少。"

周教授说："你倒是看得开。"

念好笑了笑没接话。

没过一会儿周尔宜和陈之南就来了。

她似乎是搬出去住了，没和周教授一起，周教授看见她，也是把头扭开了，不知是顾及着念好在旁边，还是真的仍在生气。

周尔宜大概是觉得尴尬，在门边僵着有些不知所措，陈之南从后面拉了拉她的手臂，厚着脸皮凑上来向周教授问好。问好的同时，他还不忘瞪念好两眼。

念好觉得自己坐在这里也挺尴尬的，就像是误入了别人的家宴一样。偏偏人家家里还有一点龃龉，她作为一个外人，看也不是，不看也不是，于是只好打着要去卫生间的幌子，从周教授旁边走开了。

后来吃饭，念好也没有跟周教授他们坐一桌，陈之南倒是眼巴巴地拉着周尔宜坐过去了，念好看着他们那一桌，气氛也挺僵持。

中间她出去透了口气，卫生间里有两个同学在隔间讲八卦，念好隐约听到了陈之南的名字。

"我那时候还以为陈之南会和念好结婚，谁知道转眼就带着周尔宜来参加同学会，还遇上了前女友，这三个人也不知道谁更尴尬。"

"周尔宜以前跟念好关系好的时候，样样都被念好抢了风头，明明自己爸爸就是文学院的教授，结果周教授最喜欢的学生竟然是念好，她心里压着口气，抢了念好的男朋友，也算扳回一局了。”

“也是，也不能所有好事都被念好占尽了不是？”

“而且上次陈之南不是说念好又谈了新男朋友吗？听说才十八岁，前阵子才高考完……这真是，让人不知道说什么好。”

“当时不还是一堆捧她的？说什么能拿下十八岁的小帅哥，好厉害啊什么的。”

“那种小男生，也就空有一张脸呗，要什么没什么，上次听人说，还是个孤儿，也不知道真的假的，谁知道他跟念好在一起，到底是为了什么。”

“这种人最是阴暗了，因为自己生活过得不好，所以不择手段地靠近有钱人呗，反正念好家里有钱，够她养小鲜肉的，我们这些闲人也不必为她操心。”

……

念好没想到她只是出门透个气，耳边也不能清静，先前听到她们提到什么陈之南、周尔宜和她的恩怨，她还只想冷笑，谁知道她们后面越说越过分，居然还扯到了贺江望身上。

小朋友年纪轻轻就事业有成，也为国争过光，怎么到她们嘴里就变成了不择手段地靠女人养的小白脸了？

她倚在门边，从包里摸出根烟来，点着。

先前说话的那两人大概收拾好了，八卦仍在说，但声音越来越近了。

念好姿势没变，眼睛有些倦怠地微微抬起来，那两人显然也没想到一出门就会撞见她，语声忽地一顿。

气氛僵持又尴尬。

念好也没说话，只闲闲地抽着烟，只是样子怎么看，都显得来势汹汹。

其中一个女生干干地笑了两声，还想维持表面的平和，假装自己什么也没有说过，同念好打招呼：“好久没见了。”

念好说：“是，好久没见，没想到你们还是这么关心我。”

看样子是不打算善了了。

女生笑容僵了僵，还想继续装傻，突然周尔宜从后面走了过来，疑惑地问："你们聚在这里干什么呢？"

先前念好是背对着她站的，且半个身子掩在一道木质屏风后，她走近了才发现，念好也在这里。

得，本就尴尬的气氛，更加尴尬了。

只有念好一个人不觉得尴尬，她甚至还笑了笑，说："在讨论我养的小朋友呢。"

她这样一说，显然就是在明明白白地告诉她们，她听到她们刚刚的对话了。两个女生互视一眼，都不知道该怎么接她的话。

就周尔宜一个人不明情况。

念好一直都很佩服周尔宜在某些方面的能力，譬如明明被劈腿的人是她，明明在她和陈之南之间横插一脚的人是周尔宜，但周尔宜每次见到她，都能够做出一副柔弱模样，好像自己才是被念好欺负的那个。

就像现在，她见没人接念好的话，又讨好似的问："什么小朋友？"

念好说："陈之南之前不是发群里了吗，你没看到吗？说我养了个小白脸，和小朋友谈恋爱。"

那条消息周尔宜也看到了，别人不知道贺江望是什么人，她是知道的，她做事从来谨慎，那次在粤府偶遇到念好和贺江望之后，回头她就去查了贺江望的资料。原本陈之南要把贺江望的事发到网上，她是想阻拦的，只是陈之南这人向来一意孤行得很，她拦不住，就只能随他去了。

这会儿听念好这么说，她便说道："那都是阿南……陈之南乱说的，没有人当真，你别介意。"

念好笑着看着她："你怎么知道没有人当真？"

先前那两个女生大概也烦了，其中一个脾气也冲，忍不了了，直接出来说："是，我们刚刚是讨论了点你的八卦，我们道歉行吧？你没必要一直在这里阴阳怪气、指桑骂槐的。”

乱在背后议论别人是非的人还有理了？

念好觉得这些人实在可笑，她已经不想和她们再多费口舌了，她淡笑了下，须臾道：“你们编排我，我是无所谓，但你们编排我们家小朋友……”她索性就在她们面前认下了这个关系，毕竟当时她就是这么和陈之南说的。她微微弯了点腰，把烟捻灭了扔进旁边的垃圾桶里，才继续道，“那我可就不能同意了。”

她忽然问：“你们十三岁的时候，在干什么？十五岁的时候在干什么，十八岁的时候，又在干什么？”

不等她们回答，她又继续说：“是，我们家小朋友呢，出身是不怎么样。十二岁的时候父母就去世了，紧接着被父母的朋友带进了车队里，才去的时候，还跟着一群男孩一起在宿舍里睡大通铺。刚训练大半年就去参加青少年组别的比赛了，好巧不巧，初出茅庐就领了奖回来。

“十五岁破格进入成人组参赛，十八岁，就代表中国，去世界各地征战。

“是，他的确不如各位出身好，从小养尊处优、锦衣玉食，他想要什么，只能靠自己一点一点挣。

“挣得了奖杯，挣得了参加更高级赛事的资格，挣得了自己的房子、车子。在落下了很多课的情况下，依旧挣得了雅川大学的录取通知书，挣得了无数粉丝的喜欢与崇拜，挣得了同行的佩服与尊重。

“如果诸位认为，这样叫没有本事，这样叫小白脸，这样叫令人看不上眼，那我也无话可说。只能祝福大家以后恋爱、结婚，都能遇见一个令你们觉得千好百好的陈之南。”

她说完，看也没有多看她们一眼，就径直走掉了。

先前聊八卦的那两个女生大概也没想到念好会一口气说这么多话。

她以前在学校的时候，是真的不爱争抢，不爱和大家计较，比较少的几次发飙，其中有一次还是毕业晚会那天，她在台上讽刺陈之南和周尔宜。

女生们之前说那些，其实只是过个嘴瘾，念好长得好看，家世又好，虽然不爱和大家争，但花开在那里，蜜蜂啊，蝴蝶啊就自动往她身边凑了。

说完全不嫉妒是不可能的，如今终于找到一个可以攻击她的由头，大家免不了就要凑在一起说她两句。

她们其实根本就不了解贺江望，她们甚至都不知道他是谁，长什么样，只是从别人口中听了两句难辨真假的话，就自以为掌握了真相，再和别人议论起的时候，一桩一件都仿佛自己亲眼所见般。

有的谣言说多了，不仅洗脑了别人，连自己都险些以为那是真的了。

这会儿大家都静立在原地，显然是尴尬极了，除此之外，还有一点羞愧、羞愤，甚至有些恼羞成怒了。

"什么嘛——"其中一个人低声嘟囔了句，"说得好像别人都是酒囊饭袋似的。"

也没有人接话。

周尔宜僵硬地扯了下嘴角，念好最后那句话，虽然只提了陈之南，没有提她的名字，但话里的意思大家都清楚。

陈之南大概是看周尔宜出去很久还没回去，也找了出来，见她在这边站着，脸色不好，对面两个同学脸色也明显不大好。他还以为她们吵架了，皱着眉问："怎么了，谁欺负你了？"

周尔宜虚弱地冲他摇了摇头。

先前说话的那个女生道："还不是那个念好，乱拿人撒气，不分青红皂白地就是一通扫射……"

饶飞在另一边，看得目瞪口呆："还带这么颠倒黑白的？"

他们其实昨天就来雅川了，因为之后神少杯的比赛就在这边，加上他们也快开学了，所以就想着不如早一点过来，去了解一下比赛场地。

当然饶飞吊车尾的成绩并没有让他考入雅川大学，他索性就填了个距离雅川大学不远的大专，说什么无论如何也不会离开贺神。

贺江望对他的这句话不置可否，只有温在让逮住他嘲笑了一通。

今天他们会来到念好他们聚会的酒店，也是因为盛薇薇突然给贺江望发了微信，说念好那边聚餐会遇到陈之南和周尔宜，她担心念好一个人过去会被欺负云云。

盛薇薇发这条微信的时候，并不知道贺江望人在雅川，她只是心血来潮，想搞点事情罢了。

生活太无聊了，人就想找点乐子，老实说，她也很好奇，这两个人的感情之路，会走到哪一步。

发完微信之后，她就没再管这件事了，甚至后面贺江望回了句“谢谢”，又问她念好聚会的酒店在哪里，她也没放在心上。

贺江望收到消息的时候，念好已经坐在周教授旁边和他聊家常了。好在贺江望他们住的地方恰好离这边不远，怕路上堵车，他们还是直接走来的。

其实刚走进来，贺江望就觉得自己有点冲动了，不管她和陈之南有什么恩怨，不管她打算如何解决，其实都跟他没有任何关系。

他来干什么？

他要出现吗？

他以什么立场出现呢？

听说她可能会被欺负，脑子一热地奔过来，情绪冷却之后，他又不由得有些自嘲地揉了下头发。

饶飞还在后面问他：“念好姐在哪个包厢呢？问过了吗？”

他没答话，只是靠到墙边，摸出手机，低头给念好发了条消息：“姐姐在干吗呢？”

可能在忙，念好没回，他咬了咬自己的指甲，思索着自己是回去，还是在哪里等着。

正犹豫，另一边的走廊里，突然传来一道微微泛着点儿沙哑的女音：“你们十三岁的时候，在干什么？十五岁的时候在干什么，十八岁的时候，又在干什么？”

他的目光一顿，侧头看过去。

她今天其实没有特别收拾自己，只是将平日里一直披散着的头发扎了上去，很长很长的卷发，扎得特别高，纤长的脖颈被露了出来。

她今天涂的口红颜色也和以前有些不一样，之前是要上班，涂的都是比较浓、侵略性比较强的颜色，今天换成了稍浅一些的西瓜粉。

贺江望不懂这些口红的色号，他只知道，今天的念好看起来……格外甜。

像夏天的草莓冰沙，只是看一眼，都会令人觉得神清气爽。

饶飞顺着他的目光看过去，神情也是一顿，他张了张嘴，下意识地就要开口叫她，声音还没发出来，陡然又听见念好说：“是，我们家小朋友呢，出身是不怎么样。十二岁的时候父母就去世了，紧接着被父母的朋友带进了车队里，才去的时候，还跟着一群男孩一起在宿舍里睡大通铺。刚训练大半年就去参加青少年组别的比赛了，好巧不巧，初出茅庐就领了奖回来……”

她的声音很轻很淡，似乎也没有要讨伐谁、嘲讽谁的意思，更没有要炫耀谁、夸赞谁的意思，她就只是轻柔地、温淡地叙说着她所知道的事实。

她的小朋友啊，不需要堆砌华丽辞藻来夸耀，就只是这样朴实无华地陈述，就已经足够说明他的优秀。

这么多年，别人或许不知道贺江望是怎么过来的，但跟贺江望一起长大的饶飞，却是一点一滴都看在眼里。也有过那么几次，他夜里睡不着的时候，想，假如他是贺江望的话，他会长成什么样？

也许还是很优秀，拿很多奖，履历漂亮；也许会变成混街头的混混，染一头黄毛，每日吆五喝六地欺负人。

他有足够的理由，埋怨世界的不公，有足够的理由去为自己鸣不平，去问为什么，去问凭什么，去发疯，去堕落。

——虽然苦难每一天都在降临，但世上之人千千万，为什么偏偏就挑中了我？

可他一样也没有。

可他一句也没问。

他就像个普通的小孩一样，温暖纯良地长大了，甚至要比很多普通小孩长得还要更好。

但其实，也不是一点失落也没有的吧？他还记得，当年他们这一批小子，第一次一起去参加比赛的时候，当时好几个人都拿到了不错的名次。晚上大家并排躺在酒店的床上，男孩们拿到了人生里第一个奖，第一次获得有分量的认可，一个个都兴奋得不行，拿出手机打电话，打给父母，打给爷爷奶奶，打给姐姐弟弟。

然后不知道是谁，特嘚瑟地问："欸，那我现在是你们的骄傲了吗？我是你们的骄傲吧。"

视频那头的女人笑得眼睛都快没了，说："是，宝宝是妈妈的骄傲。"

一群男生"嗷嗷嗷"地起哄，叠罗汉似的压上去，故意齐声"宝宝""宝宝"地喊。

饶飞翻过身，也爬了起来，找到妈妈的微信，发了语音过去，用一模一样的语气问："我是您的骄傲吗？"

他光说还不够，还唱了起来。

幼稚得不行。

疯得不行。

嘚瑟得不行。

那时候的贺江望在干什么呢？

他一个人窝在角落里，胳膊挡住眼睛，睡着了。

那么闹的环境里，他睡着了。

因为没有人可以让他理直气壮地去问：我是你的骄傲吗？

然后，今天，在这个闹哄哄的酒店里，在这条长而幽暗的走廊里，突然有个女孩，用满是温柔的语气同人讲：我家的那个小朋友，他可厉害、可厉害了，我很为他感到骄傲。

她虽然没有直接说这句话，但一字一句里分明全是这个意思。

饶飞不知道贺江望感不感动，反正他是挺感动的。小男生还挺感性，眼眶就那么湿润了，他抬手抹掉，一点也不觉得丢人地对贺江望讲："念好姐真的好喜欢好喜欢你，她怎么这么喜欢你啊……"

话音落下时，才发现他们家贺神已经抬步离开，脚步急促，明显是追念好去了。

他吸了吸鼻子，跟过去，边走边喊："哎，贺神，你等我一下！"

饶飞声音洪亮，周尔宜他们全被他的这一声喊吸引去了目光，但抬眼看过去，只能望见他跑起来时略有些滑稽的背影，以及，在他前面，转眼就消失在拐角处的、一晃而过的少年。

个子很高，穿了白T恤，棒球帽压得很低，露出的一截侧脸，鼻梁高挺，轮廓分明。

不知是谁问了一句："贺神……那是贺江望？"

"是。"周尔宜张了张嘴，须臾才喃喃地应了一声。

那人又问："念好那个男朋友？"

"是。"

静了几秒，有人终于忍不住赞叹："啊，的确好看。"

周尔宜没再接话，望着少年消失的那个拐角，静视了片刻，听到陈之南略有些轻蔑地道："好看有个屁用，能当饭吃吗？徒有其表的东西罢了。"

他之前没有听见念好的那些话，虽说查了点贺江望的资料，但也并没有看进脑子里去，故而这段话说得很是理直气壮。周尔宜看了他一眼，又看了看那两个女同学，扯了扯他的胳膊：“你别这么说。”

“你这个人啊。”陈之南点了点她的鼻子，“还是心太软。”

倘若饶飞还在旁边，肯定要被这两个人的肉麻举动与言语惊得更加目瞪口呆了，可惜饶飞已经追着贺江望走掉了。

走廊很长，灯光昏黄，念好刚才说那一段话的时候，并没有多想，只是听到她们那样说贺江望，心里来了气，情绪噌噌往上涌——

为他叫屈，为他不平，想为他解释，不想他被误解。

想向全世界申辩，贺江望这个人，特别好、特别好。会骑摩托，拿过冠军，成绩优异，懂事知礼，而且呢，长得也特别好看。

但她说着说着，不知道那些话有没有打动别人，她自个儿倒是先被打动了。心底有股暖流汩汩往上冒，不剧烈，很柔和，像春风，像春溪。

是啊，他那么好，她和这些人计较什么呢？有人看这世界，看到的是繁花盛开、晴空万里，有人看到的是乌云密布、暴雨如注，那些人看不到美好，看不到温柔，是他们的可悲。

她气什么呢？

大抵还是有些心疼他的吧？

他的那些经历，她说来，字字句句都是骄傲，但同时，也字字句句都是心疼。脑子里忍不住想象，在过去的那千百个日夜里，尚且年少的他，到底是如何一步一步坚定地走过来的？

那些黑夜，那些白天，一场又一场的比赛，一句又一句的流言……

倘若不是时机不对，她甚至想要去抱一抱他。

她突然想起以前看到过的一句话，说一个人可以觉得另一个人好看，一个人可以觉得另一个人优秀，但是倘若一个人觉得另一个人令自己心疼了，那他八成就危险了。

念好打开包间门走进去，看了看满场的觥筹交错，有一瞬间，竟然想——

管他呢，危险就危险吧。

管他呢，人活在世上，谁还没冒过几次险呢？

第六章

我已偷偷决定，把爱你的事澄清

千种万种情绪，不过是因为喜欢罢了。

夏日天气变幻莫测，白日里才下过雨，晚上天空却突然晴朗起来。星星一颗一颗挂在天幕上，虽然不多，但格外明亮。

饶飞气喘吁吁地跟在贺江望后面，眼看着他追念好追到一半，突然停住脚步，不知在想什么，紧接着就转身下了楼。

他转身转得急，还差点撞到饶飞。

饶飞不知他在搞什么鬼，嘟嘟囔囔地问他是不是走错了，他没理，一直走到酒店门口才停下来。

天气真好啊，雨后的风带着沁人的凉意，秋大概已经悄悄冒了头，绿叶隐隐泛了些枯意。这个酒店就在大学城里，距离雅川大学很近，高年级的学生开学比大一新生要早一些，路上行人三五成群，抱着书，吸着奶茶，谈话声细细碎碎地飘进耳朵里。

贺江望深吸了一口气，心里的情绪仍在翻涌。

饶飞终于跟了上来，在旁边小心翼翼地问："哥，你是不是被念好姐感动了啊？"

不等贺江望答话，他又自问自答起来："我也觉得特别感人，我都哭了你敢信吗？我以前看着念好姐，总觉得她的感情和情绪都淡淡的，那时候还担心她不喜欢你……"

平时看着挺粗糙一个人，没想到心思还挺细腻。

贺江望终于侧目看了看他，他的脸稍微有点红，喜滋滋地问贺江望："你这样看我，是不是我说得太好了，让你刮目相看了？"

贺江望顿了两秒，说："不是你哥。"

饶飞："？"

贺江望："把我叫老了。"

饶飞："……"

啊，和贺江望这种人谈感情的事好艰难。

念好从聚会现场提前撤出来，走到门口时，才看到贺江望两个小时前给她发来的微信，问她在干什么。

她想了一下，回："在看星星。"

天又沉了些，星星更加明亮了，她没有立马打车回家，而是独自在大学城里转了会儿。

刚开学，四处都很热闹，经历过一个暑假没有见面，大家都攒着一箩筐的话想要分享。

还有一些由几所学校联合建立的社团，直接在大学城里提前摆好了摊子，男生女生们聚在一起——弹吉他的、唱歌的、跳街舞的、滑滑板的……应有尽有。

念好之前在这里读书时，就参加过一个这样的舞蹈社团，当时他们那个社团办得还不错，在许多比赛里都拿过奖。

想到这里，她决定去他们社团当年惯常摆摊的位置看看，不知是不是刚开学的缘故，那里竟然里三层外三层挤满了人。

念好靠近，听到有人在赞叹："跳得很好欸！你专门学过吗？"

"我的妈呀，太可爱了！男孩子跳这种舞居然也这么可爱！"

"真的是又酷又可爱，表情踿死了，动作又可爱得要命。"

"你隔着口罩也能看出来表情？"

"就感觉嘛，你看他眼睛，都没有笑意的，整个人的气质都冷冷清清的。我要流泪了，有人知道这是谁吗？我要嫁给他！"

也不知道是什么人，居然评价这么好。

念好心里不由得生了几分好奇，往前走了些，听到音乐似乎是《寄明月》。她额头青筋直跳，突然有种不好的预感，侧头往桌子上摆放的电脑屏幕一看——

果然。

屏幕里播放的那段舞蹈，是她当年刚加入社团那会儿跳的。那段时间他们社团的副社长也不知道抽什么风，突然爱上了这类舞蹈，每天都在带着大家跳。

念好第一次接触，觉得好玩，就也去学了，跳完之后，被副社长录了视频上传到了网上，没想到竟意外地受欢迎，那天播放量直接冲到了网站榜首。

他们这时候把这段视频放出来，估计是想吸引新人加入他们社团。

念好默默地从背包里把一次性口罩拿了出来，戴上，准备偷偷溜走的时候，眼角的余光突然瞥见那个跳舞的男生。

她刚刚光顾着看自己的视频羞耻去了，竟然忘记了这一茬。于是，她抬眼，又悄悄地望了男生一眼。

她张了张嘴，脚步倏地顿住。

贺江望？

他怎么会在这里？

他居然会跳舞吗？

他为什么要跳舞？

念好脑子里的问号快炸开了花，转而又想到，贺江望跳这段舞的时候，是跟着她的视频学的，也就是说，他是对着她的视频跳的。

所以，他看到了她跳的这段舞。

脸颊忽地升温，手指都不受控制地蜷曲起来，心头那点儿疑惑又全被羞耻取代。

她也不知道她现在应该是赶紧把贺江望拉走，还是自个儿一个人逃走，假装自己完全不知道这件事。

脑袋里像是灌满了糨糊一样，她根本没办法好好地思考，腿上像灌了铅，她甚至忘记该如何去行动。直到音乐声停止，男生的动作停下来，人群里爆发出热烈的掌声，念好才醒过神来，惊得拔腿就想跑。

但是，她又实在好奇，好奇他为什么要在这里跳舞。这不像他的性格，事出反常必有妖，所以“妖”是什么？

她最终还是折了回来，穿过人群，走到正中央，从后面拉住了男生的手腕。

她的动作很突然，人群里有小声的：“欸？”

“那是谁？”

“女朋友吧，看起来像……”

贺江望将鸭舌帽往下压了压，刚跳完舞，身上全是汗。

他刚刚从酒店里出来以后，和饶飞两个人，去大学城的烧烤店里喝了会儿酒。

心里的情绪一层盖上一层，雪片似的，旧的刚融化，又有新的冒出来。

五味杂陈。

刚刚在酒店里，念好的那段话，也一遍又一遍地在他脑中回放——

她在维护他。

她在夸奖他。

她……她说他是她的小朋友。

感动溢了出来，心底那点儿窃喜也溢了出来，汽水似的，咕嘟咕嘟往上冒。

酒喝得有些多，脸上的笑又压不住了，他仰起头，手臂挡住眼睛，长长地“啊”了一声。

饶飞也喝多了，被他塞进出租车里，送回了居所，他自己却又独自在大学城里转悠了会儿。

其实他也不清楚自己到底想干吗，但心里的情绪还没消，就这么回去，总觉得不痛快，总觉得少点什么。

突然，他看到念好在跳舞。

起初他还以为是自己醉得太厉害了，产生了幻觉，往前走几步，定定地盯着电脑屏幕看了几秒，才有人笑着问他：“帅哥，你是今年新来的学弟吗？”

瞧见他目不转睛地盯着视频里的念好看，那人又连忙补充："前十个报名的人，就可以拿到社团私藏的念好学姐的独家照片哦！不过咱们社团也不是随随便便就能进的，小学弟会跳什么舞，先跳一段看看可以吗？"

跳舞，跳什么，怎么跳？

他从来没学过，压根儿就不会。

但是念好的照片他又想要。

眯了眯眼睛，他抬手指了指屏幕里的念好，说："就这个吧。"

直到被念好拉出人群，贺江望的脊背仍旧是僵直着的。胃里的酒气不断翻涌，他揉了揉眼，还以为自己醉得更厉害了，所以幻觉越发严重了。

念好小声在他耳边说："你在干什么呀？"

贺江望低着头，口罩遮挡住了他的半张脸，帽檐也压得很低，天色很暗，路灯的光打过来，也不算明亮。但即便是在这样昏暗的环境里，念好依然看得出来，男孩的眼睛里亮起了一簇一簇的火光。

"在……跳舞。"他说，语毕，想起什么般，又往社团的摊位那里走。念好从后面拉住他，问："怎么了？"

"照片。"酒精让他整个人都变得格外乖巧，他歪了歪头，说，"姐姐的照片还在那里。"

念好半天才弄明白他说的照片是指什么，顿时就有些哭笑不得，她说："我人就在这里，你要什么照片啊？"

贺江望皱了皱眉，半晌说："你说得对。"顿了顿，又问，"那姐姐是我的吗？"

"欸？"

贺江望的声音低了些，显得沉沉的，他说："照片可以是我的，那姐姐是我的吗？"

念好刚刚拉着他走了好远，躲进了一条人迹罕至的酒吧后巷里。前街热闹得很，人声和音乐声混杂在一起，疯狂而颓靡，传到他们这里的时候，声音已经小了些，荡在风里，显得有些失真了。

贺江望靠近念好，淡淡的酒气随着他的呼吸喷出来，念好往后退了些，后背贴到了墙上。贺江望问完，却似乎并没有指望念好会回答他这个问题，转而又说："我快要比赛了。"

念好说："我知道，加油。"

贺江望说："如果我进了决赛，姐姐就答应我一个要求，好不好？"

他现在真的将撒娇这项技能应用得得心应手，偏偏念好还真的就拒绝不了他。

她问："什么要求啊？"

"还没想好。"

念好又问："那如果我做不到怎么办？"

心里好像有了一点猜测，但两个人都在装傻，那层窗户纸还没有捅破，他们都在等一个时机。

贺江望轻轻笑起来："不会做不到的。"

因为SELENE那边还有工作要忙，念好在雅川没待两天，就回去了。

而陈之南不知是不是在雅川的时候被念好气到了，聚会一结束，就大刀阔斧地针对起了SELENE来。

念好刚下飞机，就接到了小莫的电话："本来合同都要签了，昨天下午梨之森那边的负责人突然说想再考虑一下，我感觉不太对，一打听，你知道是怎么回事吗？"

念好说："被谢文秋那边截和了？"

小莫："老板真聪明！"

念好："现在不是拍马屁的时候，那边具体怎么说？"

"也没说什么，就说需要再商量一下，再决定。他们家的冠名，都谈了多久了，本来都要拍板了，你说现在这是个什么事？”

梨之森是做白酒起家的，主要做平城当地的特色酒，结果白酒没做起来，反而他们闹着玩儿做的那些果酒在网络上火了，一跃成了网红果酒。

念好妈妈创立 SELENE 之初，就一直和梨之森合作着，后来念好妈妈过世，SELENE 眼看着不行了，梨之森那边才淡了合作的念头。直到最近念好接手，又重新联系到了梨之森那边负责与 SELENE 对接的工作人员，这期间也断断续续谈了两三个月，谁知道半路杀出个陈之南，也不知道他那边给了梨之森多少好处，才会让他们突然反悔。

念好沉吟了片刻，问小莫：“他们现在是什么态度，是已经彻底断了跟 SELENE 合作的念头，还是仍在犹豫中？”

“看起来像是在犹豫，毕竟谢文秋那边什么都是新的，点播量啊，话题度啊什么的也都没有保障，估计他们也是在考量。”

“行。”念好说，“你帮我跟他们约一下，问问他们什么时候有时间，我们再好好谈一下。”

她挂掉电话，看到盛薇薇在群里分享了一个帖子，是她们学校论坛里的帖子，明明已经毕业了，也不知道盛薇薇为什么还对学校里的八卦那么感兴趣。

念好摇了摇头，本来没打算看的，谁知道盛薇薇又特地提到了她，说是跟她有关的。

不会吧？难道她那天在大学城闲逛，被人认出来了？

念好边等出租车，边把帖子打开看了看——

【雅川大学论坛－水聊区－标题：大家帮我看看，这个人是贺江望吗？】

0L：今天在大学城里的联合舞蹈社团的摊位前，看到一个长得很好看的小哥哥在跳舞，小哥哥虽然戴了帽子和口罩，可我怎么看都觉得很像我家贺神……而且据可靠消息称，贺神今年高考考进了我们学校，所以这个人该不会真的是他吧？附一段小哥哥跳舞视频。

1L：不懂就问，贺江望是谁？

2L：友情科普，贺江望，十八岁。职业摩托车手，拿过很多奖，长得特别好看！

3L：楼上的最后一句才是重点吧！

4L：看破不说破。

5L：所以没有人看小哥哥跳舞吗？妈妈呀，这是什么神仙男孩！也太可爱了吧！

6L：又可爱又飒，跩死了，虽然看不见脸，但基本可以确定是一个帅哥，羡慕今年将和他同班的小学妹。

7L：顶着一张厌世脸跳《寄明月》，这种反差萌真的好带感，我好喜欢！

8L：所以有没有人理一理楼主，小哥哥到底是不是贺江望啊？附两张贺江望照片。

9L：贺神铁粉来了，哪里有贺神哪里就有我，让我来瞅瞅……

10L：瞅完了……我……我感觉我房子塌了，贺神居然会跳舞，贺神居然有喜欢的女孩子了……

11L：所以真的是贺神？

12L：悄悄说一句，我觉得最后把小哥哥拉走的那个女生，有点像念好学姐……

13L：终于有人说这个了！我一直觉得很像，怕被骂，没敢说的。

14L：所以……他们俩？

15L：不可能吧，估计就是认识，贺江望今年才十八岁，念好都二十二了，差那么多……

16L：楼上什么意思啊，姐弟恋不行啊？二十二岁招你惹你了，你能保证自己永远十八岁吗？况且念好学姐二十二岁也比某些十八岁的人好看！

17L：怎么念好都毕业了，在学校里还有粉丝呢？

……

念好大致浏览了下，前面还在好好讨论，到后面基本上就变成了各种混战。恰好出租车也到了，她便关上了网页，坐进车里，看到盛薇薇问："念好学姐看完了吗？念好学姐有什么感想？"

姜悦也来凑热闹："不知道念好学姐有没有看完，反正我是看完了。我只想知道，到底是什么力量，居然让贺江望跳这种舞，我觉得这将成为他人生里的最大黑历史，没有之一。"

盛薇薇："他跳得已经很不错了，虽然是女生的舞，但他身体律动性好，动作都很有力道，也很利落，加上脸上没什么表情，所以其实总体看起来还好。我更感兴趣的是，念好同学最后把他拉走干什么去了？"

姜悦："不，不，我更感兴趣的是，念好学姐是接受了小贺同学的追求吗？看你俩那腻乎劲儿，说没在谈恋爱我可不信啊。"

这两个人，八卦死了。

念好把行李放在旁边的座椅上，慢悠悠地给她们回："不告诉你们。"

姜悦："？"

盛薇薇："？"

姜悦："你如果在我面前，我就打你了。"

盛薇薇："有些人啊，自从谈恋爱以后，说话那叫一个矫情，那叫一个嗲。"

姜悦："没办法，有人宠着嘛，羡慕的话，你也去找个人宠你呗。"

她们俩唱双簧似的，念好笑倒在座位上，从她们的群聊天框里退出来，又给贺江望发了条微信："贺神今天有没有好好训练啊？"

停了一会儿，饶飞突然给她发了一段视频来，是贺江望在训练场里骑摩托车的样子。

距离特别远，只能看到小小的一个人，但样子是酷的，饶飞还在旁边解说："啊，贺神的走线实在太漂亮了，精准又稳妥，我什么时候才能拥有贺神的技术啊？"

念好看了半天，也没看懂他说的"走线漂亮"是个什么意思，于是索性就只给饶飞回了个谢谢分享的表情包。

饶飞又发了条语音过来："念好姐，你要是看完了，记得跟贺神说一下，本来我们都要休息了，他一看到你的微信，又非要让我录一段他骑车的视频给你……"

不仅录了，还选了最酷的姿势，最复杂的技能。

念好回了个"好"，转头又打开和贺江望的聊天框，慢慢地在里面输入："超酷。"

发送过去。

二十分钟后，贺江望换掉赛车服，捞起自己的手机，点开微信，眼神一亮。

饶飞从后面凑过来，问："念好姐说了什么？"

贺江望压了压唇角，但脸上的笑意却根本一点也压不下去。

贺江望："我为什么要告诉你？"

饶飞："？"

停了半秒，贺江望漫不经心地道："酷。"

饶飞："？"

贺江望："说我超酷。"

饶飞："……"谈恋爱的贺神，好像个弱智啊。

和梨之森负责人的见面，最终约在了11号那天下午，地点还是在粤府。

念好结束了上午的工作才过去的。贺江望前一天的比赛结果还不错，但今天仍有比赛，两天的成绩综合在一起，才能够决定最终能不能进决赛。

如果不是要跟梨之森谈判，念好这时候估计正坐在办公室里吹着空调看贺江望的比赛直播呢。

他一直想要获得参加BUNB赛事的资格，这次的神少杯对他来讲是一个很好的机会。念好本来还想要不要给他发"加油"，说上一点鼓励的话，但又怕自己说了什么，会影响到他比赛的心情，于是只好作罢。

她到粤府时，梨之森的人已经到了，念好坐下，听到对方说："还有人没到，不介意多等一会儿吧？"

之前和念好他们交接的也一直是这两个人，念好挑了挑眉，不由得问："还有谁？"

王伟文赔上一张笑脸："谢文秋工作室的负责人，念总应该不陌生？"

小莫坐在旁边，眼神立马扫了过去，王伟文依旧是一副笑笑的模样："刚好你们两家最近都在和我们谈这个合作，我想着你们反正认识，不如大家就坐在一起，开诚布公地聊一聊，我们最后再决定跟谁合作。"

这话说的，还真把自己当个人物了。

念好简直气笑了。是，她的确缺钱，因为说好和陶欢打赌的，所以她也不能无限制地去向总公司拿钱，当然，即便她去申请，那边也不会拨很多给她的，所以她才会想要继续和梨之森合作。但是，说实话，她这个冠名也不是非梨之森不可。最近"城堡"的热度还可以，找上来的商家也不少，只是之前她跟梨之森都谈到一半了，且当时梨之森要求的是独家冠名，加上她母亲和梨之森的那点情谊在，她也不想把关系搞得太僵，这才把其他的商家都推掉了。

结果梨之森这边却又反悔了。

念好心里觉得好笑，喉咙里不禁就发出了一声冷笑，她将身子往后仰了仰，从包里掏出一支烟来，问王伟文："不介意吧？"

"不介意，您随意。"

念好将烟点燃，停了几分钟才问："你们是不是觉得我一个小姑娘，特别好糊弄啊？"

反正梨之森已经先不顾及脸面了，念好索性也不管了，她微微抬着眼，目光里还晕着几分似嘲非嘲的意味。王伟文讪讪地笑了笑，说："念总，咱们话也不能怎么说。"

念好说："那你觉得该怎么说？"

“这个事吧，我们也确实无能为力。”王伟文说，“大家都合作那么久了，我就诚心地跟您透个底，这次，不只是陈家那边来施压，包括你们念氏，也有人来了电话，让我们不要跟您签合同。您看，我们就是一不个入流的小企业，你们神仙打架，我们哪经得起折腾？所以只能出此下策了，还希望您不要介意。”

念氏？念好突然想起那天在雅川念北的嘱咐，她当时还想，陶欢到底会在她身边动什么手脚呢，没想到在这里等着她呢。

动作还挺快，陈之南那边刚把谢文秋的工作室开起来，她就闻着味儿地上来了。

听王伟文这意思，念好大概也明白了，梨之森八成是不会选择跟SELENE合作了。今儿让她跑一趟，估计就是怕她记恨上他们，怕念好回到念氏以后，回头找他们麻烦，所以就先把事情跟她说清楚了。再给她透露，是念氏内部有人想要对付她，也算给她个人情。

念好沉吟片刻，想到再继续待下去，估计还得碰上谢文秋和周尔宜，左右她的事情已经谈完了，就起身准备离开。哪知要先走一步的话还没说出口，周尔宜和谢文秋就推开包厢的门进来了。

见念好是站着的，谢文秋挑了挑眉，说：“念总这是已经谈完了？”

她应该是已经知道结果了，今天来这一趟是专门来看念好笑话，顺便耀武扬威一下的。

周尔宜跟在后面，今天也穿了西装，打扮得非常干练，但看见念好，眼神还是躲闪了下。谢文秋注意到她的神色，将她从后面拉过来，给念好介绍：“按说你们两个念大学的时候，关系就好，不需要我再来介绍。不过周周之后就是我的合伙人了，所以就以新身份再来给念总介绍一下。”

她抓着周尔宜的胳膊，示意她去跟念好握手。念好倚在桌子边，低下眼睛，似笑非笑地看了眼周尔宜伸到半空中的手。

她大概也觉得尴尬，见念好迟迟不回应，嘴唇被咬得发白。谢文秋佯装不经意地把她的手收了回去，才说：“怎么，念总对我们周周有意见？”

“意见倒谈不上，怎么说呢？”念好皱了皱眉，做出思索的模样，“我之前养了一条狗，我有个朋友非常喜欢，非跟我要。我虽然说不上特别喜欢那条狗，但毕竟也养了很久，有了感情的，所以就拒绝了，结果你猜怎么着？”

她低着头，唇角始终压着一抹笑意，完全没有看包厢里众人脸上变幻莫测的神色。

她说：“结果有一天，我突然发现我那个朋友，趁我不在的时候，来喂我的狗，对我的狗又亲又抱。按说这其实也没什么，只能说明她实在喜欢我的狗，所以想对它好。可谁知她后来又不甘心只有这些了，她开始跟我的狗讲我的坏话，说我对它不好，一直到后来，她偷走了我的狗。”

念好叹了口气，似乎是有些苦恼：“我知道自己不应该一棒子打死所有，不应该因噎废食，但我实在是有了后遗症。从那以后啊，我就对所有爱抢我东西的朋友敬而远之了。”

她顿了顿，拿起了自己的包，脸上的笑意仍不减，须臾，意有所指地说：“所以，再见啦，二位。”

说完，她便头也不回地离开了包间。

小莫从后面跟上去，不断地对念好竖大拇指：“高，您这一段话骂了好几个人，实在是高！”

念好睨他一眼：“少拍马屁。”

小莫“呵呵”地笑，又说“既然这样，那我就顺便再通知您一个坏消息吧。”

念好：“新约的嘉宾不来了？”

小莫惊讶：“您怎么连这也知道？”

念好：“猜的。”

不过是陈之南的常规操作罢了，好歹也认识了十几年，她太了解他了。只是她没想到他这么多年竟然一点长进也没有，手段还是这么幼稚，除了抢人东西还是抢人东西，一点新意也没有。

念好毫不在意地说："那就换一个。"

"换谁？"

"随便。"

"随便？"

"嗯，反正陈之南还会来抢。"

小莫："？"

念好："他乐意花这种冤枉钱，就让他花，反正我们又没损失。"

小莫："那'城堡'怎么办？"

念好转头，朝他笑了笑："做一期 BUNB 专题。"

当天晚上，念好才接到贺江望的电话。那时她刚下飞机，正在等出租车，贺江望的电话突然就打了过来。

他那边大概比赛刚结束，听筒里全是嘈杂的人声，念好把背包拿下来，整个人靠到了座椅靠背上，才听到贺江望状似平淡地说："我进决赛了。"

这个结果念好其实也能猜到，毕竟贺江望的技术摆在那儿呢，但是听到最终结果的时候，念好还是忍不住"哇"了一声，说："我们贺神好厉害呀！"

她的语气特别浮夸，哄小孩儿似的，贺江望抿抿唇，眼里晕开了点儿笑意："就还好吧，也没有特别厉害。"

念好说："有，就是特别厉害。"

贺江望："没有，不要捧杀我。"

他一个人躲到了角落里，倚在墙边讲电话，周其然正集合大家伙儿一起去庆祝呢，这次 BUNB 的比赛，亚洲九个国家，好几百名车手里，只有二十八个进入决赛的，而贺江望就是其中之一。

车队里一堆小崽子等着跟他说恭喜呢，结果他一个人躲角落里打电话去了。

周其然找过来的时候，就听到他语气特黏糊地说：“想，想见你。”

声音特别甜，蜜罐里泡过似的，要不是他那身赛车服太有标志性，周其然简直以为自己认错人了。

他抖了抖鸡皮疙瘩，决定还是先不吃这个狗粮了，等人都集齐了再来找他也不迟，又听从后面跟过来的饶飞神秘兮兮地叫他：“周哥，周哥！”

周其然：“？”

饶飞说：“你有没有觉得，谈恋爱的贺神，好像个智障？”

周其然：“？”

周其然：“我录下来了。”

饶飞：“？”

饶飞顿时“嗷嗷”叫：“我刚刚都是说着玩儿的！不是真心的！”

他们的动静闹得大，贺江望的头本是微微往下勾着的，这会儿便就着原来的姿势，往他们这边瞥了一眼。

目光极其冷冽，态度极其不耐烦。

饶飞立马撒腿就跑，周其然笑了两声，也跑了。

念好也听见他这边的动静，问：“怎么了？”

贺江望嘟囔：“可能是饶飞又犯病了吧。”

念好差不多就猜到他那边是什么情况了，她问：“等下要去庆功宴吗？”

“嗯。”贺江望说，“应该要去。”

“在哪里办？”

“估计还是上回你们同学聚会那个酒店，近。”

他们已经开学，贺江望也去学校报过到了，最近一直住在宿舍里，不过比赛这两天是在外面住的，毕竟周其然也来了，车队里还有别的车手也来了，大家住在一起，好招呼。

念好就说：“那行，你先去找他们吧，晚点再见。”

她说晚点见，贺江望还以为她的意思是晚点再聊，哪知他们聚完餐从酒店里出来时，却见念好正咬着根冰糖葫芦在酒店门口跳砖格。

女孩今天将满头卷发绑成了低低的双马尾，戴了顶鸭舌帽，雅川九月的天气已经透出微微的凉意，故而她吊带外面罩了件轻薄的针织衫，下面是一条深色阔腿裤。

还是饶飞先看到了她，“欸”了一声，迷迷糊糊地说：“那个人好像念好姐啊……”

他们刚刚喝了不少酒，有人在后面笑他：“你出现幻觉了吧？！”

“不是，是真的很像。”

那人也眯起眼看了看，随即对着正在前台结账的贺江望大喊：“哎，贺神，你女朋友来了！”

男孩声音洪亮，贺江望收回自己的卡，塞进钱包里，闻言有些茫然地走过来：“什么？”

那人指指念好：“喏。”

酒店门前点着廊灯，远处又有路灯的光照过来，女孩整个人都被笼在一片暖色的光晕内。

她今天打扮得格外显小，两根马尾随着她的动作在她身后一晃一晃，像只小兔子。

贺江望是真的没有想到念好会来，看见她的时候，第一反应是难以置信，随即才是惊喜、紧张。但他面上表现得始终淡然，只是唇角的小括弧仍出卖了他，彰显着他内心的愉悦。

没等他开口，先是车队里的人集体起起哄来，一声接一声地冲念好喊：“嫂子——”

“弟妹——”

“‘平安符’——”

结果一点默契也没有，各种乱七八糟的称呼全混在了一起。

不过男孩们一起叫，声音是很大，周围的人纷纷侧目看过来，有人皱眉，有人羡慕他们青春正好。

念好也看了过来，她刚咬下去一口冰糖葫芦，整个人都透着股懵懂的可爱，刚转过头，就望见了正注视着她的贺江望。

他站在人群里，站得笔直，外套挂在臂弯上，刘海儿是垂下来的，头发黑，瞳孔也黑，整个人看起来，又乖巧，又落拓。

念好的心忽地就被撞击了一下。

好奇怪，明明不久前他们才打过电话，明明几天前他们才见过，但这会儿四目相对时，念好竟生出了些许近乡情怯般的羞涩感。

许是因为太清楚自己来这一趟意味着什么，而她也十分清楚贺江望必然也知道她来这一趟意味着什么，那一层窗户纸即将被捅破，从前的关系将要打破，新的羁绊将要形成——

她在心里想了好多，又想，什么鬼？哪里有那么复杂？千种万种情绪，不过是因为喜欢罢了。

因为喜欢，因为越来越喜欢。

贺江望挥手把那群起哄的男孩子赶走，才一步一步走向念好，男孩心里没有那么多想法，就是觉得开心，特别开心。

嘴快咧到耳根，却丝毫没有要注意形象的自觉，那群没走远的男孩子瞧见他的样子，又揶揄地吹起了口哨。贺江望心情好，懒得管，就随他们去了。

他走过去，在念好跟前站定，低头看着念好，唇角的笑意还没褪去，眼里却又严肃起来，他说："姐姐来这里干吗？"

不等念好回答，他又继续说："姐姐是特地来看我的吗？"

他明知故问，不依不饶，念好被问得耳朵都红了，整个人像只煮熟的虾子。

于是她只好控诉他："你学坏了。"

贺江望笑说："哪里学坏了？"

念好觉得这天简直没法聊下去了。

她咬了咬唇，忽然又听到贺江望轻轻叹了口气说：“姐姐怎么知道，我想你了？”

他说：“比完赛的那一刻，最想见到你；公布决赛名额的那一刻，最想见到你。生命里的这些重要时刻，总想要跟你分享。”

他的声音低低的，像是在自言自语，一段话说下来，语气其实并没有很正经，也没带什么过多的情绪，但念好满心的羞恼却一下子被安抚了。

“我今天也特别想见你。”她说，“被人欺负的时候，特别想见你。”她笑了笑，“怎么回事啊？你想和我分享快乐，我却千里迢迢奔来，让你帮我分担我的委屈。”

她虽然这样说，但语气里毫无愧意，想了想，伸出手，慢慢地、慢慢地握住了贺江望垂在身侧的手。

男孩的手掌很大，她包裹不住，正捏得开心，突然他张开了手指，紧接着便握住了她的手。

心扑通扑通地跳，明明不是第一次恋爱了，但心脏却是第一次悸动得这么厉害，第一次想起一个人时，心里像是有快要溢出来的喜欢，太满了，于是那喜欢里又泛着股淡淡的酸楚。

他们就这样手牵着手在大学城闲逛，贺江望又问：“今天，谁欺负你了？”

念好说：“前男友，还有他的现女友。”

她故意这么说，在他的底线上踩来踩去，果然，贺江望的脚步顿了一下，须臾说：“哦。”

但到底还是关心她，过了半分钟，他又问：“他干什么了？”

念好简单将事情给他讲了一下，贺江望说：“所以你现在是……没钱了？”

其实也不是，办法还是有的，商也不是招不到的，但她愿意在他面前示弱，于是她说：“是啊，很可怜。”

贺江望停下脚步，从自己的背包里拿出自己的钱夹，递给念好。

念好：“欸？”

贺江望说：“我的卡都在里面。”

念好：“欸？”

贺江望有些不自在地移开目光：“也、也不算少，这么多年，车队里有工资，比赛拿奖也有奖励，加上还有一些代言费什么的。”

他又转回头，眼里晕开一点笑：“所以姐姐别担心，我可以养你的。”

质朴得可爱。

真诚得可爱。

念好突然就被戳到了，她说：“我们家贺神怎么这么可爱啊……”

她说“我们家贺神”，贺江望眼里那点雀跃又在嘚瑟地跳跃，顶聪明的人，谈起恋爱来，却像两个小傻子，一点小事也能令他们愉悦许久。

于是那晚雅川大学的论坛里，又挤满了关于他们两人的帖子，依旧是盛薇薇截来的图，她问：“所以，你们现在是什么情况？”

念好说：“恋爱的情况。”

姜悦也被炸出来了：“哇！”

盛薇薇：“我就知道会这样！”

姜悦：“那我来采访一下念好同学，和十八岁的小朋友谈恋爱的感觉怎么样？”

——和十八岁的小朋友谈恋爱是什么感觉？

——和比自己小的男孩子谈恋爱是什么感觉？

晚上，念好躺在酒店的床上，辗转反侧睡不着的时候，无聊地在某乎上答题，绞尽脑汁想半天，最后认认真真地写：像回到了十八岁。

可不就是十八岁？

少年人生里第一次恋爱，黏糊得不行。他没有回宿舍，而是回了车队统一为他们订的酒店里，然后又给念好也订了个房间，就在他的隔壁，晚上分开时，故作委屈地站在她的门口，说：“姐姐不准备请你男朋友进去坐坐吗？”

“不要。”念好站在门里，只露了一双眼睛出来，“男朋友明天要军训，该回去睡觉了。”

他因为要比赛，迟了两天才加入军训的队伍，好在九月的雅川多雨，虽不至于下起滂沱大雨导致军训不成，但细细的小雨好歹降下一点暑气。

晚上吃完饭，念好和他一起走在学校的湖边，没有撑伞，任雨丝洒在两人身上。学校里没有设置很多路灯，整个校园都显得有些暗，大家对面走来，若不仔细看，根本看不出来对方是谁。

念好以前经常和陈之南在这儿约会，有时周尔宜她们也会跟着，当时是觉得只有两个人太无聊了，毕竟她和陈之南认识太多年了，两人根本腻乎不起来，哪想后来周尔宜和陈之南竟会背着她偷偷在一起。

念好指指湖对面的舞蹈楼给贺江望看：“我们以前就在那里跳舞。”

她虽然不是舞蹈专业的，但因为喜欢，经常会去旁听他们的课。

讲完之后，她又说：“那边是新画廊，能进那个画廊的都是一些很厉害的学长学姐，我去看过他们的画展。

“那边是我们文学院的楼，经常会有一个流浪汉，在我们的大教室门口写字，毛笔字、粉笔字都能写，字特别漂亮，还会画图。

“一开始我以为他是文学院的学生，后来又猜他是艺院的学生，最后听开校车的司机讲，他居然是学历史的。

“虽然是流浪汉，看起来精神似乎有点不正常——当然这是大众以为的，但我总觉得他超级厉害欸！

“有一天，我听他在和别人讲曹孟德如何如何……后来才知道，他以前是我们学校的学生，后来不知道发生了什么事，突然就变成了这样。

“我第一次见到他的时候，他正拿着棍子追着别人跑，说自己是齐天大圣，我那时候还怕他误伤到我，心里可害怕了。”

她轻轻叹了口气，将他没有参与过的她的过去，一点一点娓娓道来，讲给他听。

贺江望有时会点头，有时会问两句，让她把话题继续进行下去。最后她说到口渴，趴在围栏上看湖里的粼粼波光，她说：“我以前还以为，自己不会再回到这里来了。”

贺江望问：“为什么？”

“因为最后的记忆不算好，所以决定短期内不会再来了。”她笑。

她主动坦诚，贺江望就说：“啊，前男友好烦。”

声音是软的，语调拖得很长。

念好说：“嗯，特别烦。”

贺江望又说：“姐姐以前眼光不太好。”

念好：“是，超级差的。”

哄小孩儿似的。

他们已经从湖边走到了教学楼和宿舍楼之间的植物园里，夜晚的植物园，没什么人来，他们漫无目的地瞎晃悠，被蚊子咬到的时候，才意识到自己走到了哪里。

植物园是一个独立的小院子，里面长满了各种奇形怪状的树木，发觉到走错了，两人也没有要离开的意思，就坐在长椅上，有一句没一句地聊天。

热恋中的人，真是黏糊，他们天南海北地讲了好多，全是一些没意义的废话，但两人乐此不疲。

最后念好说：“我明天就回平城了。”

男孩的情绪好猜得很，目光立刻就黯了下去。“这么快。”他说，又问，“那姐姐会不会想我？”

他突然侧过头，呼吸喷洒在她的耳畔，少年吞吐间，全是清新的青橘香味儿，有股青涩的甜意。

“姐姐如果想我了怎么办？”他又问了一遍，欺身上前，声音里像含了糖，黏在喉咙里，语气里还莫名有几分咬牙切齿的意味。

其实不是完全没有火气的，她刚刚提到曾经想过短期内都不回学校了，那就说明她那会儿是真的伤心的。为什么伤心，还不是因为喜欢、在意陈之南？

虽然那都是过去，他也理解，但心里到底还是有一种说不上来的气恼郁结在胸腔里。不是气她，也不是气陈之南，就单纯觉得不高兴，不高兴那段过去不是他参与的，不高兴她心里边装过别人，不高兴那人还曾经伤害过她，不高兴那人伤害她的时候，他不在她身边，没能陪她度过去。

又想：假如我那时就在的话，又怎么可能会放任她和陈之南在一起？

他知道自己的这种气恼是没有道理的，所以他压住了，不表现出来，怕吓到她。然后他压住的所有情绪，全因她一句“我要走了”，又噌噌地冒了出来。

他垂下脑袋，眼睛只能看见她头顶的发旋儿，好奇妙，喜欢一个人的时候，竟然觉得她的发旋都变得可爱了。

——想抱她，想靠近她，想和她亲近。

十八岁的男孩，正是血气方刚的时候，但他不敢亲近，怕唐突她，只好抬起手，发狠似的揉了揉她的头发，但动作还是轻柔的。揉了好几下，还不过瘾，最后还是没忍住，微微弯下腰，下巴搁到她的脑袋上，他叹了口气，说：“但我会想你。”

委屈巴巴的，像个小狗崽子。

念好说：“那我们就每天都视频通话。”

贺江望说：“但是在视频里，不能像现在这样拥抱。”

他们现在哪里是拥抱呀？中间隔了快一个人的距离，他弓着腰，双手虚虚地扶在她的肩膀上，姿势看起来十分吃力。念好被他的小心翼翼逗笑了，她侧了侧头，伸出双手，趁他不备，突然抱住了他的腰，然后整个人都埋进了他的胸膛里。

“这才叫拥抱。”

她的声音里带着点笑意，贺江望的脊背僵得不行，甚至僵得有些发疼了。一边是被女孩抱住的温软与贴心，一边又是被她嘲笑得的忍不住想要证明自己的心。

谁不会拥抱——

他突然发力，抵住她，她的身子不由得往后仰了仰，整个后背都贴在了椅子上。

——不是说我不会拥抱吗？那我就好好抱给你看。不仅抱了，他低下头静视了她片刻，忽然抬起手，捏住了她的下巴。

念好刚刚还在笑他，转眼就被他钳制住，她脸上的笑意还没褪去，又听贺江望说："还笑，还笑。"

声调听起来很执拗，像个小孩子，于是她眼里的笑意又忍不住了。

贺江望见她笑得更欢，脸也更黑了，动作根本就没过脑子，就伸手去挠她的痒穴。

念好怕痒，立马吓得举手投降，边躲边求饶："我错了，我不敢了。

"贺神，贺江望，你就放过我吧……"

声音又软又黏。

雨渐渐停了，植物园外的人声一阵盖过一阵，刚念大学的男孩女孩们，激动和亢奋都毫不掩饰，奔跑着，笑闹着，手里拿着从学校超市里买的生活用品，身旁走着新认识的同学。

所有的一切都是崭新的，过去就让它过去，所有的一切都还可以重新开始。

念好缩着脖子，咬住了唇，想止住自己的笑声。总觉得他们在这里发出点什么声音，容易引起外面的人误会，可她此时的状态已经足够引人误会了——头发乱了，刚刚打闹时，衣服的边角也卷了起来，肚子上的马甲线露了出来，脸是红的，眼里还含着眼泪。

贺江望的动作突然就停下来了。

心里那点火气早就发泄干净了，另一种火气又涌了上来，他靠得离她很近，居高临下地看着她，眼睛里神色晦暗不明。

念好也终于停住了笑声，亦定定地注视着他，她眨了眨眼，下一秒，下唇突然被人咬住。

狗崽子似的，不得章法地啃咬，念好吃痛地“嗯”了声，眼睛还没闭上，却有一只手伸过来，直接盖住了她的眼睛。

“别看。”贺江望嘟囔了声，又低头，继续咬她。

她的后背抵在椅子的横梁上，两只手往上伸，慢慢摸索，一直摸到男孩的耳垂，然后将手探到他的颈后，勾住他的脖子。

贺江望的手终于拿开了，念好身子往上抬了抬，趁他不备，突然主动又吻了上去。

她的嘴巴上涂了唇膏，全被他咬掉了，他的嘴唇也被染上了几抹西瓜红。许是没想到她会突然这么做，他有些讶异地睁大了眼，听到女孩声音含糊却带着掩饰不住的笑意说道：“这样才对。”

贺江望心里那股火再一次噌噌冒了上来。

他向来是天赋型选手，学什么都快，很快就反客为主，加深了这个吻。

直到隔天，念好的嘴唇还肿着。她一大早就去赶飞机，戴了口罩，这回小莫终于记得来机场接她了，坐到车里时，见她仍不摘口罩，不由得问：“老板，您这是感冒了？”

念好看他一眼，含混不清地“嗯”了声。

BUNB 的专题采访念好并没有跟去，连续两个月，她一直在谈新的合作事宜，不愿意再将所有的鸡蛋全放在一个篮子里了，她同时和好几个投资商在谈。

小莫倒是跟去了，每天他和姜悦轮流给她发来贺江望的视频：“老板，你家小朋友在喝 ××× 饮料，那玩意儿不是小孩子喝的吗？”

念好冷酷地回：“要你管。”

姜悦紧接着又发来：“哎，有个妹子刚刚跟你家贺神要微信呢，长得特好看一姑娘。”

念好被他俩扰得烦不胜烦，笑骂：“你们无不无聊。”

姜悦说：“是真的。”

她随即发了个视频过来，大概刚刚拍摄结束，他们一群人正走在路上呢，一个女孩突然走过来，问贺江望能不能加一下微信。

这次参与拍摄的都是一些年轻的工作人员，参加神少杯的那些车手也全员未满二十岁，一群大男孩儿，走在一起，的确很惹眼。

走在他身边的人立马撤远了些，给女孩留下足够的搭讪空间，被饶飞从后面掐住了手臂："你干吗呢？我们贺神有女朋友。"

饶飞向来大嗓门，女孩立马回头瞪他："有女朋友怎么了？有女朋友就不能跟别的女生说话了？"

"这话说的……"念好听到姜悦低声吐槽了一句。

念好正在吃夜宵，见状也来了兴趣，把手机竖在桌面上，舀了一大口拌饭塞进嘴里，听到饶飞说："有女朋友不会怎么样，但女朋友比你好看，就比较有什么了。"

这小子，毒舌起来也是真的毒舌。

女孩的脸色顿时就有些不好看了："哦？有照片吗？"

饶飞说："照片我觉得你还是别看了吧，我怕你自卑。"

视频到这里戛然而止，念好看得正来劲呢，突然没了，她不由得问姜悦："然后呢？"

姜悦："自己问你们家小朋友去。"

念好："？"

她才不问，她转头给饶飞发了条微信："然后呢，你最后把我照片给那女孩看了吗？贺江望加她微信了吗？"

几分钟后，饶飞回过来一段语音："照片没给，微信也没给。"

是贺江望的声音。

可能因为正在走路，他讲话的声音有些喘，嘴唇挨听筒很近，就像是凑在她耳边讲的一样。

念好的头皮立刻就炸开了，把手机扔开，往后靠了靠，须臾又拿回手机，看到贺江望用自己的账号给她发了新消息："下次这样的事情，直接问我就好了。"

念好："哦。"

饶飞这个叛徒！

念好收起手机，自闭去了，直到洗完澡，贺江望才发来视频通话。他站在宿舍的阳台上，秋意已经很浓了，冷飕飕的风将晾衣架上的衣服吹得哗啦啦作响。

念好先前偷偷打听他的事情，被他抓个正着，这会儿心虚得很，一边拿毛巾擦着头发，一边冲着贺江望干笑。

贺江望看到她头发还湿着，先是皱了眉，随即便命令她："去吹干。"

念好于是就把手机放在旁边，乖乖去吹头发。

明明她比他大，可在一起的时间越久，念好就越觉得真正被宠着的那个人好像是大了四岁的她。

她家的小朋友，人前是个酷酷男孩，人后却像个管家婆——早饭必须吃，饭后记得吃维 C，晚上八点之后最好不要再吃东西，生理期不能吃杧果，洗完头发一定要吹干……也不知道他究竟从哪里学到的这些奇奇怪怪的知识。

念好终于把头发吹干，靠在沙发上，故意揶揄他说："报告我们魅力无限的贺江望同学，任务已经完成啦！"

贺江望听出了她话里的意思，抿了抿唇说："我没有给她微信。"

念好："人家一个小姑娘，鼓起勇气跟你要微信，你怎么这么狠心？"

贺江望默了默："那我现在去给？"

念好："你还能找到她呢？不是没留联系方式吗？"

贺江望："……"

念好歪在沙发上笑得前仰后合。

贺江望的室友到阳台上晾衣服，见他正在上面视频通话，忍不住道："贺神大晚上还在这里撒狗粮！"

“哇——”

几个男生一起跑到阳台上，凑到贺江望的手机跟前，纷纷跟念好打招呼：“嫂子好！”

念好没有防备，眨了眨眼：“你们也好。”

男孩们于是又竹筒倒豆子似的开始交贺江望的底：“贺神在我们学校特别受欢迎，经常被女生拦在路上表白！”

“隔壁系的系花都跟他表白过呢。”

“不过我觉得系花没有嫂子好看！”

“贺神没给，我们会帮你监督他。”

废话好多，贺江望立在旁边，冷眼看着他们和念好讲话，手机也被他们抢走了，他被挤在人群的最外围，还有人专门负责拦着他，不让他去拿手机。

“喂——”放任他们闹了一会儿之后，他终于出声了，语气里带着几分似笑非笑，“想聊天找你们自己女朋友去，别找我女朋友。”

众人：“……”好想骂人怎么办？

念好的生意谈得还可以，目前同时由一个羽绒服品牌和一个饮料品牌联合冠名，而谢文秋的工作室也渐渐走上正轨。她到底还是行业内的老手了，第一期节目出来的时候，念好也去看了，做得还不错。不过老手也有老手的坏处，谢文秋用的很多梗，输出的很多观点，不够新，可能不够符合当下年轻人的理念。

故而小莫才看到一半，就松了口气，说他们“难成气候，不足为惧”。

念好端起咖啡喝了一口，说：“话不能讲得太满。”

陈之南舍得花钱，一期节目能找到由头买七八个热搜。他们的节目和“城堡”有些类似，不过他们请的嘉宾大多是演艺圈里的人。演艺圈里的人最怕没有话题度，所以那些明星也乐得跟他们合作。只是炒新闻也有炒新闻的底线，她也不知道陈之南在想什么，也不知道谢文秋为什么没有阻拦，他们炒着炒着，就开始扒那些嘉宾的一些黑料，来博眼球，不痛不痒的黑料还无所谓，但假如踩到人家底线了，之后还有多少人会想要跟他们合作呢？

小莫说：“有的明星可能觉得靠黑料出圈也是出圈，所以不在意这个，说不定还很开心呢。”

念好想想也是，不过他们那个节目的确彻底出圈了，参加过节目的明星的粉丝联合在一起，天天在微博里骂他们，节目官博一概装死不理。

陈之南大概觉得很高兴吧，还特地打电话给念好炫耀，对此，念好只回了一句话：“多行不义必自毙。”

陈之南气得说了句脏话，然后咬牙切齿地说：“你等着。”

天气越来越冷，十二月末的时候，有人组织了他们这些做自媒体的人一起办了个聚会，聚会的地点在雅川，召集人说目的是为了互相交流，共同进步。

在这个圈子里混，有些该有的应酬还是要去的，念好只好又回了趟雅川。

雅川地处北方，冬天冷得不像话，没有下雨，也没有下雪，是那种很干的冷。她只叫了小莫和“城堡”的主策陪她一起去，刚下飞机，几个人就被冻得直哆嗦。

由于聚会的时间是晚上，估计他们今天回不去，所以念好给小莫和主策两个人订了她家附近的酒店，而她自己则是回家住了。

刚出航站楼，小莫就四处瞅了瞅，然后问念好：“老板，你家小朋友没来接你吗？”

念好说：“没告诉他我来了。”

“真的呀？你这样，等他知道了会生气的。”

“是吗？”念好说，“本来打算事情办完了再去找他的。”

她拿出手机，准备给贺江望发个微信说自己已经到了，谁知这时候出租车正好来了，她只好先收起手机，坐进车里。

聚会的时间其实设定得也不算特别晚，念好回家放了一下行李，又补了个妆，就开着车去接小莫和主策了。

她在回来之前，央求刘特助帮她把车开了过来，毕竟是行业内的聚会，且她家就在这里，她再打个车去，总归不太好看。

谁知道才走到门口，就碰上了周尔宜和陈之南，也不知道陈之南来参加这种聚会干什么？谢文秋倒是不知道为什么，一直没有来。

当然，很快念好就知道陈之南来的原因了，大屏幕里滚动的数据分析里，陈之南那档节目一骑绝尘，平均值高于所有人。他得意扬扬地朝念好扬了扬下巴，周尔宜注意到他的神色，眼睛里闪过一点复杂的光。

坐念好旁边的人瞧见陈之南的表情，不屑地撇了撇嘴，声音不算小地吐槽："靠些不入流的手段吸引眼球罢了，只能挣点儿快钱，这样的节目不会存在长久的。"

利用人们的恶劣心理博话题度，那么最终也会被人们的恶劣心理反噬。

其实他们最近已经有点这种征兆了，请来的是不太有名的小明星还好，一旦流量大一些的，他们就是真的毫无还击之力。

这些粉丝的能量是真的大，甚至有人列了小表格，将他们的节目开播以后，买过的所有诋毁艺人的热搜全列了出来，一条一条触目惊心。为了规避风险，多家粉丝都开始自动刷词条，呼吁自家艺人的工作室千万别给他接这档节目。

他们存在的问题，业内的明眼人几乎都看得清清楚楚，也就陈之南自个儿以为自个儿赢了，看见别人不屑的目光，还当自己是遭到嫉妒了。

也不知道谢文秋到底为什么会放任他这么搞，可能毕竟是投资人，她压根儿拦不住他吧。

这类聚会，前面分析分析数据还有点意思，到后面就完全变成了酒会。念好他们一大早就起床赶飞机去了，除了在飞机上小憩了一会儿以外，这中间一点休息时间也没有。

会场里开了很高的空调，室内温暖得不像话，念好有些昏昏欲睡，刚准备躲到角落里，悄悄眯一会儿，就突然有人叫了声她的名字。

念好一时没反应过来这是谁，小莫在她耳边小声提醒："是桑赞传媒的桑总，桑云飞，刚刚在前面发表讲话的时候，就一直说很看好咱们SELENE，很看好老板您。”他推了推眼镜，“我觉着他可能对您……”

念好说：“什么？”

小莫一本正经地说：“根据男人的直觉，我觉得他对您可能有点别的居心。”

他话刚说完，桑云飞就走到了念好跟前。

念好来之前，翻看过这些人的资料，她刚刚太困了，加上有一点点脸盲，没认出这人是谁，但经小莫一提醒，她就全想起来了。

桑云飞，今年三十五岁，名下的桑赞传媒，是自媒体界的老品牌了。念好记得自己之前补这方面的相关课程时，她报班的那个网课老师就拿他们的好几个项目当作经典案例。

有才倒是真的有才。

念好的面色缓和了些，很快扬起一个笑来，朝桑云飞伸出一只手来：“你好。”

桑云飞笑了笑：“到那边坐一下，再具体聊？”

小莫在后面疯狂给贺江望发微信：“有个男人在跟老板搭讪！”

“你再不出现，老板就要被抢走了！”

他戏精得很，贺江望刚上完选修课出来，几个室友在他旁边勾肩搭背：“等下去哪儿吃个夜宵？”

“你不是说要减肥？”

“呵呵，男人减什么肥？随便说一下罢了。”

“那贺神想吃什么？”

贺江望脚步顿住：“不吃了。”

“欸？”

他把手里的书堆到室友手上：“出去有点事，今晚不回宿舍了，查寝的时候帮我挡一下，回头请你们吃饭，随便点。”

“行嘞。”又问，“不过，这大晚上的，女朋友来了？”

可贺江望已经走远了，也不知道是遇到了什么急事。

念好和桑云飞聊得倒是挺开心。他不愧是这个行业的领军人物，字字句句都能讲到点子上，念好本来还想就 SELENE 当前的困境咨询他一下，又觉得将自己的短板暴露在同行面前，似乎不太好，于是只好作罢。

哪知桑云飞自己竟然主动提起，又说：“听那些人说念总和陈之南是青梅竹马，怎么现在却打起了擂台？”

念好不想过多讨论与自己私生活相关的问题，就说：“这也并非我本意。”

桑云飞看出她不想讨论这个话题，笑了笑就略过去了，又举起酒杯，和念好的碰了碰。

念好有心想向人求教，而桑云飞又实在爱喝酒，这一会儿不知碰了多少下了。念好让主策自个儿去交际了，顺便了解一下其他公司目前都是个什么情况，只有小莫在她不远处坐着，还在给贺江望发微信：

“老板喝酒了。”

“老板又喝酒了。”

“这个桑云飞，怎么老是给老板敬酒。”

“老板好像有点醉了，我刚刚看她身子晃了一下。”

谁知“说曹操曹操到”，他们刚聊到陈之南，陈之南就带着周尔宜走过来了。念好坐在椅子上，走也不是，不走也不是，她有些不耐烦地摸了下鼻子，就听桑云飞说：“我看念总的助理一直在往这边看，想来是找你有什么事，要过去看一看吗？”

念好有些意外地看了眼桑云飞，这个人，也太会察言观色了吧。

她从善如流地站起来，并没有理陈之南和周尔宜，只是对桑云飞说：“那，失陪了。”

她却没走向小莫，而是出门去透了透气。

屋子里太闷了，酒精在她胃里发酵，其实她老早就察觉到自己有些醉了，只是当时桑云飞正说到关键处，她觉得听他讲这些东西，的确比听网课有用多了，毕竟都是自己的实战经验，就硬着头皮喝了下去。也幸好后来陈之南他们过来了，而桑云飞贴心地让她先离开，否则她真怕自己会晕在那里。

女孩也好强，她起步得晚，专业技能不过关，只能靠着一点天赋在行业里横冲直撞，乍然遇见一个人愿意分享经验，且这经验的确对她有用，骨子里那股求知欲就涌了出来。

想学更多，想变得更厉害。

她端了杯白开水，走到了餐厅门口，想在外面站一会儿，让自己的头脑清醒一点。谁知没站两分钟，周尔宜就来了。

自从毕业以后，她们两个就没在一起好好地说过话了。

最后一次两人单独对峙，还是念好初初发觉周尔宜跟陈之南背着她在一起这件事时，那会儿她也没有说什么重话，她太惊讶了，太意外了，太措手不及了。心里的失望如潮水般铺天盖地地往心口涌，既失望陈之南对待他们的爱情如此不尊重，又失望周尔宜居然会背叛她们的友谊。

也气，周尔宜居然是这样的人。

是，她理解，爱情不分先来后到，爱情来了谁也没办法抗拒，但讲道理是一回事，自己亲身经历又是另一回事了。

她花了好长时间才自己将所有的情绪都消化掉，然后去找周尔宜，可来来去去，也只会说：“行，行，你们好样儿的。”

周尔宜一直在哭，跟她说对不起，念好抿了抿唇，说：“你做这件事的时候，有想过对不起我吗？那时候都没想，这时候说这些，又有什么用呢？”

周尔宜说：“我想过的，我也纠结过……”

“哦。”念好打断她，“那就是我们所谓的友谊，远没有你伟大的爱情重要。”

她的声音很冷淡，整个人冷静得出奇，但实际上，她气得全身都在发抖了。她咬了咬牙，实在不想再和对方进行这种没有意义的对话了，转身就走，从那以后，她们就没有再好好说过任何一句话了。

很奇怪，那时候她明明恨得不行，她甚至觉得自己这辈子都不会再搭理周尔宜了，可这会儿周尔宜走到她旁边站定，她心里居然格外平静。

就是觉得，无所谓了，不重要了，因为她已经有了更重要的人去让她在意，不必再在这些不喜欢的人身上浪费情绪。

她浅浅啜了一口温水，听到周尔宜轻声问道："怎么突然出来了？"

念好侧目看着她："有点醉。"

大约没想到念好会语气这么好地和她说话，周尔宜略显诧异，但很快又敛去了神色，须臾说："这次见你，总觉得变了一些。"

"哦？"

"感觉就像……嗯，就像是又回到了我们大一那会儿，很年轻，整个人都透出一股蓬勃的生机。"

念好说："我才二十二岁，本来就很年轻。"

"是。"周尔宜低低应了一声，又说，"不一样的，你知道我说的是什么意思。"

念好没接她这句话。

周尔宜又说："你现在过得还不错吧？看起来恋爱很甜蜜，感情生活很顺利。"

这人，怎么说话奇奇怪怪的？

念好一杯水终于喝完了，但头还是晕，吹一吹风，更晕了。她心里觉得有些烦躁了，耐心全被消磨完，她索性直接问："你想说什么？"

周尔宜说："你既然过得很好，可以……可以放过陈之南吗？"

"哈？"念好还以为自己出现了幻听。

周尔宜说："当初的事情是我不对，那时候给你带来的伤害，我感到很抱歉，我知道你可以不原谅我，可以有千种万种理由恨我。但是，但是你现在既然过得很好，就放过陈之南吧，你早就不喜欢他了不是吗？”

念好简直气笑了：“我怎么他了我？”

周尔宜顿了一会儿，才说：“他家里人还是要求他跟你订婚，你要是没那个意思，就跟你父亲讲清楚，毕竟你现在也有男朋友了，这边谈着恋爱，那边又拖着陈之南，你男朋友如果知道了，会怎么想？”

念好：“我怎么拖着陈之南了？”她气得想说脏话了，“你以为别人很稀罕他吗？你自己喜欢他，你把他当宝，这是你自己的事，不要以为他在所有人心里都是个宝贝。

“起码在我这里不是，我不想，也不屑跟他扯上任何关系。”

她是真的被这番话恶心到了，说完，把手里的一次性纸杯扔进垃圾桶里，转头就走，一刻也不想在这里多待。谁知她走到一半时，却正好撞到了桑云飞。

他出来打电话，远远瞧见念好走来，小姑娘脸颊泛着红，满脸怒容，脚步虽急促，但却有点踉跄，眼看她要撞上旁边的围栏，桑云飞连忙挂了电话，手机收进口袋里，走过去搀住了念好。

“要去哪里？”

念好刚刚情绪太大，本就晕乎乎的脑袋此刻更晕了，她抬起头，勉强认出是桑云飞，便说：“可以送我去地下车库吗？”

她的车子还在那里。

桑云飞说：“你现在这样，能开车吗？”

他站得离念好很近，整个身子都挨着她，几乎是把念好圈在自己的怀里了。念好不动声色地往外避了避，说：“我男朋友会来接我。”

贺江望前不久刚考到驾照，考试的那天还被记者蹲到了，也不知道这些记者不去蹲明星，跑去蹲他一个赛车手干什么，问他开四个轮子的车和两个轮子的有什么区别，以后会不会尝试着参与这类的赛车项目。

贺江望就点点头说“会考虑”。

桑云飞扶着她进到电梯里，闻言却挑了挑眉："念总有男朋友了？"

"是，怎么了？"

桑云飞摇了摇头："看你年纪很小，还以为还是单身。"

他这样说着，箍着念好的手却并没有松开。念好皱了皱眉，趁电梯停下的时候，假装要从包里拿东西，稍微离桑云飞远了些，她说："到了。"

"嗯，你的车在哪个区？"

念好歪了歪头说："我自己可以找到，麻烦您了。"

桑云飞似乎是笑了声："念总这是打算过河拆桥了？"

念好再一次皱了皱眉，她笑了下，说："我真的有男朋友了。"

桑云飞说："没来，不算。"

地下车库里一个人也没有，念好踉跄着往后退了些，其实她的车就在这旁边，只是她喝了酒，的确不能开，原本打算坐进车里以后，再给贺江望打电话的。

她继续装傻："桑总也喝了酒，也不方便开车吧。"

她退得有些着急了，原本还觉得没什么好怕的，但越往里走越安静，而桑云飞正堵在她面前，她也后退不了。

她硬着头皮说："上面应该有很多人都想跟桑总认识，您再不回去，他们恐怕就要找来了。"

桑云飞说："那看来我们应该早点逃走。"

怎么完全说不通？

她的手在口袋里紧紧攥着手机，有上一次在医院里的经验，她也不敢把手机拿出来了，怕被他夺走，那她就真的别无他法了。

她咬了咬唇，最终还是直接问："你想干什么？"

她终于放弃了表面的平和，脸上的笑容褪去了。她冷眼看着他，说："你知道，我虽然是代表 SELENE 过来的，但实际上，我家庭条件还不错。桑总虽然在自媒体界做得很好，但到底是新秀企业，势单力薄，我觉得我们念氏想要为难您一下，也不是非常难？”

桑云飞却笑出了声：“小姑娘到底还是太年轻了，念氏是很强不错，我如果和念氏硬碰硬，肯定输得体无完肤我也知道，但谁说只能硬碰硬了？都进入媒体这个行业了，利用舆论这一点，我自认为做得还不错，所以到时候要想给念氏添点儿堵，我也是可以做到的。”

他刚刚衣冠楚楚地在台上讲话的时候，念好真没看出来他是这样的人。

她懒得和他耍嘴皮子了，只说：“伤敌八百，自损一千，值得吗？”

“那要看为了什么，如果是为了念总的话，我认为还是值得的。”

贺江望赶到他们的包厢门口时，周尔宜也正好刚回来。贺江望认出了她是陈之南的女朋友，本来不想跟她说话的，谁知周尔宜却突然叫住了他。

贺江望一看就是来找念好的，周尔宜刚刚看到念好在跟她说完话后，一头就扎进了桑云飞的怀里，紧接着两个人就进了电梯，看楼层是往地下车库去了。

两个都喝了酒的人，去地下车库总不会是为了开车离开吧？她神思微转，暗暗将这件事记住了，准备回头再去查查念好跟桑云飞是什么关系，到时再好好利用一下这条线。

没想到她还没想好怎么用，鱼就自己上钩了。

贺江望是真的不想跟周尔宜有任何牵扯，但骨子里的礼貌还是让他停下了脚步。他转头看着她，脸上的表情略显冷淡：“有什么事吗？”

周尔宜说：“你是来找念好的吧？”

“嗯。”

“我刚刚看到她往地下车库的方向去了。”

贺江望低头，手机里给念好发的微信她仍然没有回，电话也打不通，他心里有些烦躁，又“嗯”了声，说了句“谢谢”，就转头去了电梯间。

念好还在和桑云飞对峙，他脸上依旧挂着柔和的笑，说："其实跟我在一起，也没什么不好的，你想把 SELENE 做好，刚好我可以帮到你，你那个男朋友可以帮到你什么？"

念好说："如果没有记错的话，这是我们第一次见面？"

桑云飞说："你和我是第一次见面，我和你可不是第一次见面。"

他离念好越来越近了，她被逼到了墙角，避无可避。

酒已经醒了大半，她现在头昏脑涨，但清醒得不像话。她的手在口袋里胡乱按着手机，不知道拨通了谁的电话。车库里突然响起了脚步声，紧接着响起了一阵音乐声。

她下意识就想出声呼救，桑云飞三步并作两步走过来，捂住了她的嘴巴。

他说："你听话点，我会对你好的。"

念好"呜呜"地挣扎。

桑云飞说："我很多年前参加过一次你的生日会，那时候就喜欢你了。但当时的我还只是一个什么都没有的创业者，去参加你的生日会，也是为了能通过你父亲结交到什么人，我这么努力，一步一步走到今天，终于能站到你面前。

"我这么喜欢你，你不觉得感动吗？你难道不应该跟我在一起吗？"

他像是被什么刺激到了，越说越偏执，他用的力气有些大，念好的下颌被捏得生疼，她的眼泪都要下来了。

那段音乐声没响一会儿就停下来了，念好被桑云飞压着，身后有脚步声渐行渐近。

她被捂着嘴，含混不清地说："你知道你自己在做什么吗？这可以让你身败名裂。"

桑云飞有些不屑地轻笑了一声："没关系，等生米煮成熟饭就闹不起来了，女人都是这样。"

他的态度显得极其漫不经心，同先前那个在会场里侃侃而谈的人判若两人，念好着实被他的这番言论恶心到了。

“你太自以为是了。”她说。

那阵脚步声更近了，几乎响在了桑云飞的身后：“真的不跟我走？”他又低声问念好，声音有些急促。

念好挣了挣，瞪着他没说话。他终于松开了手，转过身，面上又浮起温煦的笑容，下一秒，一记拳头突然砸到了他的脸上。

贺江望下了电梯后，几乎是跑着过来的。桑云飞很聪明，挑中了摄像头照不到的死角，但整个地下车库实在太安静了，只有他们这里有声音。贺江望打了一拳还不够，又打了一拳，桑云飞一开始被贺江望打到，是没有防备，他很快就反应过来，迅速地还手，两个人很快扭打在一起。

桑云飞的眼镜都被打碎了，他看人有点模糊，咬牙切齿地骂人：“你是疯狗吗？！”

贺江望没理他，只闷头打架。他太生气了，也太害怕了，脑子里不禁在想：假如他刚刚没有赶来，会怎么样？

念好会不会被他拖进车里？会不会被他带走？

他一想到这些就恨得牙痒痒。

终于又有人从电梯上下来了，瞧见他们这儿的阵仗，惊叫了一声，很快叫来了保安。

他们从警察局里出来时，已经是深夜了，贺江望脸上破了好几处，自从被警察带过来以后，他就一直沉默着，也不说话，垂着脑袋，也不知道在想什么。

但明显是生气了的样子，他朝念好发不起脾气来，只会跟自己生闷气。

念好走在他旁边，故意大声说：“没想到来参加个业内聚会，会参加到警察局里。”

看了眼贺江望，她又说：“也没想到，居然会跟我男朋友在警察局里约会欸。”

贺江望仍没有应声。

念好问：“你生气啦？”

她光顾着逗他，没注意到有人滑了滑板冲过来，贺江望抬眼瞥见，飞快地伸手拉住了她。

“注意看路。”

“哦。”念好扒住他的胳膊，又说，“你不生气啦？”

贺江望就又不说话了。

警察局离他们聚会的餐厅并不远，他们走着就过去了。念好把车钥匙递给贺江望，少年沉默地坐进车里，念好心虚，也沉默地跟着，低头在论坛里发帖：求助！男朋友生气要怎么哄？

没想到这么晚，还有这么多人没有睡，很快就有人给念好回：“楼主还没有说男朋友为什么生气呢！”

念好弓下腰，半挡住屏幕，在手机上写：“是这样的，我今天……”

因为怕被贺江望看到，她心虚得很，遮遮掩掩，写得很慢，刚刚发出去，车子就猛地一停，她连忙收起手机，目视前方。深夜的路上仍有很多车辆，贺江望也没有看她，少年薄唇紧抿，特别好看。

念好又转了一下手机屏幕，从下往上，偷偷地想拍他的侧脸，谁知还没按下拍摄键，贺江望的手就突然伸过来，挡住了屏幕。

“丑。”他说。

念好继续卖乖：“不丑，我男朋友怎么样都好看。”

贺江望似乎是笑了一声，微微转过头，冷觑了她一眼。

小朋友甜的时候是真的甜，盐起来也是真的盐。他的眼尾朝下，神情里带着几分惫懒，还带着几分不耐烦，念好莫名被他撩到了。

她抓紧自己的手机，在刚发完的帖子里冲动地加了一句：“啊，男朋友刚刚瞪了我一眼，好心动！”

众人：“……”

念好被网友们“骂”了一路。当然大家都没有恶意，一个个全在哀号为什么要骗他们进来吃狗粮，可以看出来大家的夜生活的确贫瘠，边骂还边央求念好：“多说点呀！”

念好就一点点地写：

“比我小四岁，平时在我面前好乖，但有时也很霸道。”

“对呀，原本我对姐弟恋也很抗拒的，但弟弟太甜了，抗拒不了嘛。”

“有一天我谈生意到很晚，特别累，在床上躺尸的时候，他给我打电话，就特别甜地说姐姐我好想你啊。你们养过小动物吗？当时就觉得很像回到家里，疲惫得不行的时候，小猫咪突然跑过来软软地蹭上你的手的感觉，瞬间就被治愈了。”

“那天我就那样躺着，听着他的声音，不知不觉睡着了，第二天醒来的时候，手机都没电了，这个小傻子居然一直没挂电话！”

“啊，对，有猫，是他的猫，因为他去别的城市读书了嘛，所以猫就养在了我这里。”

写到这里，念好突然有点想念小橘猫了，她扯了扯安全带，说：“也不知道咱们家小猫咪怎么样了哦。”

她今晚一直在讨好他，每一个用词都在将彼此的关系拉近，贺江望被她那句“咱们家”取悦到了，其实心里美死了，但面上仍是淡淡的：“白天我跟它视频了，在宠物店里过得很开心。”

“这个小没良心的。”念好嘟囔了一声。

半个小时左右，他们才到念好的家里。

念好在前面开门，按密码锁的时候，把手机递给了贺江望，让他帮她拿着。

楼道里很安静，这个点大部分的人都睡下了，贺江望倚在旁边的墙上，看到念好的手机不断有新消息进入。他本来不想看的，但眼睛一垂就看见了，像是论坛里的回帖：

“好甜好甜，楼主今天是来虐狗的吧！”

“呜呜呜，我也好想拥有一个年下男朋友哦！”

“楼主的男朋友有什么双胞胎兄弟吗？可以介绍给我……”

念好开完门，回头喊贺江望进门的时候，就看见少年正眼神闪烁地看着她，像是有什么话要说，欲言又止，但耳朵却是红的。

她疑惑地摸了摸自己的脸，贺江望就转开了目光，把手机递给她，说：“你的东西。”

念好“哦”了声，低头换鞋，又把上次念北来时穿的那双拖鞋拿给贺江望，想了想，解释了一句：“就我弟上次穿过一次，没有旁人穿过。”

贺江望低头接过来。

念好家玄关的空间本来挺大，但旁边的客房被她装成了一个小的衣帽间，里面只放了几身她平时常穿的衣服，还立着一面大镜子，故而门边能发挥的空间就比较小了。

贺江望跨进门来，两个人都在低头换鞋子，肩膀挤着肩膀，手臂挨着手臂，念好脱鞋的时候，没有站稳，然后整个人都倒进了贺江望的怀里。

冬天的衣服很厚，棉布之间填充了松而软的鸭绒，念好怕摔倒，下意识地抱住贺江望的腰，刚站稳，就听到头顶传来男生的一声轻笑。

很低很低的笑，像没有似的，但胸腔分明震动了下，鼓荡着念好的耳膜。

“唉。”贺江望说，“姐姐这是在投怀送抱吗？”

他说着，伸出了手，掐住她的腰，把她抱到鞋柜上，膝盖抵着柜门，整个人都靠得离她极近。

念好仰着头，脑袋撞到了他的下巴，她吃痛地低呼了声，才为自己辩解：“我没有……”

但少年才不管她有没有呢，他蹲下来，把她脱到一半的鞋脱掉，又把拖鞋套到她脚上，才再次弯腰，把她抱到沙发上坐下。

念好许久没有回来居住，家里什么都没有了，她点开外卖软件，在二十四小时便利店里点了些喝的和一些小零食。她刚刚喝得太多，醉意还没散干净，呼吸间还有淡淡的酒气，整个身上都有，但她实在太累了，懒得动了，窝在沙发里继续浏览论坛。

贺江望倒是去浴室里洗澡了，他先前和桑云飞扭打在一起，身上出了很多汗，好在是冬天，穿得厚，身上没怎么伤到，但脸上有好几个地方破了皮。

念好才想起来他在这里没有换洗的衣物，她跑到自己的衣柜前，翻找半天，才找出一件比较宽大的T恤以及一条不小心买大了的工装裙裤，敲了敲浴室的门，告诉他衣服放在门口的置物架上了。

浴室里哗啦啦的水声停了下，须臾，贺江望的声音从里面闷闷地传出来："嗯。"

念好回到沙发上继续躺着。

贺江望没一会儿就出来了，门开了条缝，他下半身裹着浴巾，上半身什么都没有穿。念好状若无意地瞟了一眼，虽然早知道他身材很好，也不是第一次见，但心脏还是止不住跳得快了一拍。

屋子里开了地暖，念好也把外衣脱掉了，她裹着毯子，侧躺在沙发上，想着也不知道贺江望穿她的衣服是什么样的。想着想着就睡着了，直到门铃响起，她才被惊醒，猛地从沙发上坐起来，准备起身去拿外卖的时候，才发觉贺江望已经站在了门口。

不知道什么时候出来的。

尽管念好翻出了自己最宽大的T恤，但穿在他身上还是有点短了，不过由于他很瘦，所以穿在身上也不至于紧巴巴。那条裙裤穿在他身上倒是正好，大小看起来和男生的沙滩裤差不多，但和沙滩裤不同的是，它是有一点点A字形的，衬得少年本就修长的双腿更加修长了。

其实这一身穿在他身上，一点也不显女气，因为本就是微微偏中性的颜色和款式，所以整体看起来，反而有点奇异的酷。

念好睡得迷迷糊糊，半眯着眼看贺江望把饮料从袋子里拿出来，一瓶一瓶放进冰箱里，又转头问念好：“你要喝点什么吗？”

念好摇了摇头，说：“你穿这身好看欸！”

贺江望整个表情都绷住了。

他转头看了念好一眼，淡淡地说：“哦。”

念好就笑了笑，走过去，说：“我们家贺神还是个小漂亮。”

贺江望的表情绷得更厉害了。

刚刚大概是怕吵醒念好，他没有吹头发，只用毛巾简单擦了下，这会儿头发还是湿漉漉的，顺服地贴在额头上。

屋子里很暖，念好刚刚只脱了外套，但毛衣还穿在身上，过高的温度把她的脸都蒸红了。

她转头想去找吹风机，又看到贺江望脸上的伤，于是又翻箱倒柜去找医药箱。很多药都过期了，好在碘酒和棉签还能用。她把贺江望拉到沙发上坐下，自己半跪在旁边，小心翼翼地给他涂药。

但他两边脸颊都有伤，她坐在这一边，就够不到另一边了，举着棉签准备从沙发上跳下来绕过去的时候，男生突然抱住她，将她抱到了自己的腿上。

她的腿是分开的，叠在他的腿两边，这让她莫名有点羞耻，脸上都覆上了一层薄薄的红。她强压住自己“咚咚”直跳的心脏，稳住手，继续给他上药。

碘酒灼在伤口上，贺江望其实没什么感觉。他从小学摩托车，大伤小伤经常受，从很早的时候起，他就能做到在受伤的时候、涂药的时候眼也不眨了。因为叫疼是为了向在乎自己的人撒娇，而他压根儿就没有能让他这么做的人。

那就索性不矫情了。

那就索性不期待了。

可今天不一样，女孩的手特别软，轻轻地捏着他的下巴，身子向前倾，另一只手上的棉签蘸了碘酒，特别慢特别慢地、一点点往他脸上涂。

她涂得专注，呼吸全喷在了他的脸上，热热的，还有点酒的醇香。

贺江望的眼神都深了，他眨了眨眼，突然低头，在她嘴唇上轻轻地碰了一下。

只碰了一下就离开了，瞧见女孩愣住的模样，他忍不住扬起了嘴角，腮帮子又鼓了起来，有点小得意。

趁念好说话之前，他小声地、委屈巴巴地说："疼。"

怎么会有人这么招人疼啊？

念好瞬间就忘记质问他了。

"什么呀？还是个小孩子嘛。"她嘀咕，贺江望顿时又不愿意了。

碘酒其实已经涂得差不多了，贺江望握住念好的手，抽走她手里的棉签，扔进垃圾桶里。随即两只手从她两侧穿过去，整个人呈环抱着她的姿势，下巴搁在她的肩膀上，就着这个姿势把茶几上的碘酒的盖子盖上了。

盖完之后，他却没有立马撤回，一只手在后面捏住了念好的后脖颈。

他其实没有用力，动作很轻，但他的手好凉，念好忍不住打了个激灵。

贺江望声音冷冷地在她旁边问："谁是小孩子？"

念好往前缩了缩，脑袋却直接撞到了他的胸膛里。贺江望的手在她的脖子上动了两下，又问："谁是小孩子。"

他又要挠她了，念好还记得上一次避无可避的无助感，她只好屈辱地说："我，我是小孩子。"

贺江望满意地松开手，念好立马从他身上撤开。

沙发不大，她脚上没穿鞋，只好先往旁边爬。谁知还没走两步，就被贺江望从后面抓住了脚腕。她实在怕痒，翻了个身，整个人都仰躺在沙发上，笑得不行。

他们闹得疯，贺江望也被她扯了下去，两个人在沙发上扭成一团，贺江望这次像是铁了心要治她似的，板起了脸，开始翻旧账："姐姐今天来雅川，为什么不告诉我？

“姐姐把我当什么呢？一个需要你保护、呵护的小朋友吗？”

他终于还是说了这一茬儿，念好被他压着，眼里蒙着朦胧的水汽，手也被他压制住了，动不了，只有头能动。

她便只好注视着他，声音特别软地说：“对不起，我已经知道错了。”

贺江望哼唧了一声，说：“你不用害怕麻烦我，也不用觉得应该要等所有的事情都解决完才能来找我，你男朋友不会嫌你麻烦，也请你对你男朋友再多一点点依赖。”

他其实已经松开了箍住她的手，但念好还是没有起来，她就那样躺在那里，甚至还扭了扭，扭到了贺江望的腿上。

虽然家里很长时间都只有她一个小孩，但实际上，她并不是在那种被宠爱着的环境里长大的。

父亲有父亲的事业，母亲有母亲的事业，她甚至不经常见到他们，偌大的房子里，通常只有她和保姆两个人。加上她念高中时，就无意间撞见念应辉和陶欢在一起，知晓父亲和母亲之间并不是因为爱情才结合在一起——

所以她虽然表面看着温和、礼貌，但其实骨子里对人很疏离，哪怕谈恋爱，也带着几分防备，不是因为不想信任，也不是因为不想依赖，这完全是一种下意识的行为。

她已经习惯这样了。

之前和陈之南在一起的时候，他还因为她的这种性格而夸过她——懂事，不黏人，不喜欢麻烦人。

哪怕这个人是自己的男朋友。

她也一直没有觉得自己这样做有什么问题，因为从来没有人跟她讲过：你不用那么懂事，不用怕麻烦到我，因为我不觉得麻烦。

——我愿意被你麻烦。

她枕着贺江望的腿，男孩的手指有一下没一下地摸着她的头发，夜已经很深了，她半眯着眼睛，突然说："谢谢你啊，贺江望。"

男孩疑惑地问："嗯？"

念好就没再说话了。

念好之前把客房改装成了衣帽间，故而整个房子里只剩下一间卧室，原本贺江望是打算在沙发上睡一晚的。但冬夜天寒，即便开了地暖，也难保不会被冻到，于是两人只好分盖两床被子，躺在了同一张床上。

本以为会辗转难眠，但可能是太累了，刚沾上枕头不久，念好就睡着了。一直到天大亮才醒来。

念好迷迷糊糊地睁开眼，发现贺江望已经不在床上了。她扯了件外套披在身上，睡眼惺忪地走出去时，就看到贺江望和念北两个人，正坐在沙发的两端大眼瞪小眼。

念好："？"

念北一看到念好，就怯怯地叫了句："姐。"又问，"这是谁？"

念好还没答话，贺江望却先奓毛了，问念好："你到底有几个弟弟？"

念好："？"

念好顿了下，决定先给贺江望顺顺毛，她叫了声念北的名字，又用下巴点了点贺江望："告诉他，你是谁。"

念北："说、说过了。"他当时刚说完，就被贺江望狠狠瞪了一眼。

说过了他怎么还气势汹汹的？

念好问："你怎么跟他说的？"

念北一板一眼地给念好复述："他问我是谁，我说是你弟弟。他又问我是不是和你一个妈生的那种弟弟，我说不是。"

念好："噗——！"

念好："这是我亲弟，虽然不是一个妈，但是有同一个爸爸。"

贺江望闻言，似乎是有点诧异，随即又瞪念北："你刚刚怎么不说清楚？"

念北："你也没问我啊。"

贺江望自知理亏，抿了抿唇，鼓起腮帮子不说话了。

念好说："你刚刚是不是吃醋了？"

贺江望绷着脸："没有。"

念好就笑笑的，不说话。

贺江望："我真没有。"

念好："哦。"

念北看不下去了，扯了扯念好的衣服，又问："他是谁？"

念好还没答话，贺江望先说："你姐夫。"语气特跩。

念北："……"

念北"嘁"了一声，没搭理他，又问念好："姐回雅川了，怎么没告诉我？"

念好："我还没问你是怎么知道我来雅川了呢。"

念北似乎有点心虚："我问了莫助理……"

这个小莫……

念好说："找我有事呀？"

"没，就是很久没见了……"

他们姐弟俩旁若无人地聊天，贺江望坐旁边点外卖。他不知脑子里在想什么，过一会儿又问念北："弟弟吃饭了吗？"

念北似乎是觉得有些屈辱："不是你弟。"

贺江望就转头看念好，一副要告状的模样，念好说："小北，这是你哥。"

念北："……"

贺江望得意地朝念北扬了扬眉，念好笑死了："你们俩能不能不要这么幼稚？"

年下最听不得"幼稚"这两个字了，之后，贺江望就一直故意板起脸，做出一副成熟的模样，对念北关心备至，搞得念北都不好意思了，摸了摸自己的头发小声地叫了声："姐夫。"

贺江望唇角的笑又扬了起来，但又觉得在弟弟面前这样笑起来，太不酷了，于是努力压住了嘴角，半晌才问："快高三了，成绩怎么样？需要我给你补课吗？"

念好在旁边给他泼凉水："你过完年就要准备神少杯的决赛了，一共六场比赛呢，哪来的时间给他补课。"

念北眼睛一亮："神少杯？是我想的那个神少杯吗？赛车的那个？"

"是。"

"哇，好酷啊！"

这下贺江望脸上的笑是真的压不住了，他说："对，特别酷。"

哪有自己这么夸自己的？

两个人的相处总算再次和谐起来，坐在一旁，就赛车的事情讨论起来，中间不停传出念北的："哇，酷，好酷，羡慕，哥好厉害。"

得，直接从姐夫升级成哥了。

早饭没一会儿就送到了，念北来时吃过饭了，就没有和他们一起吃，坐沙发上玩手机。

吃到一半，念好的手机突然响起来，紧接着贺江望的手机也响起来，两人分别接通，听筒里几乎是一样的内容。

小莫："老板，你看热搜了吗？"

周其然："热搜，看热搜了吗？"

念好看了贺江望一眼，问："怎么了？怎么又上热搜了吗？"

她边说边打开微博，一眼就看见在热搜榜上飘得很高的——"贺江望打人"。

她点进去，发现是一段视频，视频的拍摄者大概距离他们挺远，视频里听不见声音，甚至看不见念好，只能看见贺江望突然冲过去，莫名其妙打了桑云飞一顿。

贺江望虽然不是明星，但认识他的人还是很多的，加上桑云飞是做媒体公司的，创业之初的那些节目，一直都是他亲自做的，所以有人一眼就认出了他，纷纷在底下议论贺江望为什么打人。

“肯定是桑云飞做了什么事惹到了贺江望吧？不然他没道理无缘无故打人啊。”

“楼上还真是受害者有罪论，不谴责伤人者，反而先说被打的那个人肯定做错了什么。”

“贺江望会打人，其实也在我的意料之中，你看他骑摩托车的样子，那么野，说实话，我觉得这些喜欢极限运动的人，多多少少都会有些粗暴。”

“也不是吧，不要这样地图炮扫射，而且我线下见过几次贺江望，就其实……还挺温柔的一个人，看着就是普通高中生的样子，现在已经读大学了？”

底下众说纷纭，说什么的都有，念好挂掉电话以后，猜到贺江望那边估计也收到了消息，疑惑道：“昨天有人跟在你后面偷拍你？知道是谁吗？”

贺江望摇了摇头，他当时心里着急，压根儿没多余的精力去注意旁人，偏偏桑云飞当时打架的地方，是摄像头的死角，整个过程压根没拍进去。

念好他们这边正在讨论，网上又有人放出了贺江望和桑云飞被警察带走时的照片，这次连带着念好也被拍了进去。

“我的妈呀，还进局子了吗？”

“果然人不可貌相，贺江望的粉丝看到这些，还喜欢他吗？”

“怎么还有个女孩……我脑子里有个不太成熟的想法，不知道当讲不当讲。”

“既然不成熟，就别讲了吧。”

“我偏要讲，我在想，会不会是那种两男争一女的狗血戏码啊……”

紧接着，又有人认出了念好：“天哪，图里的女生是我学姐，已经毕业了，在学校里还是超有名的，贺江望是她男朋友啊，我们学校里的人都知道。”

“哦，补充，贺江望也是我们学校的，不过是我学弟了，嘻嘻。”

他这个爆料立马被顶到了热门，下面的评论也是五花八门。

“天哪，贺神居然有女朋友了吗？”

“这个女人哪里配得上贺江望啊？长得又不好看……”

“楼上不要这样人身攻击好吧？长得虽然一般，但贺神既然喜欢她，肯定是她有什么过人之处。”

念好：“……”

她长得很难看吗？

她返回去，把那张照片放大，仔细看了看，也不知道拍摄人是什么角度，拍到的她整个人都变形了，看起来又矮又胖。

的确不太好看……

她有些心塞地退回去，再看到那条评论，突然发现下面多了一条。

@贺江望：不难看，很漂亮。

像是为了有说服力，他还在底下附上了一张念好的照片，是张素颜照，念好某天清早起来拍的。评论里立马炸开了锅。

“我的天，是贺神本人吗？不是高仿号吧？”

“看了一眼，的确是他本人。”

“呜呜呜，女朋友好美，皮肤好好，眼睛好大，脸好小，这种死亡角度都可以这么美，我羡慕了。”

“一时竟然不知道该羡慕贺江望，还是该羡慕女朋友。”

“不过贺江望真的是护妻狂魔，看到有人说贺嫂长得不好看，立马亲自出来反黑，哈哈哈。”

“贺江望打开热搜一看，黑我的？呵呵，无语，不感兴趣。再一看，什么？说我女朋友不好看？你等着。立马翻出相册准备狂甩十张八张图的，谁知评论里只能发一张，只好作罢。”

“哈哈哈，楼上描述的，好有画面感！”

眼看重点越跑越偏，雅川的某栋别墅里，陈之南坐在沙发上，给营销公司的人打电话：“你们怎么回事？水军呢？带头继续骂贺江望啊！”

营销公司那边的人赔着笑：“我们也没想到这些人居然会对贺江望的感情生活这么感兴趣……”

陈之南：“接着去爆料，爆另一个人的料，被打的那个人，是桑赞传媒的老板。”

刚刚虽然也有人认出了桑云飞，但是大家看一眼就略过了这个话题，陈之南想让水军再带一下节奏，把众人的目光从贺江望和念好的爱情故事上再拉回来。

水军的行动力果然很快，虽然热搜里讨论贺江望女朋友的微博还是很多，但也都是夹在铺天盖地的“被打的那个人是桑赞传媒的老板欸，我还挺喜欢他的，我们学传媒的，老师经常会拿他当案例给我们讲，总之也是一个很有才华的人”之间。

于是一时间又是混战，偏偏这时候，桑云飞还出来发了条微博：谢谢关心，伤得不重，大家不要太担心了。

念好：“……”

念北刚好刷到这条，也有些无言，这个语气，怎么说呢？就是非常……“白莲花”。

评论里都在问他为什么被打，他都没有回，又有人说：“桑云飞好温柔啊，莫名其妙被打了，还出来安慰大家，让大家别担心他。对比某个针对这件事只会拿女朋友来转移视线的人，真的好太多了，就凭这个对比，这次我也站定桑云飞了。”

底下附和的人还挺多。

念好简直看笑了，但现在大家都知道她是贺江望的女朋友了，她再出来说是因为自己被桑云飞骚扰，贺江望才冲过去打人的——估计就不会有人相信了。

她揉了揉太阳穴，忽然听到贺江望说：“我录音了。”

“欸？”

贺江望说：“你那时候给我打电话，我听到不太对，防止他到时候反咬一口，就录了音。”

念好这才想起，当时手机在她口袋里，她不敢拿出来，就用指纹解锁，根据记忆点开拨号键，随便拨通了不知是谁的电话。

难怪那时候地下车库里会突然响起一阵音乐声。

这可真是个大惊喜，念好习惯性地夸奖他：“你怎么这么聪明呀？”又问，“你刚刚怎么没发出来？”

贺江望说：“想看看他们还能整出什么幺蛾子。”

也对。

等会儿他们应该就要开始带节奏夸桑云飞人好心善了，等他们夸得最厉害的时候，再发，这样的反转才比较好看。

果然，陈之南那边的水军很快就将节奏全往“桑云飞温柔心善”上面引了，评论里一边在夸他，一边在骂贺江望。

“长得好看又怎么样？摩托骑得再溜又怎么样？暴力狂就永远应该被抵制！”

“也没到暴力狂那么夸张吧，就可能闹了个矛盾，所以打一架而已……”

“脑残粉能不能不要再来洗了？你们哥哥到现在一句话都没敢说，就只知道躲在粉丝和女朋友后面，还不能说明什么吗？”

贺江望的粉丝也忐忑，男生们其实压根不在意这种事，他们男孩子之间，一言不合打上一架，其实都是很正常的事，哪里就能扯上人品了？女生吧，虽然都相信贺江望不是那样无故打人的人，但是她们拿不出反驳的证据，对方又压根儿不跟她们讲道理，只会一水儿地、机械性地刷一些骂人的话。没人能跟疯子将对话进行下去，于是为了不继续惹怒那些人，她们就只好闭口不言。

等到下午的时候，贺江望才将那段录音发出来，录音里一开始就是一段急促的脚步声、衣料的摩擦声、女生被捂住嘴巴发出的“呜呜”声，紧接着是桑云飞对念好说：“你听话点，我会对你好的。”

由于一整天很多人都在关注这件事，所以他的音频刚发出来，就立马被各种营销号转发、搬运，当然也有人问贺江望既然有证据，为什么这么晚才放出来。贺江望没有回，倒是念北义愤填膺地回：“为了告诉你们这些吃瓜群众，瓜要吃全，别听风就是雨，乱站队。”

风向扭转得很快，舆论很快就从攻击贺江望变成了讨伐桑云飞。陈之南气得不行，质问周尔宜：“你当时怎么没跟我说是因为桑云飞要侵犯念好？”

周尔宜眼里神色晦暗不明，她说：“你并没有问我。”

陈之南被噎住，骂了句脏话，说：“钱又白花了！”

其实他也不在意那点钱，但一场仗打输了，这也太不痛快了。周尔宜想了想，突然说：“还有一个办法……”

陈之南转头看着她：“什么办法？”

周尔宜说：“他们不是说念好和贺江望的恋爱很甜吗？那就曝光念好的家世，引导舆论说贺江望是被念好包养的……”

陈之南一时半会儿没接话，周尔宜抬头，发现陈之南正神色不明地看着她，不由得问他：“怎么了？”

陈之南说：“就是觉得，你好像变了。不，不，应该是我以前看错你了。”

周尔宜心里突地一跳，她昨天被念好刺激到了，好不容易抓到一个机会踩对方一脚，还没踩成，心里烦闷，故而有点冒进了。

她低下了头，各种心思在脑海中转了一圈，最终索性不再伪装了，说：“是，我不喜欢念好，就想看她过得不好。”

陈之南乐了：“你们以前不是好朋友吗？”

“是吗？”周尔宜有些自嘲地笑了笑，抬头问陈之南，“你看我，长得是不是特别像衬托那朵红花的绿叶？”

没到晚上，“贺江望女朋友”、“贺江望 念好”、“念好 家世”、“念氏集团”这几个热搜就纷纷爬上了热搜榜。陈之南还真舍得在她身上花钱，念好看一圈，看到话题果然又扯到她包养贺江望身上了。

贺江望的粉丝倒是看得透：“我笑了，居然有人认为真的有人能让我们贺神低头。”

“可喜可贺，我们贺神居然被富婆包养了，妈妈再也不用担心你以后吃不饱穿不暖了，希望贺神加油，留住小富婆的心！”

“讲真，挺羡慕贺江望的，不管是包养还是真爱吧，女朋友貌美肤白又有钱，这一点没人有疑问吧？这难道不值得羡慕吗？”

“我也好想成为念好啊，不是因为她是贺江望女朋友，就单纯馋她的钱……”

陈之南一看舆论没往他想要的方向走，又暴躁了，现在的人都是怎么回事啊？怎么都不按套路出牌？

他立马又发动水军，机器一样地刷：“真的看不起贺江望这样的男人，靠女人生存算什么本事。”

“贺江望不过就是一个小白脸罢了，徒有其表，败絮其中。”

“念氏大小姐也是眼瞎，看上这种凤凰男。”

贺江望的粉丝见状，连忙甩出贺江望从小到大得的所有奖牌，又列出了SUN车队的工资表，同时列出了得到那些奖牌的奖励金，评论里全是大家表达震惊的感叹号。

“天哪，贺江望也太像小说男主角了吧？身世凄惨，天才少年，长得好看，还老是被人陷害，真的是美强惨本人。”

“爱了，爱了，从今天起我就是贺神的粉丝了，姐妹能不能指个路，去哪里补物料啊？”

“啊，别人的十八岁，已经自己买房买车，在世界各地征战，领回无数奖牌，而我的十八岁……算了，不提也罢。”

“贺江望真当得起‘年少有为’这四个字。”

……

而当天晚上，念好也写了一条很长很长的微博：

“第一次见到小朋友，是在泰国。当时家里发生了点事，心情不好，去散心，朋友送了张 MTRC 的票给我，说让我去看看新世界。

那天贺同学由于一些不可抗的原因，比赛失利了。晚上我出门觅食时，撞见他躲在角落里在跟人讲电话，明明自己眼睛都红了，还不停跟电话那头的人说，没事儿，别担心，我好着呢，大不了下次再战呗，能有什么？

我当时就觉得这个小朋友也太可爱了，可爱到让人觉得有点心疼。

刚好我有个朋友的弟弟，是贺神的粉丝，临来之前对我千叮万嘱，一定要拿到贺神的签名，我于是就大着胆子跑去要签名了。

当然那一次并没有什么特别的故事发生，没有留电话，没有留微信，什么都没留。

而再一次见面，就是在工作场合了……

你们说的什么我包养他这种话，我看到的时候，其实也没有生气，就是觉得有点想笑，哈哈。

哎，贺江望是谁啊？我没有接触他之前，就一直听人讲，人特冷淡，很难搞，是个刺儿头，谁也别想安排他。当然，在我和他的相处过程里，并没有觉得他是这样的人（笑），但是既然大家都这么说，也可以看出来，他的确不是那种随随便便就可以被人摆弄的人。

我何德何能，能包养他啊？我自己都不敢相信我这么厉害……”

说出来你们可能不信，有一天，我本来谈好的客户被人半道截和了，我哭唧唧去找你们贺神哭诉的时候，他二话不说拿出自己所有的银行卡，说姐姐别怕，我养你啊。你们能想到那个画面吗？就其实还挺傻的，但也挺动人。

所以啊，真相其实是他养我，你们都搞错啦。”

她的文章写得很长，将她与贺江望认识以来的点点滴滴，都认认真真讲了出来。其实她原本可以不写这些，就随便他们怎么讲，日子是她自己过，不用在意屏幕那一头的陌生人的种种恶意。

但是她又不想、不愿意让贺江望背上“被人包养”这种标签。

有的人会动脑子自己思考，知道这个命题不成立，但有的人根本懒得思考，看到什么信息，就直接接收了，别人说什么他们都信。

她发完，就扔下手机，去阳台上看雪了。

雪是傍晚时下下来的，今年的第一场雪。下午念北走后，他们两个一起出门逛了趟超市，买了好多菜和零食回来。菜主要是贺江望买的，念好则把一包一包零食往购物车里塞，全是一些甜食，购物袋鼓起大大的包。贺江望靠在货架上，就笑问她：“姐姐怎么尽吃一些甜食？难怪姐姐这么甜。”

念好又想起出门前，他把她压在玄关处狠亲时的模样，男孩平日里看着斯文又乖巧，可每次拥抱、接吻的时候，都像变了个人似的，凶得不行，狠得不行，还总爱讲一些令人脸红的话。

念好嗔怒地瞪了他一眼，说：“还不快点好好挑菜，你还要不要吃晚饭啦？”

贺江望就说：“反正是我做饭，应该是姐姐还想不想吃晚饭了。”

念好有求于人，只好示弱：“是，我喜欢吃甜的，我特别甜。”

超市里人来人往，念好怕人听到，声音特别小，低着头，脸都红透了。

这会儿贺江望正在厨房里做饭，念好裹着很厚很厚的羽绒服，把两只手蜷成望远镜的形状，看了会儿，冲贺江望喊：“雪好大啊。”

厨房里油烟机的声音有点大，贺江望没听清，念好就走进屋里，关上阳台的玻璃门，小跑着进到厨房里。

她身上还浸着些许凉气，贺江望看到她蹦蹦跳跳跑过来，就张开了双臂，念好一头扎进他的怀里，脑袋在他身上蹭了两下，说：“雪好大啊。”

他们下午出门时，给贺江望买了两身家居服，又买了两套换洗的衣服，家居服上有些绒毛，不厚，但触感很柔和。念好忍不住又蹭了蹭，贺江望捏了捏她的耳朵，问："冷不冷。"

"外面冷，屋里很暖。"

锅里的水煮沸了，咕嘟咕嘟冒着泡，贺江望说："我先做饭，你去外面等我。"

念好声音软绵绵地说："我不要。"

她从小就不是爱撒娇的人，曾以为"撒娇"这两个字一辈子都与自己无缘，可她发现她最近对撒娇简直手到擒来。

有一天跟盛薇薇打电话，盛薇薇说："你现在说话怎么这么嗲？"

念好才愣了愣，问："有吗？"

盛薇薇说："不信你问问姜悦。"随即又轻声感叹，"被宠着的人，果然不一样啊。"

她抓着贺江望不放，整个人都挂在他身上，贺江望无奈地捏了捏她的鼻子，说："姐姐听话。"

念好觉得自己的心都软了。

吃完饭后，他们又一起去外面走了走，雪好大，念好把自己捂得严严实实的，只露出一双眼睛，在雪地里奔跑。

可能因为天太冷了，小区里没什么人出来，昏黄的路灯下，只有他们两个在打闹。

贺江望掏出手机，把念好玩雪的样子都录下来了，女孩穿得像个企鹅，走起路来一晃一晃的，好可爱。他被萌到了，刚要笑，一个雪球突然砸到了他的脑袋上。好啊，是几个小朋友在打雪仗。贺江望本来不想管，谁知那个小朋友又砸来一个雪球，边跑边冲他喊："哥哥，一起来打雪仗吗？"

打就打，贺江望把手机收进口袋里，朝念好招了招手，念好走过来，就看见他面前站了十来个小孩子。他半蹲在地上，眉眼里都是张扬的笑意，说：

"我和这个姐姐一队，你们所有人一队，怎么样？"

"好啊！来吧！"小孩声音嘹亮，话音才落，就又朝贺江望砸来一个雪球。他这一会儿被砸了不知多少下，少年的好胜心上来了，三两下就团起一个雪球追着小孩满场跑。念好站在原地看着他们闹，本来只打算围观的，谁知两个小男孩突然就从她后面潜伏了过来，雪球砸到她的围巾上，有细细的雪粒子钻进了衣领里面，好凉。

她惊呼一声，小朋友又弯腰继续去团雪球，她就跑，边跑边叫："贺江望快来救我！"

贺江望早就跑远了，隐约听到念好的声音，折身就往回返，被他追着的那几个小孩儿见状，立马抓起雪球从他后面偷袭。

寒冬腊月，他们玩得满身都是汗，头发上、衣领上、羽绒服的帽子里，全是雪。

念好实在跑不动了，摆摆手说："不玩了，不玩了。"

小朋友眼巴巴地看着贺江望，小声地说："姐姐好弱，哥哥也好弱。"

贺江望瞪大了眼睛："我弱？"

少年的胜负欲又上来了，他说："来！继续！"

念好拽着他的手："我不要，我好累。"

小朋友说："那姐姐不玩了，哥哥来呗。"

念好跑到旁边的凉亭里坐下，贺江望又叮嘱那群小朋友："我陪你们玩，等一下不要误伤姐姐，不要欺负姐姐，听到了吗？"

十几个小孩整齐划一地大喊："遵命！"

天特别晚了，家家户户都点上了灯，白雪的映照下，黑夜仿佛没有那么黑了。小区里处处回荡着孩童们的欢闹声，不知玩了多久，开始有妈妈们站在门口喊自家小孩回去睡觉。

小朋友还没疯够，依依不舍地跟贺江望道别："明天还要继续来，好不好，哥哥还来吗？"

念好说："明天哥哥就要去工作了。"

"啊，对哦，我们也要去上学的。"

贺江望说："对，好好学习，天天向上。"又补充，"下次下雪的时候，我如果在这边，就来找你们玩。"

有个小女孩走上前："要拉钩哦！"

贺江望就伸出小拇指，拉钩，一百年不许变！

等小朋友都回到家里，小区里才算是恢复真正的宁静。念好仍坐在凉亭里，伸出手，说："哥哥背我回家。"她故意捏着嗓子，学刚刚的小女孩说话，声音特别幼，还叫他哥哥。

贺江望本在擦汗，动作突然就顿住了。

念好又重复了一遍，声音更软了，尾音里像藏了钩子："哥哥背我。"

贺江望眼里的火腾的一下就烧起来了。

他走过去，蹲下身子，背对着念好，念好慢慢地爬到他的背上，脸颊不小心碰到了他冰凉的耳朵。她脑子一热，突然伸舌头舔了一下，少年的脊背顿时就僵住了。

但他没说话，步子迈得很快，背她走过跑道，穿过长廊，进到楼道，直到进入到电梯里，才将她放下。结果她刚站稳，他就欺身上去压住了她，少年忍了一路，这会儿眼睛狠狠地看着她，低声问："姐姐刚刚是在撩我吗？"

没等她回答，楼层就到了，他直接弯腰抱住她。念好怕摔，只好用力搂住他的脖子，他知道她门锁的密码，直接一只手托着她，让她半个身子抵住门撑着，另一只手去开锁。

两边的邻居家里还有说话声传出，念好羞耻得不行，怕被人看到，也太丢脸了。她整个脑袋都埋进了他的脖子里，嘴唇无意间扫过他的皮肤。贺江望压着她进门，两人连鞋都没换，就一路亲到沙发上。

下午换衣服时，两人都洗过澡了，此时房间里没有开暖气，空气里凉飕飕的。但他们都没有感觉到凉，心里有火在熊熊燃烧着。念好被他亲得头脑发晕，嫌他的外套太硬，伸手去拉他的拉链，贺江望按住她的手，嘴唇还压着她的嘴唇，含混不清地说：“姐姐这样，我会忍不住的。”

念好眼睛都被他亲得泛起了红，眼里泪光闪烁，她的手还被他握在掌心里，她低低喘着气说：“没说让你忍……”

贺江望的呼吸声顿时就加重了起来。

窗外的雪还在无声地落着，贺江望怕她冷，抱着她去打开了暖气。

她的个子在女生中虽然不算矮，但在贺江望面前，就显得格外娇小了。况且她骨架也小，其实身上有肉，但看不出来。窗帘被拉上了，屋子里的大灯都没开，只开了一盏不甚明亮的落地灯。他又将她从沙发上抱到床上，被子好凉，紧贴着她的皮肤，她不禁打了个寒战，贺江望的身体立马覆了上来。

冷空气全被隔绝在了外面，他身上好热，像个小暖炉。

念好忍不住，抬手摸了摸他身上的肌肉，其实没什么感觉，但因为对方是他，所以这个动作本身就已经足够让她脸红心跳。

她的心跳是真的快，感觉就要跳到嗓子眼了。两个人的动作都笨拙得要命，生涩得要命，像口渴难耐时，咬了一口酸果在嘴里，酸得眼泪都出来了，但果子的汁液很是甘甜，很是解渴，于是心里又生出一股奇异的满足感。

念好完全不记得自己是什么时候睡着的，醒来时，天居然还没亮。他后来大概给她洗过澡，她身上换上了新睡衣，是昨天和他一起买的，两个人的还是情侣款。

贺江望还在睡觉，她拿出手机看了眼时间，才清晨五点半。

她下床去喝了口水，刚刚躺在那儿的时候没有感觉，起来走两步路，才发觉自己的全身像散了架般，哪里都是酸的，哪里都是疼的，可若要找出具体是哪里不舒服，她又找不到。

窗帘也被拉开了，外面透进来一点点天光。她爬回到床上，就着亮光去看他，看了一会儿，终究还是没忍住，伸手，捏了捏他的鼻子。

哼，都怪你，害我现在这么不舒服。

但心里是甜蜜的，捏完之后，又侧躺着，躺在他的旁边。

男孩的呼吸听着很平稳，念好一时半会儿也睡不着了，脑子里胡思乱想想了好多东西，手一直无意识地撩着他的头发，撩着撩着，手腕突然被他捉住。

念好还以为他醒了，心里咯噔一下，就听他闭着眼睛嘟囔一声："姐姐别闹。"

念好顿时就不敢动了，盯着他看了会儿，确定他的确还没醒，才放下心来。

念好再次醒来时，已经中午十一点多了。雪不知什么时候停下来了，但天还是阴的，地面上积了好厚好厚的一层雪，路中间被环卫工人一大早清扫出一条可以走路的小道出来。

可能是因为睡饱了，她感觉自己身上好多了，揉着眼睛去开卧室的门，看到贺江望正对着电脑复盘之前的比赛。

念好眨了眨眼，问："你今天上午不是有训练吗，怎么没去参加？"

他们过完年就要开始比赛了，最近训练很密集。

"嗯，请了假。"他抬起眼，发现念好鞋也没穿就跑了出来，不由得皱了皱眉，走过来，弯腰把她抱到了沙发上，随即进到卧室里把她的拖鞋拿出来，套到脚上，紧接着又从旁边扯了条毛毯，把她包得严严实实的。

他一套动作做得格外行云流水，脸色冷淡，但动作却很温柔，念好整颗心又被他安抚得格外妥帖了。

"为什么请假了呀？"

贺江望看了她一眼，耳尖又红了："不好。"

什么不好？

他虽然没有说出来，但念好立马就意会了。她拍了拍自己的脸，耳尖也有些发热，"哦"了声，又听贺江望问："饿不饿？我煮了鱼汤。"

鱼还是昨天他们在超市里买的，贺江望一大早就开始熬制，加了豆腐、山药、生姜、枸杞，熬了好久。

念好刚出来就闻到香味了，她起身去刷牙，贺江望去厨房盛饭。刚吃好饭，小莫就打了电话过来，昨天念好让他去查这一次在网上发布视频的人是谁，他已经查出来了。

他将 IP 地址同念好怀疑的几个人的做了对比，最后确定，发视频的人不是陈之南，就是周尔宜。

贺江望突然想起那天他去找念好时，曾经遇到过周尔宜，当时她还给他指了路。

念好抱着膝盖坐在沙发上，其实这个结果她倒是也没有觉得特别意外。

陈之南倒是对周尔宜发了好大一通火，因为连续几招都没能损害念好和贺江望分毫。周尔宜看着陈之南因为发怒而面目狰狞的样子，略微嘲讽地问他："我做这些是因为我讨厌念好，你是为什么？"

她已经彻底放弃了在陈之南面前伪装，反正他们都是一样的人，每天装着也挺累。

陈之南似乎对周尔宜现在的样子有些不习惯，愣了愣才说："哪有那么多理由？"

是啊，想要攻击一个人，哪有那么多理由？

也许是看她长得好看，而我不够好看；也许是我喜欢的男孩子更喜欢她，我看不惯；又可能是我想要拿到的那个特等奖学金被她得到了，我嫉妒……

就像陈之南，他其实也没有那么讨厌念好，只是不喜欢看到念好在离开他以后，还过得那么好，而且还是和别的男生一起那么好。

人的劣根性在某些时候突显得很明显，明知有些事情是损人不利己的，但还是忍不住想要去做。

念好窝在沙发里看小莫发给她的邮件，贺江望端了杯热水递给她，也盘着腿坐到了她的旁边，问道："知道是谁做的了，你打算怎么办？"

打算怎么办？

念好很快就让小莫联系到了营销公司，将那些 IP 对比资料发了过去，同时又找到他们学校论坛里的旧帖，将那些讨论她和陈之南、周尔宜三人之间感情纠葛的帖子都截了图，也发了过去。

网友本来还在大呼念好跟贺江望的感情好甜呢，转眼就吃到了念好前男友的瓜，于是一个个摩拳擦掌地就冲了上去。

人们的生活太无聊了，总想找点调味品，于是很快大家就知道了，念好居然被前男友劈腿了！劈腿对象还是她的好朋友？这个瓜还没吃完，紧接着又发现，这一次偷偷在后面录视频，诬陷贺江望打人的，居然就是前男友的现女友。

陈之南和周尔宜的信息很快就被抖了出来，紧接着谢文秋的工作室也被牵扯了进来。应该是以前从来没有吃过大亏，有什么事也都有陈家老爷子帮他兜着，陈之南这么久以来，做事情始终没学会把屁股擦干净，别人要是用点心，随随便便就能翻出一堆证据来。

要说之前他还只是有一点生气，这会儿看着网友们把他和周尔宜骂得狗血淋头，他简直气得想打人了。

他气势汹汹地给念好打了个电话，念好那时正在睡觉，没接到，贺江望看是陌生号码，也没接。然后陈之南又发了短信过来，短信内容直接显示在了桌面上，贺江望看了念好一眼，等陈之南的电话再打过来的时候，他终于接了起来，陈之南那边直接就是破口大骂，贺江望皱了皱眉，问：“你是谁，你有事吗？”

他故意装作不知道他是谁，陈之南大概也没料到接电话的会是一个男生，他愣了愣，猜到电话那头是贺江望，顿时更气了，他说：“你们到底想要干什么？”

贺江望说：“听不懂。”

陈之南：“……你们在微博里爆那些料，买那些水军，是想干什么？”

贺江望又说："听不懂。"

他怕吵醒念好，把卧室的门关上了，自己坐在客厅里。到下午时，天终于放晴了一些，出了太阳，他把前一天两个人换下的衣服丢进洗衣机里去洗了，此时洗衣机的声音也在轰轰响。

陈之南气得不想跟他说话了，气哄哄地挂了电话。贺江望低头，直接把他的号码拉进了黑名单里。

身后的门被人拧开了，卧室里的窗帘被拉上了，屋子里很黑，但客厅里是亮的，她就站在那半明半暗间，有些茫然地立着。贺江望走过去，问："怎么了？"

念好摇摇头，有些恍惚地说："做了个噩梦。"又问，"你在干什么？"

贺江望把手机还给她，说："帮你接了个骚扰电话。"

"哦。"

"梦到什么了？"

"梦到小猫咪被人带走了，塞进一辆车里，我追了好久，哭得好凶，还是没能把它救下来。"

梦里大概真的很着急，她的眼角到现在都还挂着几滴眼泪，贺江望摸了摸她的脑袋，说："是梦，没事的。"

念好"嗯"了声，手机在这时突然又亮了起来，是念北打来的电话。

念好接通，听到电话那头男孩抑制不住的哭腔："姐，爸出事了！"

第七章

慢慢喜欢你，
慢慢地亲密

——怕失去，怕遗憾，怕再也见不到。

念好和贺江望赶到医院时，念应辉还在急救室里没有出来。陶欢和念北并肩坐在门边的长椅上，念北一直在哭，陶欢在他旁边小声说着什么。

刘特助在另一边站着，看见念好身后的贺江望，他愣了一下，但也没多问，只是和念好说："还在里面抢救。"

念好像是有些茫然："之前不是一直身体很好吗？怎么突然就病了？"

刘特助叹了口气："不是突然，其实病了很久，他之前一直强撑着……"

念好点点头，被贺江望扶着到他身后的椅子上坐下。

从接到念北的电话到现在，她的脑袋一直是蒙的。

老实说，从小到大，除了幼儿时代对父亲天生的崇拜以外，自从懂事后，她一直都不是很喜欢念应辉。他常年不着家，眼睛里似乎永远只有自己是事业，她几乎没怎么在他那里感受到过父爱。

小时候老师让写作文，经常会写到父爱母爱，这些东西全是她编的，还编得特别感人，被老师拿到讲台上朗诵，夸奖她真情实感，说只有亲身经历的人，才能写这么好。

她那会儿还没到少女的敏感期，只觉得好玩，把老师的这句话当作对她编故事能力的夸奖，讲给保姆听。保姆就抱着她，边抹眼泪边说："我们念好太可怜了。"

可怜什么呀？

她其实一直都不觉得自己可怜——生长在一个富裕的家庭里，想要的东西应有尽有，比起这世上大多数的人，她真的幸运很多。如果非要说自己惨，未免太过于矫情和做作。

她就只是不喜欢自己的父亲而已。

也不是不喜欢，只是觉得没有怎么相处过，也从未有机会培养过什么感情，所以两人之间的羁绊没有那么深罢了。

自从十六岁那年无意间撞见念应辉和陶欢在一起，她大哭了一场，以及母亲去世，他竟然把母亲之前留下的除 SELENE 以外的所有事务都交给陶欢接管以后，她就以为，她这辈子都不会再因为念应辉的事情而掉半滴眼泪了。她以为她已经完全可以把他当作一个熟悉的陌生人，对他的一切事情都保持无感了。

可她刚刚在电话里，听到念北哭着说爸爸生病了，可能治不好了的时候，她的心脏突然就像被人狠狠扯了一下一般，空落落的难受。

来医院的路上，她整个人一直处于放空的状态，情绪快要蹿到了喉咙里，像塞了一团棉花一样，堵在那里。

想哭，想闹，可又哭不出来，也闹不出来。

现在也是。

她有些呆滞地坐在椅子上，贺江望的手臂被她无意识地掐青了好几块。刘特助坐到了另一边，同贺江望坐在一起，小声在跟贺江望说着什么。

可能是在问他和念好的关系，问他的职业，但这些东西，前两天网上舆论闹得沸沸扬扬的，想来刘特助也都看见过。

他们不知在门口坐了多久，医生才出来。念好有些僵硬地挺直了脊背，眼巴巴地看着陶欢他们走上前跟医生询问情况。

她的脑袋里像糨糊一样，耳朵也犯起了耳鸣，隐约听见医生好像说什么“危险、难治、暂时不会有生命危险”这样的字眼。

念北终于止住了哭，红着眼睛又跟医生确认：“所以是抢救过来了吗？”

“对，但是这个病根治不了，以后还是会犯，切记不要操劳，要好好休息……因为再犯一次，我就不能确定病人还能不能撑下去了。”

念北连忙一迭声地说：“好，好的，一定不会让他操劳……”

念好刚刚绷着一根神经，一直没有哭，这会儿听见医生说暂时没有生命危险，眼泪反倒下来了。

她就坐在椅子上，无声地掉眼泪，也不说话。刘特助看了她一眼，本想递个手巾过来给她擦眼泪，就见坐在她旁边的男孩子皱着眉，叹了口气，将自己的袖口往下扯了扯，动作特别轻柔地在她脸上擦拭了起来，边擦边温声安慰她："没事了，姐姐不要担心。"

念好"呜呜哇哇"地否认："我才没有担心他。"

贺江望连忙点头称是。

但病房门打开后，谁都没有念好冲得快。

念应辉暂时还不能一下子见那么多人，念好进去了，别人就得先等着。

为了防止感染，进去探望的人要戴上防尘帽和口罩，穿鞋套、防尘衣。念好进去时，念应辉正盯着病房内的天花板发呆。

他现在全身插满了各种各样的管子，行动不方便，什么都做不了，只能发呆。听到开门声，他也只能缓慢地转一下头。

念好刚刚在外面还心急如焚，进来后，反倒不知道该说什么了，别别扭扭地站在门口，半天才憋出一句："你还好吧？"

"嗯。"念应辉说，"我没想到第一个进来的人是你。"

这个人真的永远知道如何最快速地惹怒别人。

念好问："不然呢？你想让谁进来。"

念应辉说："你总是这样，像吃了炮弹一样，不会好好说话。"

念好说："对，您会好好说话，说一句话就能气死一个人。"

然后俩人对视一眼，却忍不住都笑了。

念好又说："刚刚在外面，小北和刘特助把你的病情说得特别严重，当时我还以为你活不下去了。"

念应辉说："你哭了？"

念好："没有。"

念应辉没有再问，只是说："我自己也以为自己要死了。"

念好没忍住，眼睛又红了，说："求求您好好说话。"

念应辉就笑着看着她。

他们父女俩好像很少心平气和地坐在一起谈话，今天这样的互相呛声，竟然都是难得的温馨时刻。可能心情刚刚经历过大起大落，人就会变得超脱一些，念好现在觉得那些怨啊恨啊，好像都短暂地被放下了。

不是没有了，只是暂时被更激烈的情绪取代了。

——怕失去，怕遗憾，怕再也见不到。

到底是血浓于水。

念应辉说："这没什么不能说的，你怎么比我还迷信？"不等念好再接话，他又说，"那会儿病得特别不舒服的时候，我以为自己这次熬不过去了，遗嘱都立好了。"

念好看着他没说话。

念应辉问："不好奇我写了什么吗？"

念好说："不太好奇，你知道，我没什么野心。"

念应辉就叹了口气，须臾说："SELENE 你做得不错。"

"当然。"念好一点也不谦虚，"要么不做，一旦做，就要去做好。"

念应辉说："你妈妈的东西，我都留给你了。"

念好说："这是应该的。"

她一句也不让，念应辉眼里晕起了一点笑来，须臾又说："说起来，我还给你准备了一个小礼物。"

"什么？"

隔天一早，念好就知道是什么礼物了。

才过八点，小莫就给她打电话："蒋舟被拍到出轨！"

念好一时没想起来蒋舟是谁，小莫提醒她："之前被谢文秋工作室截和的那个艺人！"

这倒真是个好消息。

贺江望一大早就去学校了，走之前给她买好了早餐，放在桌子上，念好放进微波炉里加热了下，边吃饭边打开微博。

网络上现在铺天盖地都是蒋舟出轨的新闻，网友们对出轨零容忍，现在舆论几乎是一边倒地在骂他。

小莫还在给念好发语音：“比较好笑的是，谢文秋工作室原本新一期的节目嘉宾就是他，预告前两天才放出来，现在那些片段估计都不能用了。

“幸好当时被他们截和了，哈哈哈。否则现在发愁的就是咱们了。

“这叫什么？多行不义必自毙！”

他一个语音接着一个语音地发，念好说：“行了，也不必这么幸灾乐祸。”

转头自个儿跑到公司群里发了好几个红包，说今天天气很好，她不在公司，所以发个红包就当请大家喝咖啡了。

发完之后，念好又去医院看了看念应辉，他还要在医院里住段时间，才能接回家。左右 SELENE 现在已经走上正轨了，也不需要她时时刻刻在那儿盯着，所以她索性就暂时留在了雅川，照顾一下念应辉。

昨天晚上从医院回来后，她坐在客厅里发了好久的呆，贺江望就坐在旁边，没有说话，过了好一会儿她才说：“我觉得人类好复杂啊。”

不等贺江望接话，她又继续道：“说实话，我自己觉得我对我爸爸，并没有非常深厚的依恋，他做的那些事，我也从来没有打算原谅他，但是刚刚，我差点以为他活不了了的时候，我特别难过，感觉天都要塌下来了。”

她躺到了沙发上，头枕着贺江望的腿，贺江望的手指一下又一下地揉着她的太阳穴。

念好又说：“他不是个好丈夫，也不是个好父亲，他从来没有给过我和我妈妈应有的关心和照顾，我理应恨他。但是他也不完全不是个好父亲，他在不顾念我的同时，又在顾念我，他默默做着很多我认为无关紧要，但他认为必须要为我做的事情。”她顿了顿，“我不知道该怎么说，就是……忽然间不知道该用什么态度去面对他了。”

她是真的纠结，眉毛都拧在了一起。

贺江望捏了捏她的眉心，说：“那就随心吧，不用想那么多，你想怎么做，就怎么去做。”

反正，天塌下来了，还有我在。

——那就随心吧。

念好去看望念应辉的一路上，都在想这句话。

念北也回去上课了，她到医院时，只有陶欢守在那里，刘特助正在旁边给念应辉汇报公司近况。

念好皱着眉：“不是说不能过多操劳的吗？”

念应辉笑着说：“最后再操劳这一下。”

生病以后，他整个人好像和蔼了很多，念好又问：“蒋舟那个事，是您做的吗？”

念应辉也不否认：“怎么样，喜欢吗？”

“还不错。”

陶欢一大早也看到新闻了，谢文秋工作室那边，她也有插一脚。她一开始还以为蒋舟这个事情只是偶然，这会儿听这爷俩的对话，所以是念应辉找人爆的料？

她的眼皮突地一跳，垂下眼睛，继续削苹果，没对这件事发表任何意见。

念应辉又问：“不觉得我太狠了？”

“是他自己出轨，还怪别人发现吗？”

念应辉笑了笑没说话，顿了会儿又问：“今天你那个小男朋友没来？”

“欸？”

虽然早猜到念应辉应该已经知道这个事，但是他突然这么问，念好还是没有防备地红了脸：“他上课去了。”

陶欢在旁边接话：“那陈之南……”

念应辉冷笑了一声：“陈家那小子，难成大事。”

念好本来就对陶欢感到很硌硬，她一提陈之南，念好更硌硬了，听念应辉这么一说，她立马大声说："对，难成大事！"

陶欢眯了眯眼，就没再继续问了。

圣诞节前夕，念应辉才被允许出院。

贺江望最近在忙着期末考，同时又要为明年即将到来的神少杯决赛做着准备，每日忙得不可开交。

念好这期间回过一趟平城，把小橘猫从宠物店里接了出来，带到了雅川。贺江望这些天也没有住校，一直和念好住在一起。

圣诞节和元旦他们都过得很平淡，只是出门逛了逛街，街上到处都是一派欢乐的景象。念好倒是买了圣诞树，她那个房子先前是只打算一个人住的，故而空间不大，小小的房子里放了一棵很大的树，整个房间里都显得拥挤起来。

圣诞树上挂满了他们网购回来的小东西——铃铛、彩带、幸运符、糖果、袜子……应有尽有。

小橘猫没见过什么世面，对这棵花花绿绿的树充满了好奇，爬上爬下换各种角度去观察它，把贺江望刚挂上去的彩带咬得到处都是。

元旦那天他们一起去江边看了烟花，上万人拥挤在一处，等待零点的钟声敲响。

其实元旦节没有什么过年的气氛，中国人还是更认农历的新年，过完元旦也完全没有新一年已经到来的感觉。

倒数完之后，他们没有立马回家，贺江望去附近的便利店里买了好多啤酒，还买了孔明灯，他们盘腿坐在地上，庆祝他们在一起后迎来的第一个跨年。

天气好冷呀，念好缩着脖子，酒也是冷的，贺江望便把自己的羽绒服的拉链拉开，让念好躲进他的怀里。

也不知道到底为什么要受这个罪，回家坐在空调屋里对饮不好吗？但是他们一点也不觉得自己傻，还乐呵呵地觉得浪漫极了。

盛薇薇和姜悦也在聚会，两个单身女同学坐在一起，在群里骂念好抛弃组织。念好窝在贺江望胳膊弯里，笑得前仰后合，说："盛薇薇上次不是说要和那位医生同事在一起了？"

也不知道是被那个医生百折不挠的精神打动了，还是单身太久实在想谈恋爱了，前几天盛薇薇打电话给念好，语气里是难见的羞怯，说："我可能要谈恋爱了。"

念好同盛薇薇认识这么多年，极少见到这样的她，不由得问："谁呀？这么突然。"

"唉，还是隔壁科室的那个医生，我之前跟你说过的。"

念好本来以为很快就能听到好消息，怎么盛薇薇现在反而唉声叹气的。

姜悦说："动了心的人，真的一个比一个矫情，所以我说人就不能谈恋爱。"

她聊天也没避着贺江望，少年自然也看到了，哼唧了一声，说："瞎胡说。"

念好说："对。"

又在群里回："我们贺神说你们瞎胡说。"

姜悦："秀恩爱的给我走开！"

念好发了好长一串大笑过去，想了想又问："盛薇薇那个医生到底怎么了啊？"

姜悦说："也没什么，就是医院里给了她一个出国去学习的机会，但是要在国外待两年，所以……你懂吧？"

盛薇薇大概有心事，一直坐那儿喝酒，没看群消息。念好就私聊了姜悦，问："盛薇薇现在已经那么喜欢那位医生了吗？我还以为她就是随便谈谈。"

姜悦说："超喜欢，感情这个事儿，有时候真是天雷勾地火，一旦被点燃，态势特别猛，根本收不住。”

念好：“你这样形容，仿佛要去打仗似的。”

念好：“所以盛薇薇打算出国吗？”

姜悦：“她还没想好。”

两人又聊了一会儿，就散了，念好嘱咐姜悦如果后续有什么动向，可以和她讲一下。

姜悦说：“你就八卦吧！”

念好笑骂她：“我明明是关心盛薇薇好不好？”

近来天晴，夜间星星铺满了天幕，城市里的灯光将星光衬得也黯淡了，念好在冷风里吹了会儿，竟然觉得困了。

来时兴奋得不行，临回去了，所有的热情都被用完了，人就显得有些惫懒。

念好刚坐进车里就睡着了，贺江望把车里的温度调好，又换了个适宜睡眠的音乐。大概跨年夜比较兴奋，路上还有很多人没有回家，大多是年轻人，很多人聚集在一起，在马路上大笑大闹。

看烟花的江边离念好家并不算远，到家时，念好还在睡，贺江望打开车门，弯腰将她抱起来。

她身上还盖着车里放着的备用的毯子，贺江望怕她的头撞到车门，弓着腰，抱得很小心，但念好还是迷迷糊糊睁开了眼。

车库里开着灯，虽然灯光不算亮，但她乍然醒来，还是有点难以接受，又连忙闭上。脑袋还没有特别清醒，她含含糊糊地问：“到家了吗？”

“到了。”

念好搂住他的脖子，也没有要下来的意思，又说：“你抱我上去。”

声音特别软，贺江望就低着头笑说：“姐姐越来越会撒娇了。”

念好仍闭着眼：“你不喜欢吗？”

说完，没等贺江望回应，她又睡着了。

元旦没过几天，贺江望就放寒假了。

神少杯的复赛在全球一共设置了六场比赛，表现得好的，则有望被选拔去参加 BUNB 的比赛，跨进世界顶级摩托车赛事的殿堂。

而国内的现役赛车手里，能够进入 BUNB 训练营的本就没有几个人，故而贺江望的这一入围得到了许多圈内人士的重视。

周其然也很重视，一边为自家车手骄傲，一边又紧张得不行，所以贺江望刚一放假，就被周其然召回了平城，准备帮他加强训练的同时，再好好给他补充补充营养。

念好和饶飞也跟着一起回了平城，为了方便带猫，他们是直接自驾过去的。

车子在路上走了将近十四个小时，念好除了大学那会儿，跟着同学一起自驾去游了趟西北以外，几乎没有一口气坐过这么久的车。

饶飞的驾照也考到手了，中间他和贺江望轮换着开车，念好就躺在后座抱着小橘猫睡觉。

盛薇薇最终还是决定出国了，但出国前还是和那位医生谈起了恋爱。

回到平城后，盛薇薇带着男朋友和念好他们吃了顿饭，趁盛薇薇去卫生间的时候，姜悦问陆医生："你知道盛薇薇要出国了吗？"

"知道，但现在交通那么方便，又不是几十年前了，见一面很方便的。"

姜悦想想也是，她不由得低头笑了笑，是她们庸人自扰了。

但异地恋的话，辛苦也是真的辛苦，念好最近对这一点感受颇深。

虽然她跟贺江望都在平城，但是贺江望最近训练太密集，每天都累得不行。起初他还每天训练完之后，来找念好约会，后来念好看他太累了，索性让他先别过来了。

贺江望抱着念好，腻着嗓子问："姐姐是不是嫌我烦了？"

他每天练车，身上伤不断，念好边给他上药，边说："是呀，特别烦，一点也不爱惜自己。”

念好也去他们训练的场地看过他几回，有一次他摔得狠了，腿上被划开好大一个伤口，脚踝也肿了。念好看得心疼得不行，一边抹着眼泪，一边问他疼不疼。

男孩低头看着她笑，一副浑不在意的模样：“不疼，习惯了。”

这种东西哪里是能习惯的呀？

当天晚上，念好就提着行李搬进了贺江望的家里。

贺江望因为受伤了，训练不得不中断，每天待在家里养伤。但养伤时他也没闲着，在看比赛直播，在复盘一些他觉得比较厉害的比赛。

念好记得自己上一次住进贺江望家里，也是因为他受伤，那时他们两个还没有任何关系，她只是把他当弟弟，转眼一切都不一样了。

小橘猫也被她带来了，她蹲下来把猫包拉开，让小猫咪跑出来，贺江望动不了，就坐在沙发上看她。小橘猫很快跳到贺江望的腿上，像是可以感受到主人的痛苦一般，它仰着头，“喵呜、喵呜”地冲他叫。

特别治愈。

他这次伤得不算重，不到一周就好了，那时也临近过年了。

SELENE也放假了，假前的年会里，小莫带头狠狠宰了念好一顿。他们工作室人不算多，没有搞那些乱七八糟的节目，就一群人去吃了饭，饭后又包下了一间酒吧，让他们疯个够。

贺江望他们车队里也在进行年底聚餐，不知是谁提议，说大家可以搞个联谊，原本念好是不同意的，可没等她说话，身后的姑娘们就齐声应了句“好”。

那时他们刚走到酒吧门口，贺江望他们也刚吃完饭。好在他们包下的那间酒吧虽然不大，但车队里的人也没有来全，只来了一小部分，所以竟也勉强坐下了。

大家年纪都不大，很快就闹成了一团，念好坐在角落里看着他们，贺江望就咬着吸管在她旁边坐了下来。然后不知是谁，又带头起哄，说要玩游戏，老掉牙的国王游戏。他们人多，念好和贺江望本来不参与也可以，可那群崽子无论如何也不肯放过他俩，念好只好不情不愿地坐过去。

第一轮抽到国王的是周剑河，他看了一圈，眼睛在念好和贺江望身上不断扫射。念好把自己的牌捂得紧紧的，警惕地看着他，周剑河想了一会儿说："3 号和 5 号在酒吧门口拥抱三分钟。"

结果 3 号是饶飞，5 号是 SELENE 里一个做后期的男孩子，他俩刚站起来，酒吧里就响起一阵放肆的狂笑："天哪，这个组合……周剑河你真行！"

饶飞一看对象，也是两眼一黑，转头就去踢周剑河："你这个要求，好无聊啊，能不能换一个？"

周剑河就笑着说："愿赌服输，愿赌服输，别玩不起啊！"

"是啊，别玩不起！都是大男人，怕什么！"男生们也跟在后面起哄。

"是男人就快点儿！我帮你们录下来，留个纪念！"

说谁不是男人呢？饶飞顿时就不乐意了，走到酒吧门口，还催促人家："快点儿！"

周剑河他们就在旁边给他们计时，边计时边录像。饶飞抱得特别僵硬，两个人全程一点表情也没有，就像摆在橱窗里的两个模特。念好笑疯了，拿起贺江望的手机也要拍照，被饶飞看见了，饶飞瞪着她："不许用贺神的账号发朋友圈！"

"为什么啊？"念好问。

"……不告诉你。"

"你不告诉我，我就去发。"

他们像两个小朋友，斗嘴斗得不亦乐乎。

饶飞扭捏了一会儿，说："贺神有我同桌的微信，万一被那家伙看见了，能嘲笑我半学期……"

念好“哦”了一声，转头就去朋友圈里编辑起了文案，编辑到一半，才想起来转头去问贺江望：“他同桌叫什么？”

“温在让。”

于是念好设置：仅温在让可见。

饶飞对此毫无所知，终于抱完三分钟，连忙松开，跑到桌边洗牌：“继续、继续，你们这些刚刚起哄的，都给我等着！”

没想到下一轮，真的轮到他当国王了，只是他运气没有那么好，没有抽中周剑河，而是抽中了他们车队里另外两个男生，饶飞让他们一个人在另一个人身上做俯卧撑。

第三轮抽到国王牌的是贺江望，他还没说话，还没疯够的饶飞就先开口了：“让9号亲10号半分钟！”

“啊，那如果是一个男生和一个女生怎么办？”有人问。

“就试一次嘛，冒个险才好玩。”

贺江望低头看向念好，念好捏着自己的10号牌，紧张得快要冒汗了。她想暗示贺江望不要答应，但是又不能表现得太明显，只好不停地朝他使眼色，哪知贺江望会错了意，还以为她特别想看呢，就点点头，说：“行。”

念好顿时心如死灰地翻出自己的牌。

贺江望也愣住了，整桌人都愣住了。

妈呀，是贺神女朋友欸，谁敢亲念好女朋友？要是女生还好，如果是男生的话，岂不是马上就会被贺神暗杀掉？

一个个都小心翼翼地翻开自己的牌，看到自己不是9号，才松了一口气，结果所有的人都翻过牌以后，居然没有一个人是9号。

“怎么回事？搞错了吗？少一张牌？”

“不可能吧？我上一局还拿到了9。”

“突然想起来，贺神的牌是不是还没翻……”饶飞最终把目光落在桌子上贺江望那张还没翻开的纸牌上，弯腰过去掀开，“不会这么巧吧？”

还真就这么巧。

众人看着桌面上刚掀开的纸牌上明晃晃那个“9”，一个个全都笑疯了，笑完之后，就开始起哄。

“亲一个！亲一个！亲一个！”

念好被臊得脸都红了，恨不得找个地洞钻进去。贺江望也觉得不好意思，他的确想亲念好，但那也得是在没有人的地方，得在别人看不见的地方，被他们一群人围观算什么？

他一边暗喜最终这个“9”是他，说明他和念好也太有缘分了，一边又觉得旁边这群人好烦，好碍事。

饶飞看他迟迟不行动，开始伸手去推他：“贺神别㞞。”

贺江望回头瞪了他一眼，忽然脱下自己的外套，拿在手里，慢慢地走向念好。

这种时候害羞最要不得，念好鼓着勇气，大着胆子仰头去看他。

酒吧里空调开得特别高，蒸得她整个人都有点热，灯是蓝色的、紫色的，光束到处乱晃，她咬了咬唇，下一秒，眼前突然一黑。

饶飞眼看着贺江望低下头去，就要亲到念好的时候，突然抬手把自己的外套往俩人头顶一罩，直接把众人的视线隔绝在了厚重的布料之外，他简直惊呆了。

还能有这种操作？

众人也惊呆了，不停地嚷嚷着：“不带这样作弊的啊！”

贺江望才不理，他和念好在只属于他们两人的小小空间里，大眼瞪小眼。

冬日的棉衣亦不是非常遮光，无法将光亮完全遮挡在外，他们还是能看见彼此的容貌，但光很暗，看不清表情，贺江望只能看见，念好的眼睛是水亮亮的。他的喉咙动了下，最终还是没忍住，低头，在她嘴唇上啄了那么一下。

轰的一声，念好脑袋都炸了。

这么多人呢……

她抬眼瞪他，但眼神里一点威慑力都没有。半分钟早就过去了，一群人在旁边嚷嚷：“到时间了，还没亲够吗？”

“你们回家慢慢亲好不好！”

念好捂着脸，彻底不想出去了。

他们最终玩到凌晨才散场，一群人都喝了酒，开不了车，一个个只好坐在马路边拦出租车。

人好多，远远看着像打群架的。

念好的车还在附近的停车场停着，贺江望在网上约了个代驾，拉着念好跟众人告别，提前走了。

他们后来闹得疯，两个人都喝得挺多。代驾看起来是个二十出头的男人，盯着贺江望看了半天，嘴里吞吞吐吐地问：“请、请问，你是贺江望吗？”

他之前上过几次热搜，念好不确定这人到底是善意还是恶意，醉意顿时散了大半，贺江望刚要点头，她就连忙捂住了他的嘴巴。

“不是，你认错了。”

贺江望眨了眨眼。

那人就笑了笑说：“你们别怕，我不是坏人，我是贺神的粉丝。”

车子已经平稳行驶在路上了，他虽然这样说，念好心里仍然没有放下警惕，但她一时也不知道该怎么接话，就只好沉默着。

男生又说：“听说过完年，贺神就要参加神少杯的决赛了，你一定要加油啊！我们都等着你加入 BUNB 为国争光呢！”他笑了笑，“不过，你已经很厉害了，能进入 BUNB 训练营，本身就已经很了不得了！

“你是我见过的最有天赋的摩托车手之一，起码目前中国的现役车手里，没有几个人能超过你的。

“我从你刚开始参加比赛，就关注你了，当时就觉得你可太酷了。

“老实说，我当时也萌生过去当赛车手的想法，后来觉得太苦了，就没坚持下去。”

大概每个人见到偶像，都忍不住话特别多地狂吹“彩虹屁”。

贺江望被夸得都有点不好意思了，但毕竟在自己的粉丝面前，要维持住酷 Guy 人设不能崩。于是他只是淡淡地点了点头，说：“谢谢喜欢。”

但临下车时，他还是抿了抿唇，问男生：“要合照吗？”

照片是念好给他们拍的，在他们家楼下，光线很暗，夜色是泛着灰黄灰绿的夜。平城虽然不像雅川那么冷，但到底是冬天，温度还是很低，北风刀子一样刮在脸上。

男生大抵没想到自己夜里赚个外快，也能碰见这样的好事，直到走好远，还觉得恍惚。

念好立在原地看着贺江望，少年最近好像又长高了些，成天在训练场上训练，脸晒黑了一点，但还是好看的，脸上的轮廓更加坚毅了。

男孩抽了条，像竹子，越长越挺拔。

念好歪了歪头，说：“我们贺神好棒啊。”

特别棒，是好多人的小偶像了。

贺江望走过来牵住她的手往家的方向走，目光注视着前方，没有看她，但语气很温柔。

他说：“当然，你男朋友一直很厉害。”

还挺不谦虚的。

有半夜遛狗的人从他们旁边走过，中年男人随身带着的手机里在放歌，声音很小，飘散在夜色里，是莫文蔚的《慢慢喜欢你》。

“慢慢喜欢你，慢慢地亲密，慢慢聊自己，慢慢地和你走在一起。”

女人音色慵懒，像是在娓娓叙述着年代久远的爱情故事。

念好的脚步停了一瞬，心里突然就那么一冲动，她说：“贺江望，我好喜欢你啊。”

她好像从来没有认真地跟他讲过喜欢。成年人的感情，水到渠成，顺其自然地就那么走在了一起。

所以没有必要非要走那个形式，没有必要非要把喜欢啊爱啊挂在嘴边。她不喜欢、也不习惯去表达。

但她发现，有时候情到浓时，其实是忍不住的，忍不住去表达，忍不住去告诉你，我有多么在意你。

她的身子往前倾了倾，抱住贺江望的手臂。“我真的好喜欢好喜欢你啊。”她又重复了一遍。

抗拒了无数次，不希望自己陷得太深，一直以来，她都以为，只要她不说出那句喜欢，感情就还是可控的，她就还可以随时抽离。

可是，她刚刚在听歌的时候，突然发现，不是那样的，她抽离不了了。

也许是今天的气氛太好了吧，也许是这样的静夜太温柔了吧，也许是那段歌声太美妙了吧，她突然产生了一种岁月静好的感觉。

想和身边的这个人，一直一直走下去，想和他一起变老，想余生的每一天，都可以睁眼就能看到他。

想宠爱他，想被他宠爱。

她心里情绪翻涌，手指还在不断拨弄着他的手指，一句话讲完，竟隐约生出些许泪意。

少年亦僵直地立在了原地。

他们还没有走到楼道里，整个小区都好安静啊，只有风在呼啦啦地发着声音。

好一会儿，他才低下头，抿了抿唇，说：“我也很喜欢姐姐。”

声音有些哽咽了，眼也是红的。

十二岁以后，他哭的次数屈指可数，仅有的几次，还大多是因为比赛失利。

这么多年，他训练受伤的时候没有哭，被程燕池连累错失冠军时也强忍着没有哭，每次比赛完，看着别的小朋友一个接一个被父母欢天喜地地接走，而他连胜出的喜悦都没什么人分享的时候，也没有哭。

但他现在却流泪了。

他咬着牙，把呜咽声吞回了喉咙里，本想再忍一忍的，谁知念好却突然转过了身，紧紧抱住了他。

他僵得根本就不知做什么反应才好。

他想到他第一次见到她时的模样，想到后来的那么多年里，他无知无望地等待她时的模样，又想到她压根儿就不记得这些。

也不是没有委屈过的，但那些委屈都被他自个儿咽下去了，男孩心大，不愿意被这些繁杂琐事困扰，他甚至不愿意去想她究竟是不是喜欢他，有多少喜欢，因为她从来没有讲过。总归她在他身边就够了，他已经很满足了。

然后，这些他已经不抱期望的东西，突然被她双手捧着送到了他的面前。女孩的怀抱很温暖，很温柔，她仰着头，下巴抵在他的胸膛上，眼里闪着亮晶晶的光。

——他才忽然发现，自己原来还是期待的。

怎么会不期待呢？

少年小心翼翼收藏着她当年一句无心的承诺，认认真真走了这么多年，他那么努力，让自己变好，让自己变得更优秀，不就是为了有一天，能够挺拔漂亮地站在她面前吗？

所以，怎么会不期待呢？

他抬起头，看着夜空，今夜没有星星，也没有云，只有一望无际的钴蓝色的天空。

他看着天，好像看到了他过去许多个无眠的夜晚。

许多个怨她的夜晚。

他伸出手，摸了摸她的头发，半晌，也学着她的语气讲：“我也好喜欢姐姐啊。”

许多个念她的夜晚。

还有，许多个想她的夜晚。

第八章

你是永恒发光的烂漫

不 要 回 头 ， 不 要 停 留 。 因 为 啊 —— 因 为 ， 我 正 在 未 来 等 着 你 。

除夕夜念好和贺江望也是在平城过的。

年夜饭全都是贺江望做的，吃完饭后，姜悦和姜迟姐弟来找他们玩。

姜迟虽然对贺江望崇拜已久，也知道念好姐正在和他们家贺神谈恋爱，但许是出于矜持，他一直没好意思跟念好说想要见贺神。

怎么讲呢？偶像是星星，要挂在天上远远看着才好，看他发光，看他为自己照亮，不必试图接近，不必试图摘星。

他谨遵着这条追星准则，一步雷池也没敢越，尽管他的条件得天独厚。

今天来找他们，还是姜悦硬拉着他来的。他紧张坏了，在屋子里换了半天的衣服，被姜悦嘲笑说像是第一次和男朋友约会的小女孩。

屁话，明明比第一次约会的小女孩可紧张多了好不好？

站在贺江望家门口等着他开门的时候，姜迟的心都快要跳到了嗓子眼。

好在门是念好开的，然后他就看见，他家那个酷到不行的冷面车手，正围着一条粉色的围裙，在厨房里洗碗。

姜迟："……"

姜迟还觉得有点委屈，瞪着念好："你干吗要欺负贺神啊？"

念好："……"

姜悦笑死了："你别理他，估计是觉得偶像从神坛跌落了。"

念好这才想起来，贺江望还是姜迟的偶像。

然后他的偶像又穿着那条粉色围裙，端了一盘切好的水果出来，放到了他们跟前。

特别温柔，特别平易近人。

姜迟摸到手机，偷偷在他们粉丝群里发："贺神变了……"

加群的大多是女孩子，姜迟也是被一个女生拉进去的，大家过年都坐在沙发上看《春节联欢晚会》呢，陡然看见姜迟的消息，全都发来一个问号。

姜迟用他受到冲击的大脑组织语言："他居然穿粉色围裙！还洗碗！还给我们切水果！"

众人又是大大的："？"

紧接着粉丝1号回："你现在在贺神家里？"

姜迟："嗯啊，贺神女朋友是我姐闺密。"

粉丝2号："我觉得你在炫耀……"

粉丝3号："啊，一场暴击，所以他们在家里都是贺神洗碗做饭？"

姜迟："看起来是。"

粉丝3号："天啦，太宠了，好羡慕他女朋友！"

粉丝4号："我也羡慕，呜呜呜，我什么时候才能拥有一个贺神这样的男朋友啊？"

粉丝5号："梦里，梦里有很多。"

粉丝4号："滚。"

姜迟："……"

话题的走向到底为什么会变成这样？

在家里坐了一会儿之后，姜悦又提议说不如去海边看烟花，左右他们都无事做，就同意了。

他们也买了一点，不过不是烟花筒，而是一些手持仙女棒。

没想到海边的人还挺多，估计大部分是来看烟花的，念好裹紧身上的羽绒服，抱着贺江望的胳膊慢吞吞往海滩上移动。

念好都快等困了，半空中才开始炸开第一朵烟花，紧接着第二朵、第三朵……噼里啪啦，所有五颜六色的光点全都挤在了一起。

他们就坐在地上，她靠在贺江望的怀里，姜悦和姜迟则在另一边坐着。

她其实对烟花这种东西没有特别喜欢，但有些时刻好像就得要它们来烘托气氛，不然不过瘾，不然不浪漫，不然总觉得少了点什么。

火光映亮了他们的脸，和他们一起在这里守岁的儿童们本来也睡着了，听到声音，瞬间清醒，全都此起彼伏地"啊啊"起来。

整个海边都热闹极了，终于有了一点过年的气氛。

马上就要零点倒数了，十、九、八、七……“新年快乐！”

成百上千个人的祝福全都汇聚到了一处，喊完之后，大家相视一笑，都是陌生人，这一刻所有人的心好像忽然间共通了。

然后开始有人喊：“新一年考研上岸！”

“请务必让我考进喜欢的大学！”

“希望 ××× 能喜欢我！”

“希望爸妈身体健康，顺顺利利！”

……

去旧迎新，真好啊，好像每个人的人生都迎来了新的希望、新的期待。

念好转头看了看贺江望，也站起了身，手在嘴边拢成一个小喇叭：“希望我的小朋友，比赛顺利！”

喊完，又补充，“总之，一切都要好！”

身体要好，心情要好，比赛要好。

喊完之后，一朵特别大的烟花，突然升起，炸开，“砰——”的一声，念好就指给贺江望看：“它说它听到了。”

“听到什么？”

“我的愿望。”

“哎。”贺江望就笑，“那看来我必须要取得好成绩了，否则岂不是要辜负神明的期望。”

念好坐下来。

“瞎说。”她说，“你尽力就好了呀，不用听那些人的，他们要求你进BUNB，要求你必须取得好成绩，但不是的。

“能一次就进BUNB，当然很好，但是你还很年轻呀，日子还长，不争这一朝一夕。

“所以，你只需要在保护好自己的前提下，尽力去做好就可以了。”

她弯了弯眼睛："我的小朋友，要健健康康，平平安安！"

话虽然这样说，但比赛在即，说完全不紧张，也是不可能的。

第一场比赛设在了意大利，念好因为有工作，没能陪他一起去，只能在网上看比赛的直播。

上午的排位赛没有直播，所以念好只在网上得到了消息，知道他排位赛拿到了还不错的成绩，下午的正赛才开始有直播转过来。

念好提前就坐到了电脑跟前，为了支持老板的男朋友，SELENE的众人也凑起热闹来。小莫把比赛直播投屏到了会议室的投影布上，一群人都挤进去，跃跃欲试地等待着。

念好没跟他们一起挤，她是独自一个人坐在自己办公室里观看的。原本她还准备了一堆零食，预备边吃边看的，结果她在镜头里一看见贺江望，就完全吃不下东西了。

因为他排位赛取得的成绩还不错，所以始发位置还算靠前，他平日里在念好面前的样子，都是软乎乎的，看着特别无害，乍然换上这身赛车服，坐在人潮熙攘的赛场里，顿时整个人看起来都不一样了。

难怪姜迟他们总说他是冷面车神，冷是挺冷的，酷也挺酷的，绷着脸，目不斜视，看着特跩。

念好的目光在他车上系着的一根红线上停了半分钟，看到弹幕里也有人注意到了这个："话说，贺神车上那根红绳是什么啊？每次都能看到这个。"

"平安符吧，老粉都知道，他系了好久，车子换过好多辆，但这枚平安符从没缺席过。"

"也能理解，赛车嘛，毕竟危险。"

除了讨论他的平安符的，就是一堆"哈哈哈"的声音了。

"我一直很佩服贺神的定力，那么好看的车模站在旁边，他居然也无动于衷。"

“废话，他自己的女朋友那么好看，哪儿还有多余的心思注意别人啊。”

念好没想到还能在弹幕上看见自己，顿时就有点哭笑不得。不过大家就那么提了两句，毕竟比赛就快要开始了，大家还是很兴奋的。

念好也兴奋，既兴奋又忐忑，既忐忑又担心，这大概就是有了感情和没有感情的区别，她记得自己第一次看贺江望的比赛的时候，就特别淡定，丝毫不关心他能不能取得好成绩，也不会特别担心他会不会受伤、会不会摔倒、会不会出意外。

但现在她就很担心，担心得心都揪起来了。

工作人员开始举起旗子，让无关人员撤离，车手们齐齐戴好头盔，整装待发。

因为她看的是国内的转播，故而解说也是中国人，着重关注贺江望的状态，这倒是满足了念好的需求。她从椅子上坐起来，眼睛一眨也不眨地盯着电脑屏幕看，隔壁会议室里那群崽子的惊呼声隔着墙壁都能穿过来。

“天哪，这个首发，也太快了！”

“以前就知道贺神厉害，没想到这么厉害。”

“他真的也太快了吧，究竟是怎么做到这么快的啊？”

“你忘记啦，之前渚城那个比赛，他还打破了渚城赛场150CC组别的最快纪录呢。”

“真的牛……”

解说也在夸他：“贺江望的这个首发很漂亮啊，很稳。

“相信大家对我们的43号车手贺江望已经不陌生，他也是此次神少杯的决赛里，仅有的两个中国车手之一，身上肩负着很多人的期待。

“贺江望自从出道以来，就一直被称为天才车手……

“他现在一直稳稳地跑在第一位，但是89号车手和35号车手都咬他咬得很紧，随时都有超车的可能……

“89号和35号都是西班牙车手，两个人来自同一个车队……

“啊，贺江望加速了，漂亮！他这个弯的走位很漂亮，一下子就把89号和35号甩在了后面，但是下个弯他们追上来的可能性也很大……

“马上43号车手就要过最后一个弯了，过完这个弯，离终点就不远了，目前看来，他被超车的可能性应该不大了，但也不排除有意外的发生。”

一场比赛说长也不长，念好在椅子上僵坐了半个小时，听到解说的这句话，身子才稍微放松一点，拿手捶了捶自己的脖子。

谁知她刚扭两次头，就突然听到隔壁异口同声地“啊”了一声，耳机里，解说也顿了一秒，随即道：“天哪，在最后的关头，89号和35号超车了，先后跑到了终点，贺江望最终无缘这场的冠军宝座，只能屈居第三。虽然成绩也不错，但最后关头被超车，还是很遗憾的。

“贺江望的优点是稳，但缺点也是太稳了，少了点儿冲动的劲儿，平时比赛，大家都差他一截，他稳稳地跑没有什么。但在这种高手云集的赛场里，那样还是比较险的。”

隔壁的会议室里，众人自从“啊”那一声之后，就集体安静了，心里也说不上来是尴尬还是遗憾。

尴尬的是，他们集体来看比赛，本来是想给老板一点排面的，结果小朋友没赢，他们该怎么面对此时的老板？

虽然说第三名成绩也还可以了，但是对于贺江望来讲，恐怕还差了点儿，毕竟这一场比赛的参赛人数也不多，只有二十几个。

“怎、怎么办啊……”有人问小莫，“老板现在应该挺伤心吧？”

“也还好吧，一共有六场比赛呢，能不能进BUNB要看综合成绩的，这一场比赛决定不了什么。”

“也是，但……”

话音未落，念好办公室的门突然被人从里面拉开。

会议室的门没有关，众人立马止住了声音，整个工作室里的人顿时噤若寒蝉。

念好捏着手机，放在耳边，垂着眼，直接走到了茶水间里的椅子上坐下。

电话是贺江望打开的，小朋友应该是有点伤心的，电话拨通之后，好半晌没说话。念好就扬了扬嘴角，让自己的声音里带了点笑说："我刚刚看了直播啦！"

贺江望说："嗯。"

念好："我们贺神超厉害！"

"厉害个鬼。"贺江望嘟囔一声，说，"你不用安慰我。"

念好："唉。"

贺江望说："就是想给你打电话，想听听你的声音。"

人在委屈时，下意识会想要向亲近的人寻求抚慰，哪怕他嘴里说着"你不用安慰我"。

念好就说："什么时候回来啊？我想你了。"

贺江望说："还要准备下一场，不过中间还是可以回去休息几天的。"

"下一场在哪里比？"

"韩国。"

"啊，那加油哦！"

贺江望哼唧了声。

两人又说了些没有什么意义的废话，就挂了电话。念好握着手机又在茶水间里发了会儿呆，才打开手机，进入微博，果然，现在网络上已经议论纷纷，都在说贺江望是不是飘了，怎么水平下降得这么厉害？以前上百人的场子他都能拿冠军，怎么这才二十几个人的比赛，他才拿到第三名呢？

滚蛋吧！

这些人什么都不懂，这一百多个人和以前那二十六个人能比吗？这次都是层层选拔筛选下来的高手好不好？

念好心里有一百句反驳的话，但是看到几乎百分之八十的人都在批评他，说他飘了，说他是不是光顾着谈恋爱，所以疏于训练，甚至还有人说，是不是女朋友家里太有钱了，所以他觉得不必靠赛车来养活自己了，就不上心了。

这些人，从来都不惮以最大的恶意去揣测别人，随随便便就践踏别人的梦想。

念好气得全身发抖，但是又觉得好无力啊。

互联网上很多人年龄都太小，缺乏独立思考的能力，别人说点什么，他们就一窝蜂地跟上去攻击、谩骂，他们从来都没了解过事情的真相，却以为自己掌握了一切真相。

最无力的是，你没办法跟他们讲道理，因为他们不跟你讲道理。

就连念好的微博底下都遭到了攻击。其实真正的赛车粉，根本就没有这么愤怒，他们虽然也觉得遗憾，但情绪都很淡，就真的没什么大不了的，因为后边儿还有好几场，而且谁也没想到最后会有人超过来，他们看着还为贺神委屈呢，怎么这群人反倒骂起贺神来了？

也不知是谁在带节奏。

没等念好还击，那群以姜迟为代表的喜欢摩托车的男生，就自发性地集体去网上给贺江望“反黑”了，男孩子们虽然平日里不怎么说话，但战斗力还挺强，随随便便几个专业知识一科普，就把那群随便跟风的人说得一愣一愣的。

念好看最后舆论终于好转，才放下心来。

她不怕别的，就怕到时候贺江望空闲下来了，上网一看，目之所及全是骂他的，难过。

她一圈热搜刷下来，再返回，又看到首页推送了贺江望的最新采访视频，有记者问他对这次比赛结果怎么看。

他面无表情地说：“第一场而已，等着后面的吧。”

话不多，言简意赅，特狂特傲。

第二场比赛，念好去了现场，不过她没去观众席，而是申请了全程跟拍的资格，准备给贺江望做个专题。

小莫笑她说："你这是假公济私。"

念好反驳："明明是合理利用资源。"

反正别人采访贺江望也是采访，不如她自己来；反正她无论如何都要请嘉宾，那不如就直接让她男朋友来。

春天到了，天气渐渐回暖，比赛的现场远没有大家想象中的那么高大上，整个休息棚里都特别乱，一群男人挤在一起——要参加比赛的选手、教练、经理人，还有一些来为他们加油呐喊的队友。

贺江望换好了赛车服，立在旁边，咬了根吸管喝饮料。念好根据自己当初高考的经验想了想，似乎不能给压力，但也不能一点压力也不给，不能过分鼓励，但也不能一点鼓励也没有。

好难啊，说点什么好？

她兀自纠结，眉毛都皱到了一起，心思全写在了脸上。

饶飞已经开学了，没有跟过来，但周剑河跟过来了，看着念好一脸纠结的模样，莫名其妙地问贺江望："嫂子在干吗？"

他们的习惯，不管比他们大还是比他们小，一概叫嫂子。

贺江望一副"你不懂"的模样说："在喜欢我。"

周剑河："？"

什么玩意儿？

贺江望却完全没有要给他解释的意思，少年径自走到了念好的面前，笑笑的，嘴角勾起，刘海被撩起来了，露出好看的眉宇，看起来有些坏。

他低着头，问念好："姐姐想好了吗？"

念好："欸？"

贺江望说："想好怎么跟我说加油了吗？"

什么嘛……

心思被看穿，念好说："才没有想要跟你说什么。"

贺江望就"哦"了一声，说："但我想要跟你说点什么。"

他说完，就拉住了念好的手，将她往更衣室的方向拉。

周剑河在旁边目睹全程，抖了抖身上的鸡皮疙瘩，饶飞说得不错，谈恋爱的贺神，好"不要脸"哪！

选手们早就换好衣服了，更衣室里现在一个人也没有了。贺江望拉着念好走进去，将门关上，他手里还拿着那罐没有喝完的饮料。

还没等念好问他带她来到这里来是想要说什么，贺江望就突然俯身，狠狠碾住了念好的嘴唇。

念好没有防备，被他的力气一撞，后背直接压到了身后的门板上，发出"咚"的一声响。

贺江望便顺势抓住了她的两只手，压住，饮料罐子已经被他放到了旁边的桌子上。

外面好吵啊。来了许多观众，休息棚里也吵，马上就要比赛了，教练在交代大家需要注意的事项。

细细碎碎的人声里，念好的其他感官仿佛一瞬间全失灵了，她只能听得见贺江望沉重的呼吸声，只能感受到他唇齿间流转的刚刚喝完的、柠檬味儿的饮料的味道。

有些甜，有些酸，凉凉的。他的嘴唇也是凉的。

念好觉得眼前发生的一切都好魔幻，仿佛很荒唐，在这种紧张无比的时刻，他们居然躲在更衣室里偷偷亲吻。

但是又莫名痛快，有种末日前的狂欢那种隐秘的快乐。

随便吧，去他的吧，就疯了吧。

直到贺江望从更衣室里出去，又看了看满眼水汽的她，狠狠说了句："你等下再出去。"念好都还晕晕乎乎。

周剑河眼看着贺江望把念好拉进更衣室里了，他计算了时间，足足有十分钟，啧，才十分钟，然后他们贺神自己出来了。

耳朵是红的，眼睛是红的，整个人像只要爆发的小狮子。又过了十分钟，念好才出来，人看起来倒是很得体，没有什么不对劲的，但是嘴唇分明破了，泛着红，还微微有点肿。

他了然一切地眯了眯眼，低头继续给饶飞汇报战况："确定了，真的只有十分钟！"

饶飞："唉，太惨了。果然上帝给一个人开了一扇门，就得为他关一扇窗。"

贺江望已经进入赛场上，和他的战车一起停在了属于自己的位置上。

他上次回去又和周其然一起复盘了一下自己的比赛，找到自己的问题，针对性地训练了一阵子，今天上午的排位赛，他直接拿到了第一，故而下午的正赛，他发车也是最早的。

整个场地太大了，念好他们在这边，其实根本就看不清比赛，一群人也是连上网，在看直播。

念好懒得搜了，索性和周其然坐在一起，直接跟着他一起看。

在现场看直播，可比在几千里之外看要刺激多了，其实有点看不进去，心里亢奋得要爆炸了，她甚至听不清解说在说什么。一边希望贺江望快一点，跑出好成绩，一边又希望他注意安全，成绩不成绩的，不重要，安全第一。

她浑浑噩噩地坐着，直到耳边突然爆发出一声惊呼，紧接着旁边爆发出此起彼伏的惊呼。

坐在他们旁边的，都是一个车队的人，大家的喜悦之情溢于言表。念好眨了眨眼，半晌才后知后觉地意识到，贺江望得了第一名。

这次终于没再有什么意外，没有人临时超车，他赢得毫无悬念。

车子到达终点以后，他又放慢了速度，在赛道上跑了半圈，才下来。

车队里的男孩们都一拥而上，嗷嗷欢呼着，周其然也走过来，他看起来都要哭了，拍拍贺江望的肩膀说：“不错，不错。”

贺江望低头看着他，说：“后面还有好几场呢，你哭什么？上次输了也没见你哭。”

周其然被他一说，顿时奓毛了：“谁哭了？狗才会哭！”

贺江望就笑着看着他，周其然低骂：“小兔崽子！”

贺江望这才抬眼去看念好。

女孩站在人群的最后方，似乎还有些没反应过来，人被巨大的欢喜或者巨大的悲伤砸到的时候，最初的反应都是茫然。

所以他也理解周其然为什么会哭。

就连他自己，也全然不如表面看起来那么淡定，只是那些激动啊、狂喜啊，他刚刚顺着赛道继续跑的时候，已经自个儿消化完了。

不然直播还录着，这么多人看见了，岂不是有损他的形象？

他抿住唇角，歪了歪头，众人顺着他的目光，也看到了站在最后面的念好。

正看直播的观众朋友们自然也看见了，弹幕里又滚过一条条的：

“……贺江望又来虐狗了。”

“到底为什么，我看个比赛直播也躲不过秀恩爱？”

周剑河也在发出同样的疑问。

饶飞刚上完下午的课，正和温在让一起在大学城里吃饭，他们虽然不在同一个学校读书，但学校离得都不远，时不时便要约上一顿饭。今天这样的特殊时刻，自然不能不相聚，他们坐在餐厅的桌子边，刚刚两人勾着头对着手机，赶上了直播的尾巴。

然后他就收到了周剑河的吐槽微信。

“真的太过分了，大庭广众之下，整个车队来的人里，就他一个人有女朋友，他还秀，他还秀，你说气不气人！”

饶飞笑得不行：“是你自己非要跟过去的，自己受着。”

周剑河说：“那也比你个上课狗看不了现场要强。”

饶飞：“……”好想骂人。

比完赛后，一群人又约着去庆祝了。

人们总有各种各样的理由让自己去靠近快乐的事。

他们在异国他乡，人生地不熟，倒也没有玩得太放肆，只是去了当地的网红餐厅吃了顿饭。

饭后，又有人要去蹦迪，贺江望太累了，但毕竟大家是打着给他庆祝的由头，他也不好逃走，只好硬着头皮去了。去之后，他也没有跟着大家一起玩闹，而是躲在角落里休息去了。

说是休息，其实就只是坐在那里发呆，偏男孩子们还是不肯放过他，玩了一会儿之后，又喧喧闹闹地过来了。

大概实在开心，他们都喝高了，一个个的开始追忆起往事来。

说贺江望刚来车队时的样子，非常沉默的一个小孩儿，整日冷着脸，看起来很不好惹。后来相处久了，才发现他其实“奶”的不行，脾气特别好，不爱跟人计较，所以那阵子谁都喜欢欺负他。

不是有恶意的那种欺负，但人都有点小毛病，懒惰、爱推卸责任，各种各种，那会儿贺江望总是替他们背锅，因为周其然对贺江望总是比对旁人要宽容一些。

一开始还有人不服，小孩子嘛，就爱争风吃醋。周其然对他越好，他们就越要去惹他。

也有过特别恶劣的时候，有一次，有两个人，偷偷地在贺江望的摩托车上动了点小手脚。原本骑之前，他们都是要检查的，但那两个人瞅准了时机，在贺江望检查完了之后才去动的，那一次贺江望摔得特别严重，在医院里躺了好久才好。

当时周其然发了好大的火，直接跟那两个小孩解约，把他们遣回家了。车队里其他爱欺负贺江望的人，也一个个地全被周其然教训了。

他们自个儿其实也后悔了，看到贺江望躺在医院里，没有一个家人来看他的时候，他们才后知后觉地意识到什么。孩子们也都懂点事了，男生的感情虽然没有女生那么细腻，但也都知道自己以前太混账了，于是一个个地轮流去医院，去陪贺江望聊天。

那时候大家都觉得他可怜，同情居多，谁知这个在他们眼里可怜巴巴的小男生，比赛的时候居然那么野，他们后来再服他，就完全是因为技术了。

男孩子嘛，都向往强者。

他们喝多了，什么话都往外讲。念好皱着眉，在桌子下面握住了贺江望的手。

她其实不爱听这些，要说也不应该在贺江望面前说，这样无异于又将他的伤口撕开来，让他再回忆一遍当日的情景。

虽然他自己可能并不在意，虽然男孩子们也没有恶意，他们会觉得这很酷，伤痕变成了勋章，是很酷。

但伤痕即便变成了勋章，仍然不能掩盖它们曾是伤痕的事实，在它们是伤痕的时候，是疼的。

周其然大抵也一样听不下去了，摆了摆手示意他们停下来："你们的话怎么这么多，一天到晚叭叭叭地说不够。"

男孩就"嘿嘿"一笑："这不是开心嘛！"

念好也知道贺江望大概不想扫他们的兴，就问："说起来，你们为什么会喜欢摩托车、选择成为一个赛车手啊？"

"没有为什么吧，我爸爸是赛车手，我就继承他的衣钵呗。"

"酷，就是觉得酷！"

"我看你是想吸引妹子吧！"

"你敢说你不是？本来以为机车一骑，头盔一戴，就会有女生喜欢我，结果？"

"结果连贺神这种人都有女朋友了，我竟然还是单身！"

“贺神有女朋友不是很正常吗？你要是有那张脸，你也有！”

三句不到，他们的话题就跑偏了，不过总算不再讨论贺江望以前的事了，念好拉着贺江望偷偷溜了出去。

春意渐深，墙头爬满了绿植。

念好手里还捏着半罐啤酒，和贺江望一起坐在天台的楼梯边，仰着头看天上的星星。

今日天气好，星辰很繁密，念好歪了歪头，问贺江望：“你还没有说，你为什么会喜欢摩托车啊？”

贺江望困困的，虽然仰着头，但眼睛是闭上的。他想了想，说：“一开始是觉得寄人篱下，所以想快点挣钱，快点独立。”

虽然周其然对他很好，但少年家里刚出过变故，正是敏感期，这么想也正常。

念好点了点头：“然后呢？”

“后来试着学了一下，发现自己还挺有天赋的，而且很酷。”贺江望笑。

念好顿时坐直了身子：“觉得酷……也是想撩妹啊？”

“哎。”贺江望侧头看着她，“姐姐是在吃醋吗？”

“没有。”念好回答得斩钉截铁，“只是觉得你当时还是未成年，不能有这种危险想法。”

贺江望就笑着说：“哦。”

念好又问：“后来呢？”

“后来我也不知道了，就一直这么做下来了。”

“不会觉得枯燥吗？一件事做太久，会不会疲惫？”

“还好吧，可能因为一直有未达成的目标，就像打游戏一样，因为一直没有通关，所以心里就会一直记挂着。”

念好故意找碴：“那你谈恋爱也是这样咯？女朋友追到手，就算通关了？”

贺江望就拿出手机，解了锁，语调慵懒地问：“Siri，女朋友想太多要怎么办？”

“哎——”念好被他的行为逗笑了，伸手去夺他的手机，贺江望的手太长了，往上一躲，念好瞬间扑了个空，整个人都倒在贺江望的身上。

贺江望伸手将她捞起来，却也没松手，而是直接将她按在了自己的怀里。

少年的怀抱很温暖，念好微微仰起头，额头在他下巴上蹭了两下。

他这两天比赛太忙了，没来得及刮胡子，上面竟然长出了小小的胡楂，有点扎人。

念好伸手摸了两下，又问贺江望："那你现在还没有达成的目标是什么？”

“好多好多，想进入BUNB，想拿奖，想有更多更多的中国人，在这个项目里有很好的表现，想让更多人正视这项运动，摒除偏见，想在世界级的比赛里，也有亮眼的好成绩……”

他说得很慢，声音很低，胸膛微微震动着，震得念好的耳朵都有些痒了。

她坐得不老实，在他身上动来动去，贺江望索性抱起她，将她放到了自己的腿上，按住，不让她乱动。念好就将两只手挂到他的脖子上，她说：“一定会实现的！”

贺江望低头瞥她一眼，眼里带着点似笑非笑：“敷衍。”

念好：“是真情实感！”

贺江望就“哦”了声。

念好说：“没有敷衍，我就是觉得能实现，因为我相信你。”

夜风吹过来，吹起了天台地面上的一片尘土。贺江望抬手遮住了念好的眼睛，等这阵风过去了，才就着当下的姿势，将她抱了起来，往楼下走去。

一直到店打烊之前，他们才终于依依不舍地散场，然后一群人又浩浩荡荡去马路边拦车。

贺江望实在太累了，刚坐进车里，就歪在念好腿上睡着了。

他好久没理头发，头发长长了些，遮住了眼睛，为了让他好好休息，其他人都没跟他们坐一辆车。后座留给了他和念好，周其然则是坐在副驾驶位上。

贺江望睡得沉，念好的手轻轻在他身上拍打着，哄小孩儿似的。

周其然从后视镜里看到她的动作，心里无端就涌出一阵酸楚来，说不上来是什么感觉，就是觉得欣慰，为他高兴，这么多年，终于有人陪他，有人疼他。

小朋友这些年过得太苦了，虽然他不说，也从不说自己苦，但他们这些外人看着都时常为他揪心。

他侧过头，朝念好笑了笑，也没隐瞒，直接说："说实话，我以前总担心你会对他不好，他心眼实，认准一个人、一件事，就得死磕下去，他当时毫无保留地把一颗心扑在你身上的时候，我是真的挺担心的。

"他毕竟年纪还小，没谈过感情，小时候的经历也不好，我当时就想，他要是再受点伤害可怎么办？

"当然，我知道，他其实没有那么脆弱，但他到底是我看着长大的，就像父母看自己的小孩，总觉得哪里都要护好了。"

他顿了顿，才又说："你对他很好，我放心了。"

接着，又自嘲地笑了笑："年纪大了，就会说点矫情的话，你别介意。"

车厢里没有开灯，只有外面的路灯照进来一点微弱的光，贺江望仍闭着眼，念好的手有一下没一下地摸着他的头发。

她摇了摇头，想了想说："他也很照顾我。"

虽然年纪很小，但是很懂事，很会体贴人，很多个她内心无法平静下来的时刻，反而是他在安抚她。

少年长得很好，坚韧挺拔，稳重却又不乏少年气，真诚可爱，是任何女孩儿遇见，都会喜欢的人。

当天媒体在比赛结束之后对贺江望的采访，也又一次在网络上掀起了高潮，还是一模一样的问题，问他对今天的比赛结果怎么看？

他望着镜头，依然是那副面无表情的样子，他说："第一场而已，等着看后面吧。”

明明是第二场比赛，他却说“第一场而已”，众人很快反应过来，他今天说的“第一场”，恐怕是指第一场冠军。

……这也太狂了吧？

也有人看不惯，说什么戒骄戒躁，年轻人要懂得谦虚。但更多的还是夸他的，少年人轻狂点，并没有什么可嘲笑的。

少年人本就该是这个样子，无所畏惧，勇往直前。

第三场比赛两个月后才进行，这一回是在国内，渚城赛场。

念好正好空着，于是就也去跟了现场。他们上一次在韩国跟拍的节目已经播出了，收到了很好的反响，被很多圈内人士转发，说感谢他们将摩托车这项运动介绍给更多的人了解，消除了很多人对骑手的偏见。

而贺江望在一场场比赛里，技巧也越来越纯熟，第三场也毫无悬念地拿到了冠军。

第四场、第五场、第六场都是。

只有第五场的时候，出了点小意外，当时有个车手几乎和他同时到达终点，裁判判了很久，最终确定贺江望比对方快了0.002秒钟。

贺江望这一回势头太猛了，外媒也写了很多关于他的报道，称他为天才赛车手、中国赛车界的希望。

而贺江望也最终收到了BUNB官方的邀请函，获得了参与BUNB赛事的资格。

小莫等人把那些媒体对贺江望吹的“彩虹屁”全打印了下来，在念好办公室里贴得到处都是，念好哭笑不得地说：“你倒也不必这么夸张。”

小莫说：“必要的，必要的，提醒后来的新员工，咱们小老板可不是好惹的，让他们都给我老实点。”

贺江望最后一场比赛比完的时候，已经是冬天了，念好看完直播后，高高兴兴地请了整个工作室里的人去吃火锅。

寒冬腊月，热腾腾的锅底，咕嘟嘟冒着泡。

大家都站起来，酒杯撞在一起，说恭喜小老板又达成一个目标！

他们不知道从什么时候起，开始喊贺江望小老板了，有时还故意在他们工作室的群里喊。

因为之前做专题的事儿，贺江望也被念好拉进了群里，而他们每次一喊小老板，贺江望就会发红包，发的钱还不少，念好也抢过几次……

当时还被贺江望嘲笑了，说她还抢员工的红包，念好眼睛乱瞟："就……随便点一下，一不小心就抢到了。"

然后贺江望一连给她发了好几个红包过来，说："让你一次抢个够。"

她发现她有点想念小朋友了。

火锅店里一直在播放着最近的流行音乐，耳畔全是嬉闹声，新一年快要来了，好像每个人都很开心。

她也开心，但是又觉得，如果贺江望在旁边就好了，她一定会更开心。

他们吃到深夜才散，念好今天坚持住没喝酒，车子还是自己开回去的。她把自己先前租的那个房子退掉了，直接搬进了贺江望的家里，车库距离他所住的那一栋楼还有一些距离，念好将车子开进车库后，才开始往回走。

两边的树木都凋零了，树上所剩无几的叶子还泛着枯黄色，流浪猫爬过墙头，念好低头，从包里拿出她随身携带的两盒猫罐头，打开，放到地上。

附近的流浪猫早就认识她了，也不怕她，很快就一晃一晃地过来了。有的胆子更大一点的，还用脑袋蹭了蹭她的手。

好可爱。

好想贺江望。

念好也不知道自己究竟是怎么把这两件事情关联在一起的，就是——看到一切美好的东西，就会下意识地想到他。

上次姜悦还笑她，说一直以为她是那种外热内冷的人，对谁都不会太热烈，当初和陈之南谈恋爱，被劈腿了，她发脾气，更多的也是因为被背叛的生气，而非感情受挫的难过。

她点了根烟，靠在贺江望家里的阳台上，笑看着念好："怎么回事啊？怎么这一次感情这么浓郁？"

念好抬手半挡住眼睛，想了好久，说"大概是太久没有感受到被人好好地、全心全意地爱着的感觉了吧。"

那种被绵密的爱包裹着的感觉，太美好了，太容易让人沉沦了。

又或者，是因为他太招人心疼了，他太好看了，他太可爱了……

她胡言乱语着，什么原因都往外扯，最后笑了笑说："哪有那么多理由啊？"

爱哪有那么多理由啊。喜欢一个人的时候，其实是想不到那么多原因，也没办法权衡利弊的。就是动心了，喜欢了，越来越喜欢了，离不开了，如此而已。

她又在原地陪流浪猫玩了一会儿，才把双手伸到嘴边，呵着气，往她和贺江望的家的方向走。

应该快要下雪了吧，天沉得不行，走到楼下时，突然看见一个人正倚着行李箱在门口站着。

他又长高了，穿着黑色的冲锋衣，里面是一件加绒的卫衣，卫衣的帽子露了出来。他正低头在手机上捣鼓着什么，路灯将少年的侧影映照得格外温柔。

没两分钟，念好的手机就响了起来，夜静极了，她手机的铃声飘荡在夜色里，格外突兀，是她前不久才换上的那首莫文蔚的歌。

"慢慢喜欢你，慢慢地回忆，慢慢地陪你慢慢地老去……"

贺江望闻声，抬起头来，四目相对，念好的眼眶忽地就红了，压了一晚上的情绪在这一刻倾巢而出。她甚至忘记自己是怎么行动的了，总之她跑了起来，包也扔在地上不管了，跳到男生身上。

贺江望没有防备，被她撞得往后趔趄了一下，但手还是稳稳地托住了她。

女孩的整个脑袋都埋在他的颈窝里，她的脸好凉，冰到了他脖子上的皮肤，没一会儿，衣领隐约被浸上了一点潮气。

女孩低低呜咽着，口齿不清地说："我好想你啊。"

她近来越来越直白地表达自己的感情，贺江望觉得自己整颗心都软了下来，他说："嗯，知道姐姐想我了。"

所以比赛刚结束，他就马不停蹄地回来了，甚至行李都是提前收拾好的，带到了赛场上，"鸽"掉了其他赛车手组织的聚会，风尘仆仆地从万里之外飞了回来。

念好就拖长了嗓音"嗯"了声，问他："累不累？"

整个人却仍挂在他身上，丝毫没有要下来的意思，贺江望托着她往上颠了颠，说："本来很累，一见到你，就不累了。"

念好"哦"了声，这才从他身上跳下来，转身回去捡自己的背包，又拉住贺江望的手，说："想带你去个地方。"

于是刚停到车库里的车子又被开了出来，贺江望连家门都没进，就连行李箱一起，被念好塞进了车子里。

路上行人渐渐少了，好像不记得路了，她开着车子像只没头苍蝇似的乱走。贺江望在副驾驶位上，已经睡着了，念好将空调的出风口对着他，又从后面把备用毛毯拿过来盖在他身上，脑海中才后知后觉地反应过来，他们现在在平城，不是雅川。

而她要找的那个地方不在这里。

大概恋爱谈久了，人真的会傻吧，冲动之下就来了，深更半夜的。

她将车子停在路边，也没再往前走，也没再回去，下车去买了两罐奶啤过来，就歪着头，边喝酒，边看贺江望睡觉。

手机里有饶飞新传过来的视频，好像是某次比赛结束后的聚会，在一个酒吧里，贺江望估计是被他们灌酒了吧，整个人看起来蒙蒙的，呆呆的。

有人让他去唱歌，他竟也没拒绝，晃晃悠悠走到台上，扶好麦，也没让人给他找音乐，就那样温温柔柔地清唱："假如我年少有为不自卑，懂得什么是珍贵，那些美梦，没给你我一生有愧。”

他就只唱这句，唱了一遍又一遍，最后不知望着哪个方向，忽然笑了笑。

“还好我年少有为不自卑，懂得什么是珍贵，那些美梦，能给你我一生无悔。”

嗓子有些哑了，声音里还含着些许鼻音，又哑又温软。

他竟然偷偷改了词。

念好鼻头忽然就有点酸，好不容易忍住的泪意，又铺天盖地地涌了上来。

人情绪浓烈时，也太矫情了吧？

她扭开了头，又喝了一口酒，淡淡的奶香味滚入喉咙，再回头时，却发现贺江望不知什么时候醒了。

估计还没完全清醒过来，眨了眨眼睛，整个人都透出一股无辜的茫然感来，和刚刚那段视频里的他意外地重合在了一起。

她抬头去捏了捏他的鼻子，小声说：“睡够了啊？”

贺江望“嗯”了声，还是有些迷茫：“这是哪里？”

念好顿时就有点不好意思了：“迷路了……”

贺江望：“……”

贺江望就轻轻叹了口气，说：“姐姐真行。”

念好：“一般一般，不要捧杀我。”

贺江望总算彻底清醒了过来，看着念好，轻轻地笑：“你刚刚是想带我去哪里？”

念好想了想：“一张长椅？”

贺江望：“嗯？”

念好说：“想去找我十六岁那年坐过的一张长椅，当时我坐在椅子上哭，椅子的另一头，坐着一个小朋友。”

她以前一直都没有仔细看过，那天看贺江望的比赛直播，才注意到他的车上系着的那个平安符似乎有点眼熟，只是当时因为后来贺江望输了比赛，她被转移了目光，一时把这件事忘记了。

前不久她才再次想起来，就在网络上搜索了一下有关他那枚平安符的信息，可能因为他戴太久了吧，论坛里相关的帖子还挺多，还有他们车队里的人近距离拍了大图发出来。

在那枚平安符的右下角，有用红色丝线绣的一个小小的“好”字。

好是念好的好，也包含着盼好、望好、愿好的祝愿。

某些久远的记忆断断续续涌入脑海，原来他们在那么久以前，就见过了。

她那段时间过得实在不好，每天烦心事一堆，加上年纪小，哭唧唧地把平安符送给他以后，转头就忘记了这个事。

等后来再想起来的时候，已经想不起来他的名字了，也找不到他了。

他们没有留地址，也没有留任何联系方式，茫茫人海，弄丢一个人，是多么容易的事啊。

她完全没有想到他们会再次遇到，更加没想到，她那时无意间的一个小举动，他会记这么久，念这么久。

她的小朋友，真的有好好长大，不仅好好长大了，而且也的确如她当时所言，不抽烟，不打架，有好好学习，有努力追逐梦想。

车窗紧闭着，因为车子熄火有一会儿了，空调的暖气也渐渐散掉了。

冷空气混杂着奶啤的气味，一点一点渗到两人之间。

女孩的嗓音格外轻柔，眼睛也是水亮亮的，她没有看贺江望，而是将头转向了另一边。另一边有座公园，公园边也有长椅，长椅上似乎坐了个人，在那里坐了好久，不知道是遇见了什么伤心事。

城市里的人，好像每一天都在承受着各种各样的悲伤，有人熬过来了，有人熬不过来。

贺江望张了张嘴，心里好像有很多要讲的话，可他突然一句也说不出口了。

他的脸绷着，不是因为生气，就只是单纯笑不出来了。他拉开车门下去，风好凉啊，毫不留情地拍打在他身上。

他发现念好总能在他想不到的地方带给他惊喜。就像那时候，他以为她不会跟他讲情话的时候，她突然讲了；就像今天，他本来早就已经做好她不会记起那年初遇的事情的时候，她不但记起了，还千方百计地在这个寒冷的冬夜，横冲直撞地带他寻回记忆。

虽然地方找错了吧，但那一份真心很珍贵。

他抿了抿唇，看到念好从另一边也下来了。

女孩穿得很厚，围巾、帽子一样没落，她的脸上挂着很温柔很温柔的笑，让人想到山间的春风，想到冰融时的第一口清泉，想到年少时系在窗口的丁当响的小风铃。

然后她就那样笑着，慢慢地朝他走来，一直走到他跟前，站定，拉住了他的手。

她说："辛苦了啊，我们贺江望小朋友。"

这么多年，真的辛苦你了。

辛苦你一直在用力生长，辛苦你对抗住了所有苦难。

辛苦你一直在用力地奔向我。

她心里的情绪快要溢出来，贺江望心里的情绪也快要溢出来，两杯满满的水撞在一起，却柔软得不可思议。

雪不知什么时候又落了下来，念好转身，从车子里把自己的背包拿了出来。

背包里装了好多东西，全被她倒在了地上，她低着头在里面翻找了好久好久，终于翻出了一枚崭新的红色荷包。

一模一样的花纹，一模一样的大小，她弯起了眼睛，将荷包递到男生的面前。

“送你了！”

贺江望抬了抬眸，声音有些哽咽地问：“什么？”

“平安符。”念好故意夸张地说，“红色是我的幸运色，这是我的平安符，跟了我很多年的。”

贺江望低头看了一眼，眼里终于蓄起了一点笑意，说：“哦，不是刚做的吗？”

画面与多年前那一幕奇异地重合在了一起，但又分明有什么不一样了。

他虽然不配合，但念好还是硬着头皮说了下去：“希望我们贺江望小朋友啊，一生平安、健康、自由、快乐。”

她垂下眼，拉起他的手，将那根红线一点一点地绕在他的手腕上，又将另一根红线绕在了自己的手腕上。

贺江望乖乖地任她折腾。

她仍在说：“所以，我们贺江望小朋友，一定要好好长大，不要抽烟，不能乱喝酒，好好学习，要特别特别勇敢地往前走……”

不要回头，不要停留。

因为啊——

因为，我正在未来等着你。

番外一

老板和她的小朋友

余生漫长，如果能和喜欢的人一起走，应该是一件相当幸福的事吧。

问题：和年下谈恋爱是什么感觉？

匿名用户：

谢邀，没有男朋友，更没有年下男朋友，不过如果非要让我说的话，我可以给你们分享一下我们老板和她男朋友的故事。那就暂且跟我们老板一样，称男朋友为小朋友吧。

我进公司比较晚，那时老板和小朋友已经在一起三年多了，不过我以前在热搜上看到过关于他们的八卦。当时虽然觉得还挺甜，但是你们也知道，网络上那些情侣，很多都是作秀，所以我在年少轻狂的时候，以为我们老板和小朋友也与那些人一样，单纯为了炒作……

当然我后来被狠狠打了脸。

我第一次见到小朋友是在我来到公司的第三天。

我们公司是做自媒体的，工作氛围什么的都比较轻松自由，加上只要好好完成任务，其他的事我们老板也不怎么管。

那天下午快下班了，整个办公室里的人几乎都在"摸鱼"，我们正在讨论下班后去吃什么的时候，突然前台的小姑娘不知冲着谁大声喊了句："小老板好！"

我当时还不知道小老板是谁，但因为我刚毕业嘛，出于对于老师／领导这样的人有一种本能的发怵，所以我一听到"小老板"这三个字，就下意识地关掉了群聊并坐直身体，假装成正在认真工作的样子，然后就听到我旁边的同事突然笑了一声说："哎，你别怕。

"没关系的，是老板她男朋友。"

同事话音刚落，小朋友就走进来了。

我还记得他那天好像是穿了件蓝色的牛仔外套，戴着鸭舌帽，个子巨高，人巨瘦，往那儿一站，就让人特别想跟他谈恋爱。

……

对不起，老板，是我僭越了。

虽然我之前在网上看过很多他的照片，但第一次见到真人，还是被他的脸惊艳到了。他长得不是那种特别张扬的类型，反而有点冷淡，但五官和轮廓都绝美，不怎么笑，看到我们就点点头，然后就直接进老板办公室了。

看起来极其不好惹。

当然现在我已经知道了，小朋友并不是不爱笑，只是我们凡夫俗子不配看到罢了。（微笑）

哦，进去之前，我们有个同事还小声跟他说了句老板最近胃口不好，中午又没吃饭，他的眉头当即就是一皱，看起来更加不好惹了。

我瑟瑟发抖……

但隐隐约约又觉得自己被秀到了？

但我们老板和小朋友在公众场合其实不怎么秀，那段时间小朋友正在实习期，对，没错，小朋友比老板小四岁，当时还在读书，已经是大四的最后一学期。

但你们不要因此而觉得小朋友怎么样，他很厉害的。

他虽然年纪小，但好像是十二岁还是十三岁就出来赚钱了？不是童工，他那个职业反正还蛮特别的，为了避免你们猜出来是谁，我就先不具体说是什么了。总之他的房子、车子什么的都是自己买的，也为国争过光（没错！），是很多人的偶像。当得起一句“年少有为”。

他大学不是在P城读的，而是在Y市。插一句，他跟我们老板当初念的是同一所大学，在某种程度上也算是我们老板的学弟了。

可能是读书期间两人异地太多了吧，所以每次见面他们都特别黏糊，他实习那阵子，几乎天天往我们公司跑。他其实有自己的职业，读大学就单纯是为了丰富自己的，所以他并没有针对自己大学所学的专业去实习，仍然每天在做着自己的本职工作。

但他的本职工作，忙的时候虽然很忙，但闲的时候也确实挺闲的。

那段时间，他每天过来的时候都会提着一个保温桶，一开始我还以为是他从外面给老板打包的吃的，后来才听老板的助理八卦说，那些都是小朋友根据老板的口味亲手做的。

妈呀，震惊。

会做饭的男生，真的很少见，而且他煮的东西应该挺好吃的吧？我经常隔着门都能闻到香味，所以每次都一下班就立马奔去吃东西……我现在长这么胖，老板和她的小朋友没有一个人是无辜的！

扯远了。

我以前一直以为年下恋应该会很辛苦，尤其像我们老板这样，比小朋友大了四岁，而且他还在读书，加上男生本来就比女生晚熟，总觉得两人交流起来应该会很困难。

但自从见到小朋友以后，我才发现事情完全不是我想的那样的。

他们两个的相处，怎么说呢？看起来不像是谁纵容谁、谁迁就谁，而完全是互相宠爱。

打个比方吧，我们老板虽然年纪也不大，但整个人给人的感觉还挺冷的。她和小朋友的冷不一样，小朋友那是年轻男孩儿的酷，外表看着冷淡，但心里是滚烫的。我们老板虽然总是一副很温暾的模样，但总觉得她心里其实对大家都很疏离。

强调！没有说老板不好的意思！

就是感觉她很少有什么特别激烈的情绪，哪怕生气的时候，整个人看起来都还是比较冷静的，不会有特别大的爆发。

但是在小朋友面前，她就好像变了个人似的。

我记得有一次，下了好大的雪，我走到地铁站的时候，才想起来自己有东西落在办公室了，就又走回去拿。结果我刚走到楼下，就看到小朋友正撑了把伞在门口站着，然后我们老板穿着好厚好厚的衣服，蹦蹦跳跳从大厦里走出来，一头就钻进了小朋友的怀里。

天哪，我当时真的被甜死。

那天我们加了个班，下班还挺晚的，当时别的同事都走完了，加上下雪，路上也没有什么行人，老板可能以为不会有同事看见吧，所以就比较放肆。

他们没看见我，俩人在那里对话。

老板："好冷好冷。"

小朋友："早就说了让你多穿点。"

老板："我都被你裹成熊了，好丑。"

小朋友笑："不丑，姐姐这样很可爱。"

我：？？？

我就回来拿个东西，为什么要被这样塞狗粮啊？

这样的对话特别多，当然，每一次我都是因为各种巧合无意间窥见的，有一些是听我同事讲的，但想一想，可能是因为他们的日常就是这么甜吧，所以我们随便一偶遇，就会被甜到。

然后还有一段时间，我们老板前男友投资的一个工作室，由于各种各样的问题做不下去了，她前男友就开始来找我们老板的碴儿。

对了，前男友之所以投资那个工作室，就是为了硌硬我们老板的，因为那个工作室的负责人是从我们公司出去的叛徒。

反正可能就是那种"我好不了，你也不能好"的心理吧，也不知道我们老板以前到底为什么会看上他。总之这个人，又蠢又坏，但是他有钱，总是挑一些有的没的的东西，拿出去造谣、散播，让营销号发出来，然后我们就不得不去公关，去辟谣。虽然我们"身正不怕影子斜"，但老是有这样的事，还是挺烦的。

其实我们老板家里也超有钱的，你们想象不到的那种有钱，但是因为她家里的公司现在基本上是她继母和同父异母的弟弟在管，她不想去跟他们求助嘛，所以就打算自己解决。

当然这件事她一开始也没有告诉小朋友，倒不是故意想瞒他，主要是小朋友那段时间有一场很重要的比赛，每天都在训练。

但后来小朋友还是从别人那里听说了，当天来公司找我们老板，我真的第一次看他气压那么低，当时我们整个办公室里的人都被他吓得不敢说话了。

然后我们就听到他跟老板在办公室里吵，其实也算不上是吵架，因为两个人的情绪都还挺克制的，大概因为实在太爱对方了吧，所以根本说不出一句重话，也不愿意让任何冲动的情绪伤害到彼此。

他们争执的大概内容就是小朋友问老板为什么不跟他讲，而非要一个人撑着？老板就说不想耽误他比赛。俩人吵吵半天，最后小朋友就叹了口气说："比赛是我很重要的事，你也是我很重要的事，下次再遇见，要跟我讲，我不会耽误比赛，也不想耽误给你撑伞。"

小朋友年纪轻轻，怎么这么会说情话啊？

呜呜呜，这该死的爱情，又害得我流泪了。

然后没过几天，前男友就不再找老板的麻烦了，只知道是小朋友解决的，我至今不知道是怎么解决的。可能男生之间解决问题，有他们自己的办法吧。

补充：

看到好多人都在问，我来解释一下，老板没有那么可怜啦！

而且我们老板在总公司里是有自己的股份的，只是她为人比较佛系，不爱争这些东西，因为她当下手里拥有的，已经够普通人活好几辈子的了。

人生在世，也没有必要非在自己手里攥那么多东西，东西在手里，就得经营，也太累了。

老板是很会享受生活的人，也不愿意被那些东西桎梏吧。

她经常和小朋友一起去旅行，看极光，看日出日落，看山川湖海，我觉得她完全过着我的理想人生啊。

不愁吃穿，做着喜欢的事，和很喜欢很喜欢的人谈着恋爱。

就，特别好。

第二次补充：

“老板在小朋友面前变成了小女孩，不知道小朋友在老板面前是什么样的？”

在评论区看到这个问题，我来回答一下吧，我才发现我居然忘记说这个了。

我看到有人已经猜出小朋友是谁了，那你们应该也知道他平时在大众面前是什么样的吧？我只能说，他在我们老板面前和在外边，完全就是两个人。

我记得有一次，小朋友好像是胃病犯了，因为他很小的时候就没了家人，加上职业的原因，经常会顾不上吃饭，所以长此以往，胃就落下了些病根。

那两天我们工作室在策划一个新的项目，每天忙得不可开交，所有人都在加班，有的人甚至夸张到把被子带到了公司，就在公司睡觉。

有两个晚上老板也没回家，然后小朋友就在这里陪她，我们那天订的夜宵是川菜，但我们老板其实不太能吃辣，但小朋友还是挺能吃辣的。

所以那天老板刚把菜打开，小朋友就直接上筷子把她碗里的辣椒都夹走吃掉了。

他当时胃病还没好呢，直接雪上加霜，我们老板气坏了，想骂他，又觉得心疼，只能冷着脸说：“HJW 你是不是傻？”

然后小朋友就笑得特别甜，一脸讨好地看着老板说：“我错了，姐姐不要生气。”

你们可以想象一下，就是那种软软的撒娇的语气。

他当时胃应该真的挺疼的，我看他一直皱着眉，额头上都是汗，但还是拉着老板的手不停说："只是习惯了，我下次不这样了。"

表情特别认真，小心翼翼的。

因为每次老板碗里的辣椒都是他帮忙吃掉的。

唉，我当时真的听得心都化了，瞬间也想去找个小男生谈个恋爱了……

最后是我们老板开车把他送到了医院，俩人一起老老实实被医生骂了一顿，嗐。

最后一次补充了。

我真是皮都被你们扒干净了。

你们知道吗？小朋友居然看到了这个帖子，也不知道是哪个讨打的家伙发给他的，因为他一般情况下是不会逛这些论坛的，不然我也不会写得这么放肆。

昨天他突然给我发微信，问我这个是不是我写的，那个时候，我真的冷汗都要出来了，生怕自己被他暗杀掉（开玩笑），结果他停了半天，忽然莫名其妙地给我发了个红包，并说："写得不错。"

我：？？？

我觉得他肯定是在讽刺我，想用钱封住我的嘴，所以这个帖子就到此为止吧，我就不再更啦！

很有幸窥探到美好爱情的一角，也很开心能将这点美好与大家分享。相信真实的他们的生活，要远比我们看到的更美、更好。

那就祝福吧！

也祝大家也都能在生活里，遇见自己的爱情。

余生漫长，如果能和喜欢的人一起走，应该是一件相当幸福的事吧。

虽然不知道那个人在哪里，但相信我们终会相遇。

最后，悄悄告诉你们哦，老板和小朋友准备结婚了，到时候，热搜见（笑）。

番外二

弟弟生气了怎么办

一 生 喜 乐 ， 一 生 炙 热 ， 一 生 温 柔 。

【×× 论坛 - 生活区 - 闲聊区】

标题：弟弟生气了怎么办？

0L（楼主）

如题，弟弟生气了要怎么办啊，该怎么哄才会比较有效呢？

1L

楼主还没说，弟弟为什么生气啊？

2L

弟弟多大了，怎么还跟姐姐生气？

3L

现在的小孩，一个个脾气大得很，我劝楼主不要理他，过两天自己就好了。不要惯着他。

4L（楼主）

是这样的，今天我一个大学同学约我出去见面，出去了我才知道，那个同学不是自己来的，她还带来了一个大学的时候追我追得很疯狂的男生 Y。

我当时虽然觉得不太高兴，但也不好直接走人嘛，所以就硬着头皮和他们一起去逛了会儿，结果 Y 突然提议说要去看电影。看电影就看电影呗，他又非要买爆米花，买可乐，塞我一手。然后由于我手里抱太多东西了，没看清路，差点摔倒，Y 就在后面扶住了我。

当时我跟他的姿势应该蛮暧昧的……

就在这时，我看到小朋友和他几个队友刚好从另一个放映厅里走出来，几个人当时就是一愣，然后小朋友的脸直接就黑了。

5L

小朋友是弟弟吗？楼主这个称呼还挺宠溺。

6L

不是，我没懂，弟弟为什么要生气啊？难道以为 Y 在故意占你便宜？

7L

我可以冒昧地问楼主一下吗？弟弟是你亲弟弟吗？因为总觉得他这个状态，好像在吃醋？

8L

楼上脑洞好大……

9L（楼主）

哦，是我没说清楚，小朋友不是我亲弟弟，是我男朋友。

10L

？

11L

？？

12L

男朋友就男朋友，为什么要说是弟弟？是我不懂现在年轻人的情趣了？

13L（只想吃糖）

就是你不懂！啧，叫弟弟什么的真的太甜了，楼主快点继续讲，我已经搬好小板凳坐下准备吃糖了。

14L

楼上的姐妹倒也不必如此……

15L（楼主）

啊，叫弟弟是因为……我就觉得是个年纪比较小的小朋友嘛，所以哄他的方法应该和哄弟弟差不多？但我如果直接说男朋友，你们肯定让我用哄男朋友的方式哄他了，所以还不如直接说是弟弟。

16L

哈哈哈，楼主是笨蛋吗？男朋友和弟弟怎么会一样？

17L

楼主这逻辑我也是服了……

18L

我笑到在床上打滚。

19L（楼主）

你们笑点也太低了！

20L（只想吃糖）

所以还是年下恋吗？哇哇哇，更甜了！

21L

所以男朋友肯定是吃醋了啊，你想象一下，他看完电影刚出来，就看到自己女朋友和别人搂搂抱抱，能不吃醋吗？楼主快点想想怎么哄好他吧。

22L（楼主）

所以我这不就来求助了吗……

23L（只想吃糖）

然后呢？小朋友看到你跟Y姿势暧昧，他当时有没有说什么啊？楼主有没有解释清楚？

24L

自从知道弟弟是男朋友以后，再回想开头那一幕，真的是修罗场……

25L

是的，哈哈哈，我想一想都要窒息了。

26L（楼主）

你们还笑，真是没良心。

我前面说过了，小朋友当时脸就黑了，然后我也挺尴尬的，我那个大学同学估计是认出我男朋友了，我看她也是一副不知所措的样子。

然后小朋友对着我们的方向抿了抿唇，我就想挣开Y的手去跟小朋友说话，结果Y不知抽什么风，死活不松开。当时电影院里人还挺多的，我怕弄出太大动静，就只是小声跟Y说让他松手，他看了我一眼，突然低头附在我耳边说了句："那我们先进去了，在里面等你。"

然后他才接过我手里的爆米花和可乐，跟我同学一起检票进去。

总觉得这个情况更加糟糕了……

27L

气死我了，气死我了，气死我了！Y好心机啊！他就是故意的吧！

28L

楼主你这个同学也很奇怪啊，她明知道你有男朋友，为什么要带着Y来找你啊？

29L（楼主）

不知道，可能就是顺便一起来了？

30L（只想吃糖）

后来呢，你同学和Y进去以后，小朋友有说什么吗？

31L（楼主）

Y跟我说完话以后，我想转头去找小朋友呢，突然发现他不知道什么时候已经走了……

32L

……

33L

那你追出去了吗？

34L（楼主）

没有，当时电影快开始了，检票员一直在那儿喊快点进去、快点进去，我心里一急，想着我同学大老远来平城找我，我如果丢下她好像也不太好，就先进去了。

我现在就是在电影院里和你们聊天，因为我坐在这里，越想越觉得事情的走向好像不太对……

35L

我的天，我真是被你气死了，男朋友都生气了，你不赶紧去哄他，还有心情看电影？

36L

岂止不对，是大错特错了啊，你当时就应该直接追上去的啊，哄完男朋友，晚上请你同学吃个饭赔罪就好了，你看看你，你到底在干什么？

37L（楼主）

唉，我当时就是心里有点慌，又想，假如我追过去解释，是不是显得太欲盖弥彰了，所以觉得还不如坦坦荡荡和Y他们看电影，这样也能从侧面证明我和Y真的没什么……

38L

你这么想也没错，但感情这种东西，它是很感性的，你男朋友理解是一回事，但是你连哄都不哄他，他多少会觉得有些委屈吧。

39L

楼主别看电影了，就跟你同学说你临时有事，赶紧先出去找你男朋友吧。

40L

对啊，电影什么时候看不行？况且你现在的样子，估计也根本看不进去的。

41L（楼主）

好的，我已经出来了。

我出来的时候，Y居然也跟出来了，我同学没有跟出来，我就趁这个机会跟他讲清楚了，我说我已经有男朋友了，虽然不知道他来找我究竟还有没有那个意思，但都希望可以停止。

他问我男朋友是不是刚刚那个穿着粉红色卫衣的男生，我说是的，他就说看起来好小啊，又问我："你怎么会喜欢这么小的小男生？和我在一起不好吗？"

真的让人很无语……

这些人为什么都自我感觉这么良好啊？

我家小朋友虽然穿着粉红色卫衣（其实是我逼他穿的，哈哈哈），但压根儿一点都不显女气好不好？因为他个子高，大概有一米九的样子，然后平时除了对我笑、对我撒娇以外，在外人面前一向是生人勿近的。而且他虽然比我小四岁，但已经事业有成、年少有为，Y 到底哪来的自信认为他比我家小朋友好？

42L

我合理地怀疑楼主在炫耀……

43L（只想吃糖）

不枉我等到现在，在外人面前生人勿近，在楼主面前却是个小甜甜，我真的嗑到了！

44L（楼主）

然后我就打开了小朋友的百科给 Y 看，我说你真的觉得你比他好吗？

他以前大概没怎么关注过我男朋友，拿着手机看了一会儿，脸色越来越不好看，最后看起来很生气地走掉了。

我刚刚给小朋友打电话，他正和朋友一起在打游戏，我现在开车去找他，晚点再和你们说。

45L

楼主见到男朋友一定要好好解释啊，他既然愿意接你电话，就说明没有真的很生气，你语气好一点，把事情讲清楚就好了。

46L

哈哈哈，我们也是很闲，居然在这里给人调解情侣矛盾？

47L

毕竟周末嘛……

不过小朋友居然还有百科，听起来应该还是个名人？

48L

不会是哪个明星吧？既然敢去电影院，说明应该不太红，而且根据楼主的描述，小朋友似乎容貌很出众，也不知道哪个180线爱豆的粉丝房子又塌了……

49L

我天，不会吧？

希望不是我家那个小糊爱豆，最近总觉得他好像谈恋爱了。

50L

爱豆胆敢谈恋爱，都给我糊穿地心！

51L

楼主都没出来说话呢，我们还是不要瞎猜了，免得到时候猜错了还尴尬……

52L

是啊，也不知道楼主找到小朋友没有。

……

101L（楼主）

找到了，天哪，你们怎么聊了这么多。

小朋友不是明星啦，不过他的职业，是那种竞赛性质的。或者更确切一点讲，也属于运动员的一种吧，所以知道他的人也蛮多的。当然也因为他长得好看。

他离开电影院后，就一直和他队友一起在电玩城里打游戏，就是那种对着屏幕骑摩托的游戏，也不知道到底有什么好玩的，他天天骑也骑不够……

果然还是小孩子啊。

因为我提前给他打过电话，所以他知道我要来，可能是怕我迷路，就一直站在电玩城门口等着我。

不得不说，我男朋友真的好看，我到的时候，有两个女生正在和他搭讪，他可能心情不太好吧，脸上半点笑意也没有的，但还是很礼貌地和那两个女生说："对不起，我有女朋友了，为了避免误会，不能给你们留联系方式。”

等那两个女生走掉以后，我才过去的，他好像早就看到我了，就靠在那里悠悠地看着我，说：“姐姐看戏看够了啊？”

102L

天哪，天哪，天哪，姐姐看戏看够了啊，也太甜了吧！他居然叫你姐姐，这是什么甜蜜称呼啊！

103L

本来以为是情侣关系调解楼，万万没想到是个撒狗粮的楼，我……告辞！

104L

我好喜欢“小朋友”这样的性格啊，虽然不高兴，但绝对不会让自己被情绪控制。明明还在生气呢，但一听说楼主要来找自己，还是乖乖地在门口等。呜呜，为什么别人的男朋友都这么甜？

105L

只有我想看看男朋友到底有多好看吗？楼主能不能分享一下照片啊？

106L（楼主）

照片我就不分享啦，要保护一下隐私。

现在我和我男朋友在滑旱冰的这个地方坐着休息呢，他队友们还在那边骑摩托。

电玩城里人好多，我被吵得耳朵都要聋了，我男朋友估计心里的气还没消，拉我去买奶茶的时候，就在那边说：“可乐不好喝吗？爆米花不好吃吗？姐姐电影看完了吗，怎么提前出来了？”

我们旁边站着一个女生，就一直用一种很诡异的目光看着我们，我被她看得都有点不好意思了，就问小朋友：“我脸上有什么东西吗？”

小朋友说：“有，左边脸上写着‘我是清白的’！右边脸上写着‘亲爱的不要生气了’。”

我："……"

旁边的女生看我的眼神更加诡异了。

107L

哈哈哈，我，笑死了啊，男朋友真的有毒。

108L

楼主下次不要再说小朋友冷淡又冷酷了，我看他这不是挺幽默的吗，哈哈哈！

109L（只想吃糖）

我……我说不出话来了……

110L

只想吃糖是被甜疯了吗？

111L（只想吃糖）

不是，妈呀，只是没想到我第一次追直播帖，就能撞上本人，我到底是什么运气啊？

112L

?

113L

什么意思，只想吃糖是遇见楼主和她男朋友了吗？

114L（只想吃糖）

实不相瞒，我就是楼主说的那个眼神很诡异的女生……

我今天是陪我弟来打游戏的，哦，强调，是亲弟弟，和楼主的弟弟不一样。

然后我等得无聊嘛，就想去买杯奶茶喝，然后就看见旁边走过来一个穿着粉色卫衣的男生，好高、好瘦、好白，不知道怎么形容，感觉又"奶"又跩？我当时就想到楼主说的她男朋友今天也穿着一件粉色卫衣，本来想偷拍一张照片问问楼主是不是她男朋友呢，紧接着就看见他又拐了回去，然后从人群里拉出一个女孩。

估计是人太多了，把楼主挤到后面去了吧。

楼主也超好看啊，也超瘦、超白，个子在女生里应该算挺高的？然后声音好软啊，好可爱，一直在跟男朋友撒娇。

我本来还不确定到底是不是他们俩呢，刚刚看到楼主的留言，我现在可以确定了。

呜呜，今天也是为绝美爱情流泪的一天。

114L

哇，也太巧了吧！羡慕只想吃糖，我也好想看看帅哥美女的组合哦！

115L（只想吃糖）

是真的很好看，颜值放在娱乐圈里也绝对不输的那种，想到这里我也释怀了，没有楼主那个颜，我也不敢和男朋友这样的人谈恋爱。

我不配……

116L

不要妄自菲薄！每个人都有属于自己的闪光点！

117L（只想吃糖）

哈哈哈，我知道啦，我就是随口那么一说，并没有因此而看轻自己，我也超美的！

118L

没错！

所以楼主去哪里了啊？楼主还来更吗？跟男朋友和好了吗？

119L（只想吃糖）

他们现在还在滑旱冰的那边坐着，因为那边有一排椅子，我坐到了他们附近，不知道他们前面聊得怎么样了，只知道现在楼主正在和男朋友说："你要是实在想知道可乐好不好喝，爆米花好不好吃，电影好不好看，我们不如再回去买张票，进去看一下？"

哈哈哈，有毒啊！他们怎么还在说这个？

120L

众所周知，情侣在一起，就很爱讲一些废话。

121L

楼上肯定没谈过恋爱，才不是废话，是跟喜欢的人在一起，任何枯燥无聊的小事情，都是有意义的啊。

122L

然后呢？男朋友说了什么？

123L（只想吃糖）

男朋友的脸瞬间就绷起来了，问：“所以你还想回去？还想和那个人一起看电影？”

哦，估计他们前面已经把Y的事情解释清楚了，因为我看男朋友提起他的时候，还蛮坦然的。

然后楼主就委屈巴巴地说：“是你想看，我这不是为了满足你的心愿吗？哪怕我已经看过了，吃过了，但只要我们家小朋友让我陪，我就万死不辞。”

?

看个电影而已，用得着吗？

124L

只想吃糖，你是不是忘记你的初心了？你不是为了嗑糖而来的吗，怎么现在还怪人家腻歪了？

125L

我已经被甜晕了，楼主也好会讲情话啊！在这栋楼里我学习了很多，感谢！

126L

哈哈哈，然后呢，然后呢？

127L（只想吃糖）

他们现在去玩那个跳舞机了，我笑死了，他们在跳一个女生的宅舞，一开始是楼主先跳的，跳得超美、超好看，然后没两分钟小朋友就被拽了上去，他好像很不情愿，一直在说："姐姐你放过我吧，我回家单独给你跳不好吗？"

楼主："你害羞什么啊？你上次不还在大学城里跳了？"

男朋友一脸忍辱负重："当时喝酒了，脑子一热……"

楼主："但我想让你陪我欸。"

我的天，楼主简直犯规，怎么可以这么甜。

小朋友瞬间就一副被楼主萌到了的表情，也声音特甜地说："好吧，都听姐姐的。"

现在他们在跳舞了，男朋友跳得居然还不错，啧。

128L

啊啊啊，我现在在房间里疯狂尖叫，甜死我了，甜死我了！

129L

看完以后好想谈恋爱啊！

130L

看完以后，好想跟男朋友分手啊。

131L

？冷静！

132L

不要冲动，我们看到的肯定都是好的一面，两个人平时相处时的那些琐碎细节，是外人看不到的，说不定别人看你和你男朋友的故事，也会觉得特别甜呢！

133L（HJW，妈妈爱你）

插个楼，不知道为什么，听楼主的描述，总觉得小朋友很像我偶像……

134L

楼主不是说男朋友不是明星吗？

135L

看到133L的ID，确定我们有着同一个偶像，说实话，我也觉得有点像……包括他和女朋友的相处方式，以前看过一点爆料，感觉都对得上。

136L（HJW，妈妈爱你）

我偶像不是明星啦，是个赛车手，叫贺江望，你们可以去搜一下，他超厉害的。

137L（只想吃糖）

我来继续转播，哈哈哈，估计楼主已经把我们遗忘了。

他们跳完舞了，刚刚那边围了好多人，可能因为俩人的长相都实在太惹眼了吧。小朋友一看就是没有舞蹈功底的那种，但他身体还蛮灵活的，看一遍就能记住动作了，所以整体看起来就还行。

然后有人估计想找碴，或者是故意想在楼主面前表现一下吧，就想找小朋友Battle（较量），楼主就在旁边一脸看好戏的样子，说："贺神，加油！贺神，加油！"

贺神？好奇怪的名字。

138L（HJW，妈妈爱你）

……

139L

哈哈哈，楼上真实演绎什么叫"吃瓜吃到自己家"。

140L

所以小朋友和那个人Battle了吗？

141L（只想吃糖）

没有，小朋友就直接特别淡然地问："理由呢？我为什么要跟你Battle？"

那个人大概没想到会被这么问，整个人蒙了半分钟，然后说："你是不是输不起？”

小朋友：“是啊，输不起。”

那个人：“？”

围观的人：“？”

哦，我忘记说了，那个人要求的赌注是：如果小朋友输了，楼主就得跟那个人一起跳舞。

142L

好恶心，凭什么就让人当赌注，经过别人同意了吗？也太不尊重人了吧。

143L（只想吃糖）

是的，小朋友也说了，小朋友说：“如果你把赌注换成，如果谁输了，就把在场所有的人今天在这里的消费都报销了，我就跟你比。”

然后那个人骂骂咧咧地说：“谁要跟你比这个啊？！”就走了。

我真的看不起他。

144L

㞞了吧？这种人就是太缺乏社会的毒打了。

145L

不过小朋友说“输不起”，我又嗑到了。

146L（只想吃糖）

好啦，现在他们已经离开电玩城了，好多人一起，都是男孩子，可能就是楼主说的男朋友的队友吧。

我和我弟也准备离开了，那就最后祝福一句啦，祝楼主和男朋友能一直这样甜下去！

还有，你俩超配的！

147L

你俩超配的！

148L

今天的狗粮吃得很开心，刚刚去搜了一圈贺江望的信息，啊，是真的牛，也顺着网线看到了楼主的照片，楼主也是真的牛。

为神仙流泪，为神仙爱情流泪。

祝你们永远相爱！

149L

我也刚搜完回来，啊，有被震撼到。

150L

我现在在外面呢，懒得去搜，有人科普一下吗？

……

284L（楼主）

刚回到家，看到消息，你们怎么这么能聊啊。

小朋友已经不生气啦，我们刚刚一起去吃了火锅，吃火锅的店离我们家不远，车子就让他队友们开回去代步用了，我们俩一路顺着马路走回来的。

春天到啦，路两边开了很多花，昨天刚下过雨，不过今天的天晴得还挺好看的。晚上有星星，路边还有老爷爷在拉手风琴，不知道是哪个国家的音乐，还蛮好听的。

我看气氛好，就状若无意地问小朋友，今天在电影院里是不是特别生气。他说也没有，只是当时心里感觉被撞击了一下，明知道自己那么做是不对的，但还是控制不住吃醋了。然后他就弯下腰，点了点我的鼻子说："对不起，让姐姐担心了。"

我当时简直要哭了。

我的小男孩怎么这么懂事啊？我有时候倒希望他不要那么懂事，可以随便对我任性，随便对我发脾气，因为我们是这个世上最亲近的两个人呀。

后来我们就一直那样手拉着手回家了。

现在小朋友在浴室里洗澡呢，我在这里翻看你们的留言。

总之，很感谢你们呀，虽然素不相识，但还是不厌其烦地帮我出了很多主意，也很开心你们能喜欢我和小朋友。

大家的祝福我都收到啦！

也祝你们，在以后的日子里，平安、幸福，也能遇见自己喜欢的人，然后相爱、结婚，一生喜乐，一生炙热，一生温柔。

后记

他心有猛虎，
偏为她留着一寸温柔

后 来 啊 ， 他 真 的 做 到 了 。 也 真 的 等 到 了 。

这个故事，最初的灵感来源于李荣浩的那首《年少有为》，单曲循环了好多遍。有一天我突然想，不如就去写个故事，少年年少有为，并没有错过他的姑娘，于是就有了故事里贺江望的那一句改编："还好我年少有为不自卑，懂得什么是珍贵，那些美梦，能给你我一生无悔。"

但写到后半段时，我听得最多的却是莫文蔚的《慢慢喜欢你》。

有一天凌晨，写到念好在贺江望家楼下，在路灯昏黄的光里，听着莫文蔚的《慢慢喜欢你》，心里忽然涌起一阵冲动，抱着贺江望的手臂，软着嗓子对他讲："我好喜欢你啊。"

"我好喜欢，好喜欢你啊。"

我当时坐在屏幕前，泪流满面。

其实并没有什么动人的句子，我自己也不是非常清楚自己流泪的点究竟在哪里。

可能是我当时代入了贺江望的视角吧，少年从十二岁时第一次见到念好起，就一直将她记在心里。这么多年，他这样小心，这样努力，终于走到她面前，所以这一句"喜欢"，他实在等了太久。

也实在等得不易。

而在念好的角度，说出这句"喜欢"的时候，她心里的某些防线，其实也是被冲破了的。

——终于决定卸下心防，终于决定不再有所保留，就大胆地、不顾一切地去爱。

我更多的可能是被这种义无反顾的孤勇感动了。

成年人的世界，总是计较太多，防备心过重，已经很难纯粹地去爱。

而念好在说出这句话的时候，她怀抱着的却恰是"明知山有虎，偏向虎山行"的勇敢，是哪怕知道以后有可能会受伤，这一刻我也愿意完全地信任你、完全地去爱你的热烈。

这种热烈，于我而言，是很难得也很珍贵的东西。

也幸而，我们贺神也是个很好的男孩子，他一样爱她，一样炙热与赤忱，甚至早在她这样炙热、这样赤忱之前，他已经这么做了很多年。

老实说，这个故事的开头，我其实写得并不顺利，甚至可以称得上有些痛苦。

因为当时连载在即，为了避免杂志“开天窗”，所以我心里还只是有个模糊影像的时候，就被赶鸭子上架似的写完了前面两万字。写完之后，就迅速地拿去连载了，所以写得不满意的那一部分，也没有机会再修改。我那段时间纠结到不愿意打开这个文档，本来定好的完结日期，也被我一拖再拖，每天最害怕的事，就是编辑给我发消息催稿。

后来好不容易找到一点状态，写到中间时，新的问题又出现了。因为这本书我想要尝试一点新的东西，故而特意将男女主的人设和关系同我以前比较擅长的那种做了一点区分，所以写到某个阶段时，我突然发现我有点处理不好了。

处理不好念好对贺江望情感态度的转折，因为她前面一直表现的都只是把他当弟弟，所以她究竟要怎么做，才能顺其自然地接受这份感情呢？

这个地方我又卡了很多天。

后来眼看截稿日期在即，我不能再拖了，只好硬着头皮继续写。然后我写着写着，突然发现，那些我以为自己处理不好的问题，在写的过程里，突然就迎刃而解了。

我以前很爱讲的一句话就是，我总觉得当一个故事开始被创作出来时，故事里的人好像就开始有了自己的轨迹，他们遵循着那些轨迹顺其自然地发展，甚至有些时候，已经不受作者本人控制。

就像我们做很多事时，重要的其实是往前走，而不是因为惧怕未知的前路上有可能会存在的危险，而停滞不前。

我一直以来都很爱写这样的主角，譬如《半粒星辰》里的陆和晏，譬如《一寸小温柔》里的贺江望，他们都经历了很多苦难，但从未对生活真正失望过，他们总能在绝望的时候，仰着头看着星星，补充一点能量，然后继续用力地、头也不回地往前走。

而念好就是贺江望抬头时，看到的那一颗星星。

我在文章里写，饶飞曾在某个时刻想过，假如他是贺江望的话，他会长成什么样呢？也许已经变成染着黄毛、在街口向人收保护费的小混混了。

可贺江望却长得那么好，甚至比很多正常环境里长大的小朋友，成长得还要好。

心里有星星的小孩，为了能干净地、挺拔地与自己喜欢的那颗星重逢，也不会甘愿让自己掉进泥淖里。

所以在一定程度上，其实是念好救赎了贺江望。

她救赎了那个被苦难击打得千疮百孔的十二岁的小男孩。

这是我的第三本书啦，这么多年虽然零零散散写了很多个短篇，但在长篇方面，仍旧是新手，还在努力学习中。

很感谢大家一直以来的包涵，也很期待你能从这个故事里读到我一点小小的进步。

故事里关于赛车的知识，虽然我也查了许多资料，但写起来还是觉得很难上手，可能有一些与真实情况有些出入，请不要和我计较。

盼望阅读愉快，也盼望下一次的会面。

最后再说一句，我真的好喜欢这个故事的结尾哦！

与故事前半部分的某一个片段相呼应，时光好像又回到了好多年以前，他们初遇的那一天，女孩弯着眼睛对男孩讲：“所以，我们贺江望小朋友，一定要好好长大，不要抽烟，不能乱喝酒，好好学习，要特别特别勇敢地往前走……”

晚风温柔。

女孩的声音也好温柔。

她无意中在他心里种了一朵花，点亮了一颗星。

他亦将她的那些话，一字一句铭记在心。

后来啊，他真的做到了。

也真的等到了。

长欢喜

2020年4月20日